Die Strauß Saga

Liebe im Dreivierteltakt

MARIE LUISE VON INGENHEIM

Die Strauß Saga

Liebe im Dreivierteltakt

CIP – Kurztitelaufnahme der Deutschen Bibliothek
Ingenheim, Marieluise von:
Die Strauß Saga – Liebe im Dreivierteltakt
Marieluise von Ingenheim
Wien; hpt-Verl.-Ges., 1991

ISBN 3-7004-0169-8

Titelillustration: Michael Pleesz

ISBN 3-7004-0169-8

Erster Teil

1. Bilder der Vergangenheit

Es war an einem Abend des Jahres 1825, und die Sache spielte sich auf der Wieden ab. Schauplatz des unerquicklichen Geschehens war das Gasthaus „Zum schwarzen Bock“. Es war Frühling, die Blüten sprossen allenthalben, doch nicht nur die Bäume schlugen aus. Dies taten vielmehr auch in höchst temperamentvoller Weise die Herren Musikanten der Kapelle Josef Lanner. Sie prügelten sich, gingen mit ihren Notenständern aufeinander los und sorgten für einen höchst unmusikalischen Lärm, der aus dem Tanzsaal bis hinaus in die Schankstube drang, wo der Wirt eben dabei war, ein frisches Faß Bier anzuschlagen.

„Was ist denn nachher das?“ fragte der Bockwirt stirnrunzelnd und hielt inne.

„Streiten tun's halt“, äußerte sich ein bierdurstiger Wirtshausgast.

„So ist's aber net abg'macht“, knurrte der Bockwirt besorgt. „Die soll'n meine Gäst' unterhalten! - Entschuldigen schon, die Herren. - Schani, tu das Faß anschlagen; ich muaß Nachschau halten!“

Der schmächtige Lehrbub ergriff den schweren Schlögel. Es war ein hoffnungsloses Unterfangen. Er brachte, obwohl er recht weit ausholte, den Spund nicht einen Zentimeter tiefer ins Faß. Doch der Bockwirt achtete nicht darauf. Sich die Hände an der Schürze abwischend, eilte er mit Riesenschritten zum Wirtshaussaal, in dem der Lärm immer größer wurde.

„Ja, sind die denn narrisch 'worden?“ rief er und riß die Tür auf. Gleich darauf aber zog er blitzschnell seinen Schädel und den Stiernacken ein, denn da kam doch wahrhaftig ein Bierkrügel geflogen und zerschellte klirrend neben ihm am Türrahmen.

„Kurutzitürken, noch einmal!“ fluchte der Wirt und ballte die Fäuste. „Meine Bierkrügeln laßt's mir in Ruh! Aufhören! Aufhören, sag' i! Oder ich hol' die Wachter, die stecken euch narrische Bub'n gleich ins Loch!“

„Halt die Pappen, Wirt", wurde er jedoch angerempelt. „Stör uns net! Wir woll'n unseren Spaß haben, deswegen sind wir ja her'kommen!"

Ein Gast war es, der dem Bockwirt bei diesen Worten die Faust unter die Nase hielt.

Denn das waren jetzt nicht mehr nur die Herren Musici, die oben auf dem Podium aufeinander losgingen, daß nur so die Fetzen flogen. Augenscheinlich hatte die Meinungsverschiedenheit auch auf die Gäste übergegriffen, zumindest auf die männlichen. Die hauten ebenfalls aufeinander ein. Eben krachte einer auf einen Wirtshaustisch, von dem zwei Frauenspersonen entsetzt aufsprangen und wimmernd in eine Ecke flüchteten. Dort hatte gar einer einen Stuhl ergriffen und schwang ihn brüllend gegen seinen Widersacher.

„Aufhören, Ruhe!" schrie der Wirt, doch seine Stimme ging in dem allgemeinen Lärm unter. Gleich darauf fühlte er sich am Hosenboden gepackt, sah sich über den blankgescheuerten Boden segeln. Er krachte mit den Rippen gegen das Konzertpodium. Aber der Bockwirt verlor keineswegs das Bewußtsein, schon deshalb nicht, weil nun ein voller Krug Bier über seine blankpolierte Glatze geleert wurde.

Wie von einer Tarantel gestochen sprang er auf und packte den Übeltäter. Er hob ihn hoch und setzte ihn mit Schwung auf die umgestürzte Trommel. Die hielt freilich dem Gewicht nicht stand und brach ein, doch darauf kam es jetzt auch nicht mehr an.

Kein Mensch wußte nachher mit Sicherheit zu sagen, wer die Polizei verständigt hatte. Genug, sie war auf einmal da und schaffte als sichtbare Repräsentantin der hohen Obrigkeit Ordnung.

Der Herr Wachinspektor Unterberger blutete zwar freilich selbst ein wenig aus der sanft schwellenden Nase, als er zusammen mit seinen Helfern in Uniform nicht nur Herrn Lanners Musikanten, sondern trotz dessen heftigsten Protest auch noch den Bockwirt mit auf die Wachstube nahm, wo er sich mit strenger Amtsmiene daran machte, die Streithähne zu verhören und ein Protokoll anzufertigen.

„An allem schuld ist der Strauß“, versicherte Lanner.

„Wieso ich? Er hat angefangen!“ rief der junge Strauß empört, und es hätte nicht viel gefehlt, und die beiden wären auch noch in der Wachstube aufeinander losgegangen.

„Ruhe!“ brüllte der Inspektor und schlug mit der Faust auf den Tisch, daß die Tinte aus dem Faß über sein Protokollpapier spritzte. „Ruhe, oder ihr wandert augenblicklich in den Arrest!“

„Dazu hab' ich keine Zeit, mit Verlaub“, beeilte sich der Bockwirt Einspruch zu erheben. „Weil nämlich mein Lehrbub gar nicht imstand ist, das Bierfassl anzuschlagen! Ich muß hin zu meine Gäst', sonst wird der Schaden noch größer.“

„Ruhe“, wiederholte der Inspektor. „Jeder red't nur dann, wenn er gefragt ist!“

Dem Scharfsinn des Inspektors gelang es schließlich, dem Sachverhalt auf die Spur zu kommen.

Der Streit in der Lanner-Kapelle schwelte schon seit geraumer Zeit. Hier beim Bockwirt allerdings war er mit elementarer Gewalt zum Ausbruch gekommen. Der Wirt rang die Hände, wenn er an den Zustand seines Saales und an die Kosten von dessen Renovierung dachte. Jetzt sah es dort aus wie nach einem Erdbeben.

Der Josef Lanner, ein höchst talentierter und hoffnungsfroher junger Musiker, hatte vor längerem einen um drei Jahre jüngeren Burschen namens Johann Strauß kennengelernt. Der war gelernter Buchbindergeselle, aber ohne Arbeit und mit einem Schädel voller Musik. Die beiden hatten sich zusammengetan, später waren noch zwei Leut' dazugekommen. So entstand das Lanner-Quartett. So ein Quartett aber verdient nicht viel, es ist quasi erst die Vorstufe zu einem richtigen Orchester, einer Musikbanda, von der der junge Lanner träumte. Und schließlich brachte er eine solche zustande.

Die Lanner-Kapelle spielte Lanners eigene wunderhübsche biedermeierliche Tänze. In den Vorstädten von Wien wurden sie bald bekannt. Den Wirtsleuten brachten sie Geld in die sommerlichen Gärten. Die Jugend tanzte und schmuste gern, beides machte Hunger und Durst, und das wieder füllte die Kassen hinter der Schank.

Die Musikanten fuhren dabei auch nicht schlecht. Immer wieder ging einer mit einem Sammelteller zwischen Tischen und Bänken herum, und manche willkommene Münze klimperte hell auf dem Tellerblech. Nachdem der letzte Gast gegangen war, wurde unter den Musikanten geteilt. Und Speis' und Trank zwischendurch gab es obendrein. So ließ es sich leben!

Aber in der Vorstadt Lichtental, wo der Schubert Franzl in der Pfarrkirche Orgel gespielt hatte, gab es ein wunderhübsches Wirtstöchterlein namens Anna. Ihr blonder Lockenkopf und ihre blauen Augen verfolgten manch einen, der dort einkehrte. So auch geschehen dem Herrn Lanner und ebenso dem jungen Herrn Strauß. Die Anna konnte nichts dafür, sie begünstigte keinen und war ein sittsames Mädchen, dem man es ansah, daß sie dereinst eine gute Hausfrau und Wirtin abgeben würde – wie ihre schon verheiratete Schwester.

Doch es war nicht allein der holde Liebreiz der Jungfer Anna Streim, welcher den Keim der Zwietracht zwischen den beiden jungen Musikanten säte. Vielmehr hatte der auch noch andere, reale Gründe. Die „Banda" hatte sich nämlich zu zwei ausgewachsenen Musikkapellen gemausert, die jeweils von einem der beiden Herren dirigiert wurden. Gespielt wurden ausschließlich, nebst den bekannten üblichen „Stückeln", die Kompositionen vom Herrn Josef Lanner.

Das fing den Herrn Strauß zu wurmen an. Denn auch er fühlte das Zeug zum „Kompositeur" in sich, und zwar mit Recht, wie sich in Zukunft erweisen sollte. Herr Lanner aber wollte auf diesem Gebiet keinen Konkurrenten an seinem Busen nähren, kam doch der Ruf seiner Kapelle nicht zuletzt von der Tatsache, daß sie „neuche" Stückln spielte, die seinem eigenen Kopf entsprungen waren. Jede solche Premiere wurde speziell angekündigt und war Anlaß zu vermehrtem Zulauf seitens des Publikums. Und natürlich behielt Lanner dann auch einen gesonderten Anteil am Gewinn ein.

Der Ehrgeiz, der Mammon und *la femme*, die klassischen Motive übler Geschehnisse, hatte also der Herr Inspektor Unterberger auf seinem Protokoll stehen. Sein Scharfsinn hatte ihn schon von vornherein vermuten lassen, daß es darauf hinauslaufen würde. Aber auch der Wirt, der für Ruhe und Ordnung in seinem Lokal verantwortlich war, sollte ihm nicht ungestraft davonkommen.

„Gesteh Er nur", fuhr er den Unseligen an, „gesteh Er, daß er den ‚Bock' nicht hinreichend beaufsichtigt hat! Und daß infolgedessen der ‚Bock' ..."

„Nein, nein, Herr Inspektor", rang der Bockwirt verzweifelt die Hände. „Was kann denn ich dafür, daß meine Musikanten rabiat 'worden sind?"

„Er hätte ihn eben im Aug behalten müssen, seinen ‚Bock' –"

„Aber ich hab' doch g'rad ein frisches Faß Bier anschlagen müssen!" verteidigte sich der Bockwirt kleinlaut.

Der Inspektor bedachte sich: „Das ist ein Milderungsgrund", sagte er nachsichtig.

„Freilich, freilich", bekam der Bockwirt hoffnungsfroh wieder Oberwasser. „Ich bin ja noch gar nicht fertiggeworden damit – wenn der Herr Inspektor etwa mitkommen wollen, um sich selbst davon zu überzeugen!"

Diesem Angebot einer dienstlichen Sachverhaltsprüfung konnte der Inspektor nicht widerstehen.

„Bei der heiligen Jungfrau Susanna", rief der Wirt, „ich bin gestraft genug – aber diese Fiedler, Trommler und Tschinellenschlager werden mir den Schaden ersetzen!" Drohend ballte er die Fäuste gegen Lanner und Strauß. Lanner hielt Strauß die Hand zur Versöhnung hin, doch Strauß wandte sich ab.

„Vergessen wir die Sach'", meinte Lanner.

„Das tät' dir so passen", knurrte Strauß. „Aber ich kann genauso gut Walzer komponier'n wie du! Und ich werd's dir beweisen!"

„Geh“, widersprach ihm Lanner kopfschüttelnd, „es geht dir doch nur um die Anna!“

„Es geht mir um die Musik“, blieb Strauß hart.

„Aber es kennt dich doch keiner!“

„*Noch*! *Noch*, mein lieber Josef! Aber bald werden mich alle kennenlernen - auch du!“ rief er drohend.

„Geh, sei doch g'scheit. Und was die Anna angeht - die ist nix für uns beide. Der Vater tät' uns auslachen, wenn einer von uns sie gar heiraten wollt'. Der hat doch ein Wirtshaus, und was haben wir? Nix als unsere Instrumente, und die sind jetzt hin.“

„Der Teufel soll's holen!“ schimpfte Strauß. „Mit was sollen wir denn jetzt spielen? Soll ich vielleicht auf'm Kamm blasen?!“

„Daß zwei ausg'wachsene Mannsbilder so blöd sein können“, schüttelte Lanner seufzend den Kopf.

„Ja, so blöd, daß sie sich selber alles z'sammenhauen lassen, womit sie ihr täglich Brot verdienen sollen“, pflichtete Strauß wütend bei.

„Und der Bockwirt wird uns auch noch beim Schlafittl nehmen“, meinte Lanner sorgenvoll. „Der rechnet uns jedes Bierkrügl vor, das heut' abend d'raufgangen ist.“

„Und das heutige Datum rechnet er auch noch dazu, wie ich ihn kenn'!“

„Und alles nur, weil du unbedingt hast deinen Dickschädel durchsetzen wollen!“

„Was - ich?!“

„Na, wer denn sonst?!“

„No, du doch natürlich, du!!“

„Auseinander... auseinander, ihr Burschen! Der Herr Wachinspektor kommt gleich wieder z'ruck, und dann setzt's was!“

Die beiden Kampfhähne hatten tatsächlich fast vergessen, daß sie sich auf einer Wachstube befanden. Die mahnende Stimme eines Konstablers aber rief ihnen dies nachdrücklich ins Gedächtnis zurück. So nahmen sie denn auf einer Bank Platz, die ihnen bisher noch niemand angeboten hatte, und hingen beide ihren Gedanken nach.

Johann zählte im Geist seine Barschaft. Ein bißchen hatte er sich erspart, aber das würde nun wohl draufgehen müssen. Er hatte nicht mehr vor, mit Josef Lanner weiter zusammenzuarbeiten. Etliche der Musiker waren mit ihm so gut Freund geworden und von seinen Fähigkeiten so überzeugt, daß er sicher war, mit ihnen einen neuen Anfang machen und eine eigene Kapelle zustande bringen zu können.

Und mit dieser Kapelle wollte er Lanner den Kampf ansagen. Denn Lanner hatte recht: Niemand kannte noch den Namen Strauß. Das aber sollte anders werden!

War er aber erst einmal wer, zumindest so einer wie Lanner, dann wollte er sich schon auch getrauen und um Annerls Hand anhalten. Der Schwiegervater mußte doch froh sein, so einen Musiker samt seiner guten Kapelle an sein Lokal zu binden! Wie das das Geschäft erst richtig zum Blühen bringen würde! Und er wollte auch fleißig sein und mindestens jede Woche einen neuen Walzer schreiben, einen neuen Ländler, eine Polka ... Ja, das wollte er, und einfallen würde ihm schon was, dessen war er sich ganz sicher!

Ach, wäre es doch schon soweit! Ungeduld erfüllte ihn und ließ ihn einen Blick nach der Türe werfen. Der Wachinspektor schien es mit der Überprüfung des anzuschlagenden Fasses – und wohl auch von dessen Inhalt – sehr gewissenhaft zu nehmen. Er hatte womöglich im „Bock“ Wurzel geschlagen und ließ sich nicht so bald wieder blicken.

Ob das ein gutes oder ein böses Zeichen war? Es war ein gutes. Denn als er endlich wieder aufkreuzte, war er guter Stimmung, wofür augenscheinlich der Bockwirt gesorgt hatte.

„Was – ihr seid noch hier? – Aus meinen Augen!“ rief er.

Lanner und Strauß und die im und vor dem Wachzimmer wartenden Mitglieder ihrer Kapelle – der Raum hätte sie alle zusammen nicht fassen können – ließen sich das nicht zweimal sagen.

„Morgen vormittag bei mir“, bestellte Lanner seine Leute zu einer absolut nötig gewordenen Lagebesprechung.

Aber Strauß schüttelte den Kopf. „Ohne mich, Josef. Mich siehst so bald nicht wieder!“ versicherte er und verschwand hinter der nächsten Gassenecke.

„Laßt's ihn nur, der spinnt. Der kommt schon wieder“, blieb Lanner optimistisch.

„Das glaub' ich net, da kennst ihn schlecht“, meinte skeptisch der Geiger Amon.

„Du bist ja auch so ein Aufsässiger“, ätzte Lanner. „Kannst ja gleich mit ihm gehen, wenn'st magst.“

Amon äußerte sich nicht. Er ging bloß bis zur nächsten Straßenecke, hinter der, wie er annahm, Strauß warten würde. Und er hatte sich nicht getäuscht.

2. Im Walzerrausch

Wer heute nach Wien kommt und die nunmehr zum siebenten Gemeindebezirk gehörige ehemalige Vorstadt St. Ulrich aufsucht, kann dort noch manches so vorfinden, wie es war, als Johann Strauß an jenem schicksalsträchtigen Nachmittag in sein bescheidenes Quartier zurückkehrte. Die alten Giebelhäuser mit ihren traulich-winkeligen Höfen und kleinen Gärten umdrängen noch immer den engen Platz um die alte Kirche, von der aus man in wenigen Minuten jene noch immer vorhandene Senke erreicht, in der einst, während der Belagerung Wiens durch die Türken, deren Oberkommandierender Kara Mustafa sein Hauptquartier aufgeschlagen hatte. Es ist geschichtsträchtiger Boden.

Damals lag St. Ulrich außerhalb der Stadtmauer und des diese umgebenden Glacis, eines aus strategischen Gründen unverbaut belassenen Vorfeldes, das die Bürger begrünt und mit hübschen Gärten geschmückt hatten. Johann wohnte im Hinterhof eines der Häuser; die Miete war seinen Einnahmen angemessen. Doch er empfand keine Armut, und die Zukunft lag wie ein brünstiger Acker vor ihm, der bebaut sein wollte, um reiche Ernte abzuwerfen.

Johann entzündete ein Kerzenlicht und aß sein Abendbrot. Beim Bockwirt war man an diesem Abend nicht zum Verzehr gekommen. Die Sache mit dem Bockwirt lag ihm arg im Magen, noch mehr der Verdruß mit Lanner, am ärgsten aber belastete ihn jeder Gedanke an seine Anna.

Einesteils empfand er nach wie vor Freundschaft und Dankbarkeit für den Lanner Josef. Und die Trennung schmerzte ihn; aber sie war nötig, er mußte sich selbst durchsetzen, wenn er etwas erreichen wollte. Und das wollte er. Nicht zuletzt Annerls wegen. Zwar hatte ihn Lanner vor einem Antrag beim Vater mit triftigen Argumenten gewarnt, aber was tat's, dieser Antrag mußte gesprochen werden. Das Annerl wartete schon mit Bangen darauf, daß er sich erklären werde. Es mußte sein. Zudem war sie – was der Josef Lanner noch gar nicht wußte – schwanger.

„Und jetzt das!“ seufzte Johann und biß sich ein Stück harter Rinde von einem trockenen Brotscherzl ab. „Auch das noch … gerade jetzt, wo es dreckig geht und die Instrumente und Noten, so sie noch heil geblieben sind, der Bockwirt zum Pfand behalten wird, bis wir ihm den angerichteten Schaden ersetzt haben. Aber womit spielen? Kein Geld, keine Musi’. Ich trau’ mich gar nicht hin zu dem Wirt, noch dazu, wo ich dort g’wiß dem Lanner über den Weg laufen werd’. Und der weiß doch jetzt schon, daß der Amon und ich ihm etliche von seinen Leuten ausg’spannt haben. Wer jetzt seine zweite Kapell’n dirigiert, ist mir Wurst, dabei hab’ ich meine eigene noch gar net beisammen.“

Was konnte er unter diesen Umständen Anna bieten, wenn er sie heimführte? Und hierher brächte, nach St. Ulrich, in diese bescheidene Bleibe? Er zählte an den Fingern seiner Hand und kam zu dem Ergebnis, daß das Kind, *sein* Kind, wenn alles gutging, so im Oktober zur Welt kommen mußte. Noch war der armen Anna nicht viel anzumerken, aber das würde nicht mehr lang so bleiben, und er liebte sie zu sehr, um sie einer „Schande“ auszusetzen.

Er brauchte Geld. Aber woher nehmen …? Und für eine Kapelle brauchte er zwölf Leute, die wirklich gute Musiker und verläßlich waren. Er hatte aber dem Lanner vorerst nur fünf abwerben können. Einer davon war Amon, ein Primgeiger, auf den er sich verlassen konnte, ein musikalischer Mensch durch und durch. Und einer, der an Johann glaubte. Er hatte nicht eine Minute gezögert, als die Sache mit einer eigenen Strauß-Kapelle zur Sprache gekommen war.

„G’rad jetzt, g’rad jetzt hat das kommen müssen!“ klagte Johann. Und dachte darüber nach, wer von ihnen beiden denn wirklich mit der Rauferei angefangen hatte – oder waren es gar zwei von den Musikanten gewesen, die sich zum Gaudium des Publikums plötzlich in den Haaren gelegen hatten?

Johann kam zu keinem Ergebnis und fand es schließlich auch müßig, weiter darüber zu rätseln. Es war nun einmal geschehen, und nun hieß es, die Konsequenzen zu tragen. Und vielleicht würde der zu erwartende Krach mit Annas Eltern – wenn sie die volle Wahrheit erfuhren, und das mußten sie wohl – noch viel ärger werden als der von heute abend, und auch der mußte durchgestanden werden.

Johann holte auch noch seine Geldkatze hervor, die er unter der Matratze versteckt hatte, und zählte seine Barschaft. Seine düstere Miene hellte sich ein wenig auf, ganz so schlimm stand es nicht, aber es gab wahrlich auch keinen Grund zum Jubeln. Immerhin, ganz auf dem trockenen saß er nicht.

„Morgen in der Früh, da geh' ich auf die Wieden", meinte er zu sich selbst. „Und hol' mir den Wirtsbuben aus den Federn. Dem geb' ich sechs Kreuzer dafür, daß er mir den Saal aufsperrt, ohne daß der Wirt das merkt. Ich will mir meine Geig'n holen. Vielleicht, daß sie noch so halbwegs ganz ist. Und vielleicht, daß ich auch dem Amon seine find'."

Aber der Bockwirt hatte, wie sich anderentags herausstellte, die Instrumente – oder was von ihnen noch übrig war – allesamt in einer Kammer versperrt.

„Himmelkreuzsapperment, ich muß meine Geig'n haben", fluchte der Johann. „Hast denn net den Schlüssel zum Keller, du tepperter Bub?!"

Die Bockwirtin, in Schlafrock und Pantoffeln, kam zur Unzeit in die Küche geschlurft, um die ersten Maßnahmen für das Frühstück zu treffen, und fand den Buben, der sich noch den Schlaf aus den Augen rieb, und den jungen Musiker.

„Herr Strauß, in aller Herrgottsfrüh, ja, was woll'n denn Sie da?"

„Meine Geige, Frau Wirtin, wenn ich bitten dürft', und die von meinem Freund Amon. Wie müssen schließlich unser Brot damit verdienen, und das können wir net, wenn sie in dem Kammerl eing'sperrt ist. Die Frau Wirtin hat sicher ein gut's Herz ..."

Dem demütigen Blick des feschen jungen Schani konnte die Bockwirtin schlecht widerstehen. Schon gar nicht, als der Herr Strauß weiter argumentierte.

„Ich möcht' ja auch dazu beitragen, daß der Schaden von gestern abend wieder gutg'macht wird, aber wie soll ich ohne meine Geig'n? Ohne die verdien' ich ja nix!"

„Das ist freilich wahr", gestand sich die Bockwirtin ein. „Und mein Mann ist ein alter Tepp. Wenn er euch die Instrument' wegnimmt, kommt er ja nie zu sein' Geld. - Na, suchen S' sich nur die beiden Geigen heraus."

Sie schloß auf, und Johann war aus dem Haus, bevor sich der Bockwirt blicken ließ. Die beiden Instrumente hatten nicht einmal einen Kratzer abbekommen. Der Amon hatte sie, kaum daß die Schlacht losging, vorsorglich in Sicherheit bringen können. Nur einer der beiden Fiedelbögen war geknickt, und bei der einen Geige waren die Saiten gerissen. Doch das war nicht so arg.

Aufatmend eilte Strauß zurück nach St. Ulrich. Dort stand doch tatsächlich der gute Amon vor dem Haus. Schani schwang die beiden Geigen wie im Triumph. „Da sind's", rief er schon von weitem. „Und tausend Dank, auch für den guten Rat, daß ich gleich in der Früh zum Bockwirt gehen soll. Ich hab' kaum ein paar Stunden geschlafen. - Na, wie steht's?"

„Wir kriegen die Kapell'n zusammen", versicherte Amon. „Ich weiß noch ein paar Leut', die auch Instrumente mitbringen. In zwei Wochen vielleicht können wir schon spielen! Einprobieren müssen wir uns halt. Aber Noten werden wir brauchen. Und was Neues dazu. Schreibst halt einen feschen Walzer!"

„Einen feschen Walzer ... So, wie mir zumut' ist? Ich muß mit der Anna ihrem Vater reden."

„O je!" entfuhr es Amon. „Ziehst halt dein bestes G'wandl an."

„Ich hab' ja nur eins - das, was ich anhab'!"

„Dann tu's halt ein bißl herrichten. Steck dir ein Sträußel an!"

„Meinerseel, Amon - ich mach' mir mehr Sorg' um die Anna. Mich können's höchstens rausschmeißen. Aber sie ..."

„Hm ... Und was machst, wenn's dich wirklich vor die Tür setzen?"

„Dann komm' ich bei einer anderen wieder rein und nehm' meine Anna mit, Amon. Darauf kannst dich verlassen!"

„Was, entführ'n willst das Madl?" entsetzte sich der junge Geiger.

„Was bleibt uns schon anderes übrig? Sie hat g'sagt, sie geht mit mir, was auch immer g'schieht."

„Amen", brummte Amon. „Na, ich wünsch' dir alles Glück. Ich kümmer' mich um die Geigen. Gib mir die Fiedelbögen. Und jetzt geh halt zu deiner Anna."

Die Vorstadt Lichtental lag im Norden nah dem Donaufluß und war mit dem Stellwagen zu erreichen. Um Geld zu sparen, ging Johann aber zu Fuß. Er war gewohnt, sich auf Schusters Rappen zu bewegen. Auch fand er dadurch genügend Zeit, sich auf das Gespräch mit Vater Streim vorzubereiten.

Es war um die elfte Vormittagsstunde, als er der blonden Anna ansichtig wurde, die flink im Wirtshausgarten einige Gäste bediente. Das wird sie bald nicht mehr können und auch nicht nötig haben, hoffentlich, sagte sich der Schani.

Als ob sie seine Blicke in ihrem Nacken fühlte, wandte sie sich um und erstarrte, zwei Bierkrügel in der Hand, zur anmutigen Salzsäule.

„Servus, Anni", begrüßte er sie mit einem Tonfall, aus dem sie Liebe und verhaltenes Begehren heraushörte, und sie wurde über und über rot.

„Servus, Schani", hauchte sie.

Ihre Lippen sprachen nicht aus, was ihre Blicke ihn fragten. Doch er nickte ernst.

„Ich will mit dem Herrn Vater sprechen."

„Er ist drinnen, in der Wirtsstub'", berichtete sie. „Und die Mutter in der Küch'n."

Er nickte nochmals. Anni nahm es als Ermutigung, und jetzt

kam auch wieder Leben in sie, zumal die beiden Gäste, die Bier bestellt hatten, nicht länger warten wollten. Schani aber stand gleich darauf dem gestrengen Herrn Vater gegenüber. Und obwohl er sich unterwegs hundertmal vorgesagt hatte, was er jetzt zu sprechen gedachte, klaubte er nun mühsam Wort für Wort zusammen.

„Herr Streim", fing er an, „hochgeschätzter, allerbester Herr Streim –"

Der hochgewachsene, nicht besonders opulente, im ganzen aber recht vierschrötig wirkende Wirt zog verwundert die dichten Brauen hoch und glotzte ob solcher Anrede den jungen Mann erstaunt an. „Was ist denn, was haben S' denn?" fragte er. „Warum stottern S' denn so daher?"

„Herr Streim, Herr von Streim", verlieh ihm der Schani nun gar noch taxfrei ein Adelsprädikat, „es ist ... ich komm ... wegen der Anna, genauer gesagt, wegen der Anna und mir. Wir zwei, wir lieben uns nämlich ... schon seit längerer Zeit, muß ich gesteh'n, und jetzt woll'n, na ja, *müssen* wir heiraten!"

„Was sagt der Herr Strauß da?"

„Ja, und deswegen tät' ich allergehorsamst um die Hand, um ihre Hand, um die von der Anna, mein ich, tät' ich halt anhalten!"

Nun war es der gestrenge Herr Vater, der erstarrte. Aber nicht lang, und es kam Leben in ihn. Er lief rot an, wurde wieder blaß, und nachdem ihm daraufhin die Stirnadern anschwollen, brüllte er zur Küche: „Alte, du, Alte! Komm raus und hör dir das an!"

Hastig warf Anna, um die es ging, im Vorbeihuschen einen Blick durch eines der blankgeputzten kleinen Fenster der als langgestreckter, ebenerdiger Bau errichteten Vorortgaststätte. Sie sah gerade noch ihre Mutter kommen, wie sie, hochrot im Gesicht, aber nicht vor Ärger, sondern wegen der Arbeit am offenen Herd, in der Gaststube erschien und sich im Kommen die Hände an der Schürze abwischte.

Frau Streim war wohlbeleibt, wie es sich für eine Wirtin,

deren gute Küche gelobt wird, gehört, und durch nichts so leicht aus der Ruhe zu bringen. Ihr friedfertiges Gemüt hatte dazu beigetragen, daß es zu keinem Ausbruch gekommen war, als vor wenigen Tagen ihre Tochter ihr, in Erwartung des angesagten Freiers, ihr Geheimnis gebeichtet hatte. Nun kam sie, sah und wußte alles. Und Anna setzte ihre ganze Hoffnung auf sie.

„Hör dir das an, Alte", krächzte Herr Streim, „dieser dahergelaufene Musikant und Habenichts erfrecht sich, um die Hand unserer Tochter anzuhalten!"

Er war nicht wenig erstaunt, als seine bessere Hälfte dem Werber einfach die Hand reichte.

„Das ist anständig von ihm, daß er kommt", sagte sie nur. „Aber ich mein' halt, ihr hättet schon bis *nach* der Hochzeit warten können!"

Was blieb den Brauteltern anderes übrig, als dem jungen Paar in der Folge auch noch kräftig auf die Sprünge zu helfen. Anna zog zu Johann in dessen wenig luxuriöses Quartier in St. Ulrich. Sie brachte ihre hausfraulichen Talente, mit denen sie reich gesegnet war, zur Geltung. Die kleine Wohnung war bald kaum wiederzuerkennen. Erkennen konnte man aber auch, daß sie bald zu klein werden würde.

Lanner machte noch einen, wenn auch vergeblichen, Versuch, sich mit seinem alten Freund zu versöhnen, und kam, um mit süßsaurer Miene zu gratulieren. Aber Johann hatte schon seine zwölf Musiker beisammen und in Amon seine beste Stütze. So probten sie denn auf Teufelkommraus, um bald darauf bei Streim, aber auch in Döbling und in der Roßau zu konzertieren. Zu alldem lernte Anna auch noch, Noten zu kopieren. Und sehnte sich an den vielen und langen Abenden, wenn die Kapelle spielte, nach ihrem Schani.

Wenn ihre Eltern sie besuchten, tat sie, als ob alles im Lot wäre, sprach von den glücklichen Stunden, die sie mit dem nimmermüden Johann gemeinsam verbringe, und wie fleißig er sei. Und horchte in ihr Inneres, wo ein künftiger Erdenbürger sich bereits bemerkbar machte.

Die Wiener tanzten nach einer neuen Melodie, dem „Trennungswalzer". Er stammte natürlich von Lanner und war dem Abschiedsgefühl nach der Trennung von seinem Freund Strauß, dem Treulosen, zu verdanken. Johann zupfte, wenn er daheim war, hin und wieder auf den Saiten seiner Geige und strich auch einmal eine neue Melodie, die Anna aufhorchen ließ. Er notierte sich auch Noten, zerknüllte das Papier aber und warf es ärgerlich wieder weg. Und klagte über Mangel an Zeit und Geld.

„Die haben halt keine Spendierhosen an", brummte er, wenn er mit magerem Erlös nach Hause kam. „Man bräucht' halt etwas Ständiges und einen Wirt, der Reklame macht. Nichts gegen den Herrn Vatern, aber euer Wirtshaus in Lichtental, das liegt halt net gut. Und das in der Roßau ist erst recht entlegen. Und der Bockwirt auf der Wieden laßt keinen Kreuzer nach ..."

Denn er zahlte noch immer an den „Reparationen" und war willens, dem Bockwirt nichts schuldig zu bleiben. Das war Ehrensache.

Eines Tages aber klopfte ein gewitzt aussehender Mittvierziger an Straußens Tür. Anna öffnete und fragte nach des Fremden Begehr.

„Sie werden mich net kennen, Frau Strauß", sagte der Mann, seinen Hut in der Hand drehend. „Ist vielleicht der Herr Gemahl zufällig daheim? Nein, das ist aber schad'. Ich hätt' ihn nämlich gern gesprochen."

„Um was geht's denn, wenn ich fragen darf?"

„Um mein neues Restaurant ‚Zu den zwei Täuberln'. Im dritten Bezirk, in der Marokkanergasse, direkt am Glacis. Allerbeste Gegend, das Haus g'hört dem Grafen Traun. Ich selber heiß' Deiß ... Die Leut' sagen aber Täuberlwirt zu mir ... Der Herr Strauß möcht' doch einmal bei mir vorbeikommen, wenn S' ihm das bestellen möchten, es ist nicht zu verfehlen, mein Lokal. Ich glaub', es wird sein Schaden nicht sein!"

3. Täuberl-Walzer

Er war ein schlanker, dunkelhaariger, rassiger junger Mann, der unwillkürlich die Blicke der Frauen auf sich zog. Wenn er geigte, wenn er den Fiedelbogen als Taktstock schwang, dann blitzten seine Augen, und es war, als bräche aus allen Poren seines Körpers Musik.

Vierundzwanzig Jahre alt und schon Papa. Seit dem 25. Oktober Vater eines Knaben, der, natürlich, auch auf den Namen Johann getauft worden war. Man wohnte übrigens jetzt in der Rofangasse, der späteren Lerchenfelderstraße. Doch die Wohnung sollte noch öfter gewechselt werden.

Jeden Mittwoch und Freitag füllte sich nun des Abends das Lokal „Zu den zwei Täuberln" des Herrn Deiß mit erwartungsfrohen Gästen, die nicht nur gekommen waren, um gut zu speisen und zu trinken. Sie wollten auch den Herrn Strauß und seine Kapelle hören. Und natürlich den eigens für dieses Lokal komponierten reizenden „Täuberl-Walzer".

Herr Deiß hatte nicht zuviel versprochen. Johann hatte seinen Besuch, der schon einen Tag nach Herrn Deiß' Kommen erfolgt war, nicht zu bereuen gehabt. Das Lokal lag in ausgesprochen guter Gegend und günstiger Lage. Das Restaurant befand sich auf dem Gelände eines Wohnobjektes der Grafen Traun; nicht weit davon lagen das Palais des Fürsten Metternich, das des Grafen Modena und auch das einstige Sommerschloß des Prinzen Eugen, das Belvedere. Auch Fürst Schwarzenberg wohnte nur wenige Gehminuten entfernt. Es war also eine „nobliche" Gegend, und noch dazu befand man sich am Rande des Glacis, in Sicht der Wiener Stadtmauern, zwischen zwei nahen Stadttoren, aus denen die Wiener bei schönem Wetter in die Umgebung strömten.

Freilich brauchte ein Lokal auch einen Magneten, um die Leute anzulocken. Und hier hatte Herr Deiß ganz richtig kalkuliert: Herr Johann Strauß hatte das Zeug dazu, sich zu einem Magneten zu mausern. Erst recht, als der „fesche Schani", wie er bald allenthalben unter der holden Weiblichkeit hieß, anfing, seine eigenen Walzer aufzugeigen! Da war erst was los! Das ruckte und zuckte einen in den Beinen, da gab man sich selig dem Dreivierteltakt hin, tanzte eng umschlungen, den Körper des Partners spürend, und schon das allein hatte Wirkung.

Was tat's, wenn die älteren Herrschaften empört die Nasen rümpften und diese Walzer-Tänze als unsittlich und skandalös verteufelten, als ein Verderbnis für die Jugend, worauf denn auch der drohende Sittenverfall unausbleiblich sei? Darauf werde natürlich ein himmlisches Strafgericht kommen, der große Komet werde auf die Erde stürzen und alles vernichten.

Der Schani lachte, wenn ihm solches hinterbracht wurde. Freilich fühlte auch er sich dem Himmel nahe, wenn er mit seiner Kapelle so richtig in Fahrt war. Seine Musiker hatten die Bierkrügel unter den Tischen stehen, und Herr Deiß ließ dafür sorgen, daß sie niemals leer wurden. Und in der Pause, da gab's dann draußen neben der Küche ein saftiges Gulasch oder auch ein Schnitzel oder einen Schweinsbraten, und nicht zu knapp in den Portionen. Denn das Musizieren brauchte Kraft, man konnte es den Musikern ja förmlich ansehen. Denen standen die Schweißperlen auf der Stirn ...

Freilich auch den Tänzern. Diese aber mußten dafür zahlen, wenn sie ihren Durst löschen wollten. Sie zahlten, was die Musiker verzehrten, brav, ohne es zu merken, mit, denn Herr Deiß hatte seine Preise gescheit kalkuliert.

Auch in dieser Hinsicht genoß das „Täuberl"-Lokal einen guten Ruf. Der Pofel kam einfach nicht hierher, dazu war's hier zu teuer. Hier verkehrte die gute Mittelschicht, die sich's leisten konnte, dabei Sitte und Anstand bewahrte und mit ehrfurchtsvollem Blick zu den Palästen des Adels aufschaute.

„Hast g'hört, Schani, der Lanner bleibt jetzt fix beim ‚Bock'", berichtete eines Tages Amon. „Und er hat schon wieder zwei neue Walzer g'schrieben. Ich glaub', er kriegt jetzt schön langsam Spundus vor der Konkurrenz!"

Schani lachte und tat einen tiefen Zug aus dem Bierglas.

„Werd' ich halt auch wieder was komponier'n", meinte er. „Werden ja sehen, wer die besseren Walzer schreibt - der Lanner oder ich!"

„Wirst es doch nicht etwa auf einen regelrechten Krieg ankommen lassen", sagte Amon schmunzelnd.

„Warum denn nicht? Werden ja sehen, was dabei herauskommt!"

Was dabei herauskam, merkte bald genug das tanzlustige Wien. Der „Walzerkrieg" entbrannte. Ein spezielles Publikum pendelte an manchen Tagen zwischen dem „Bock" und den „Zwei Täuberln" hin und her. Es bildeten sich Meinungen und Parteien. Das ging so weiter bis zum Fasching des Jahres 1828.

„Du hast schon deine eigenen Anhänger, Schani", sagte händereibend der Deiß, der zum vertrauten Du gefunden hatte. „Und der Lanner hat sie auch. Der Bäuerle schreibt's sogar in der Zeitung. Die Straußianer und die Lannerianer, schreibt er. Was sagst dazu? Hoffentlich kommen sich die zwei Parteien nicht in die Quere. Die Polizei möcht' ich net im Lokal haben!"

Dem Schani war der Vorfall beim Bockwirt noch in unguter Erinnerung. „Es wird schon net so arg werden, Herr Deiß", meinte er beschwichtigend. „Was kann denn ich dafür, wenn meine Tänz' den Leuten so gut g'fallen?"

„Hat man schon sowas g'hört! Er sagt, er kann nix dafür!" lachte Deiß.

„Nein, nein, einen handgreiflichen Streit möcht' ich net mehr mit'm Lanner", erklärte Johann. „Aber eine Konkurrenz auf dem Tanzboden, da fürcht' ich mich net!"

„Eine Konkurrenz auf'm Tanzboden - keine schlechte Idee", sagte Deiß, nachdenklich den Kopf wiegend. „Aber dafür wär' mein Wirtshaus zu klein. Das müßt ihr schon in einem Ballsaal machen - im ‚Odeon' zum Beispiel. Oder beim ‚Sperl'. Aber was hätt' denn da ich davon? Gar nix. Laßt es lieber bleiben."

Die Idee ging dem Schani freilich nicht aus dem Kopf. Als er eines Abends heimkam, es dämmerte schon grau der Morgen heran, fand er seine Anni wach.

„Annerl", begrüßte er sie erschrocken, „ist was mit dir oder dem Buben?"

Er umarmte und küßte sie.

Sie lächelte. „Hörst ihn net wimmern, den armen Kleinen? Er zahnt, verstehst du? Bald wird er beißen können."

„Ach so", nickte Johann. „Du, der Deiß hat mir einen Floh ins Ohr g'setzt. Eine Tanzkonkurrenz - Strauß gegen Lanner! Das wär' eine G'schicht!"

„Manchmal", sagte sie, „denk' ich, ob ich dich überhaupt noch zu sehen krieg' ... Immer bist du fort, nun schon fast jeden Tag und jede Nacht. Ich kenn' dich schon bald gar nimmer. - Und glaubst' nicht, daß das kleine Wurm dort in der Wiege auch seinen Vater braucht?"

„Aber ich bin ja da, was willst denn?" fragte er kopfschüttelnd. „Sag mir lieber: Was haltst du von der Idee mit der Tanzkonkurrenz? Ich müßt' halt mit dem Lanner reden. Ich kann mir denken, daß er mitmachen tät'. Das brächt' uns was ein, allen beiden. Möchst net ein neues Kleid, Annerl, und ein paar Sachen für den Buben kaufen?" versuchte er ihren aufsteigenden Unmut zu beschwichtigen. „Du weißt doch, daß ich nur für euch zwei arbeit', oder besser g'sagt, für uns alle drei", berichtigte er sich. „Ich racker' mich ab. Ich weiß, du bist was Besseres g'wohnt. Und hast ja recht. Sollst es ja auch besser kriegen! Dafür arbeit' ich halt. Und so eine Tanzkonkurrenz könnt' einen Batzen einbringen!"

Anna sagte nichts weiter. Schani begann sich zu entkleiden, und Anna brachte ihm noch einen kleinen Imbiß und sagte: „G'rad vor unserm Haus haben s' gestern nachmittag ein Plakat aufg'macht. Hast es g'lesen?"

„Ein Plakat vom Lanner?" forschte er, hellhörig geworden.

Sie schüttelte lächelnd den Kopf: „Nicht vom Lanner, und auch net von dir. Von einem andern, der auch Geige spielt. Der Paganini wird ein Konzert geben, der berühmte!"

„Der Paganini?! - Den möcht' ich hören ..."

„Könnt'st vielleicht noch was lernen von ihm", meinte Anna.

„Was lernen? – Naja, vielleicht ... Wann spielt er denn?“

„Steht alles auf'm Plakat“, meinte Anna müde. „Und jetzt gib Ruh, vielleicht kann ich doch noch ein bissl schlafen.“

Johann blieb noch eine ganze Weile wach. Anna fiel in einen unruhigen Schlummer. Sie erwachte, sobald der kleine Johann nur ein bißchen zu wimmern anfing. Er hatte Fieber. Johann aber erwachte nicht mehr, nachdem er eingeschlafen war. Er hatte einen sonderbaren Traum: Er sah den dämonischen Geiger, den Nicolo Paganini, anstelle des guten Amon als Primgeiger in seinem Orchester spielen. Und plötzlich, mitten in der schönsten Polka, sprang der Nicolo auf, schob ihn, den Schani, beiseite und rief: „Du müssen bei mir noch eine Menge lernen!“

Die Frage des Lokals, in welchem eine Tanzkonkurrenz stattfinden könnte, löste sich auf eine merkwürdige Weise. Der gefährliche Wienfluß, der, sobald er Hochwasser führte, unweigerlich über seine Ufer zu treten und alles mitzureißen pflegte, was nicht niet- und nagelfest war, sonst aber sich wie ein harmloses kleines Bächlein benahm, sollte eine neue Brücke bekommen, welche das Ufer zur Ortschaft Laimgrube hin mit der Wieden verbinden würde. Es war eine Brücke neuester Konstruktion, eine sogenannte Kettenbrücke, und ihre Erbauer waren mächtig stolz auf ihr Werk. Noch ehe sie fertig war und betreten werden konnte, liefen die Leute hin, um sie zu bestaunen. Es war kein Zweifel: diese originelle und moderne Brücke würde zu einem Anziehungspunkt werden.

Bald darauf eröffnete ein schickes Lokal in der Leopoldstadt seine Pforten für ein staunendes Publikum: „Zur Kettenbrücke“ nannte es sich. Es verfügte über einen großen Tanzsaal und nannte sich infolgedessen auch nicht Gaststätte, sondern „Etablissement“. Und wie seinerzeit Herr Deiß war auch sein Besitzer auf Attraktionen aus, und er war auch in punkto Werbung nicht knausrig. Reklame war schließlich alles – was nützte es, wenn Maestro Paganini bei ihm aufgeigen wollte und niemand wüßte davon!

So erfuhren denn die Wiener von der Tanzkonkurrenz im Kettenbrücken-Saal. Die Neuigkeit schlug wie eine Bombe ein und stellte sogar die Aussicht auf das Paganini-Konzert in den Schatten.

Herr Deiß klagte und jammerte. „Warum bin ich bloß auf diese Idee gekommen, und warum erst hab' ich ausgerechnet dir davon erzählt?" beschuldigte er sich. „Ich hätt' sollen mein dummes Maul halten. Aber so bin ich nun eben. Wenn mir was einfallt, dann fang' ich gleich zu plappern an. Das hab' ich nun davon: du wirst mit deiner Kapelle nach der ‚Kettenbrücke' abwandern, und ich hab mit meinen ‚Zwei Täuberln' das Nachsehen und kann mich begraben lassen!"

„Aber gar keine Spur", versicherte ihm der Schani treuherzig. „Wofür halten S' mich denn, Herr Deiß? So einer bin ich net. Und meine Musiker auch net. So schnell werden S' uns net los, uns g'fallts viel zu gut bei Ihnen!"

„... bei der ‚Kettenbrück'n' wird's euch noch viel besser g'fallen", jammerte Deiß.

„Aber wir wissen ja noch gar net, wie dort das Gulasch und das Schnitzl schmecken", mengte sich tröstend auch der gute Amon ein. „Bei ihnen jedenfalls schmeckt's ganz ausgezeichnet!"

Natürlich mußte sich Strauß nun mit seinem Konkurrenten, dem Lanner Josef, des öfteren treffen und absprechen. Aber was die entscheidenden Programmpunkte betraf, ihre „Premieren", so ließen sie sich nicht in die Notenblätter gucken. Nur die Titel nannte man sich gegenseitig, sie sollten ja auch ins Programm gedruckt werden. Strauß nannte den „Kettenbrücken Walzer" und sah dem großen Abend mit ein bißchen Lampenfieber entgegen.

Vorher aber gab Nicolo Paganini noch sein großes, von der Hautevolee mit Spannung erwartetes Konzert. Es war eine Gelegenheit, zu sehen und gesehen zu werden. Und natürlich auch, ihn, den Meister, zu hören. Der Saal war zum Brechen voll und schon allein ein Anblick für sich, auch ohne das illustre

Publikum, das sich hier eingefunden hatte. Die Luster, der kostbare Schmuck der Damen, in dem sich die Lichter funkelnd brachen, das Geräusch der Fächer, mit denen sie sich Luft verschafften, Parfumgerüche, das halblaute Getuschel und Gemurmel.

Aber freilich, dieser Nicolo Paganini war halt kein Tanzgeiger. Das merkte man schon an seinem Erscheinen, seiner wallenden Mähne, dem ganzen Gehaben und der Art, wie er sich seiner Verzückung beim Spiel hingab.

Der spielt ja richtig Theater, sagte sich der Schani, Theater und nicht nur Geige spielt der! Oh, er kann schon was, eine Menge kann er! Er hat Technik, da kann man sich was abspicken. Und er spielt halt seine hochgeschraubten Stückeln für den sogenannten gehobenen Geschmack. Im Grunde ist es auch nur Unterhaltungsmusik ...

Und wie das Publikum raste und jubelte, wie die Frauen schamlos nach vorne liefen und dem Meister Blumen zuwarfen ...! Na ja, angehimmelt, das wurde er, der Schani, ja auch. Schöne Säle und dazu auch ein bißchen Theater, und ein bisserl hochgestochenere Musik zum Tanz – so müßte man's machen. Und die hauptsächliche Erkenntnis, mit welcher Schani nach diesem Konzertabend zu seiner Anni heimkehrte, war die:

„Weißt, Anni, dort geht keiner mit'm Teller absammeln! Da zahlst gleich beim Reinkommen, kriegst eine Kart'n, und dann darfst dich hinsetzen auf deinen Platz. Und siehst, das mach' ich von jetzt ab auch. Das zumindest kann ich ebensogut wie der Musjö Paganini. Und ich glaub', damit schaut meine Musi' auch gleich viel vornehmer aus ..."

Tatsächlich geschah dies – als eine gänzlich ungewohnte Neuerung – schon bei dem Abend im Kettenbrücken-Saal. Und Strauß behielt den schönen und gewinnbringenden Brauch bei, und dieser wurde akzeptiert! Die Wiener kamen und zahlten. Und als Lanner erkannte, daß er damit ein Risiko in bezug auf die Höhe der Einnahmen ausschließen konnte, machte er es dem Schani nach.

Der Abend im Etablissement aber enttäuschte niemanden. Auch nicht Lanner und Strauß. Es wurde ein hitziges Gefecht im Dreivierteltakt, eine Saalschlacht mit Klängen, ein friedlicher und darum nicht weniger emotioneller Höhepunkt im Wiener Walzerkrieg.

Wer von beiden trug den Sieg davon ...?

„Die sind alle zwei gut, einer wie der andere!“ konnte man die erhitzten Tänzer urteilen hören.

Und zu vorgerückter Stunde fragte keiner mehr, da wurde nur noch getanzt.

4. Strauß wird gedruckt

In den Wiener Musikaliengeschäften fand das Paganini-Konzert sichtbaren Ausdruck. In den Schaufenstern konnte man des Meisters gerahmtes Konterfei bewundern. Aber nicht nur das, man konnte auch die Noten der von ihm gespielten Musikstücke erstehen.

Und wer in diesen Tagen durch die Wiener Gassen ging, der konnte aus manchem Fenster ein Geigengewimmer vernehmen, das bei einiger Anstrengung erkennen ließ, daß da irgend so ein Möchtegern-Virtuose oder auch nur angehender Geigenkünstler versuchte, es dem Maestro nachzumachen, indem er eine seiner Pièсen zerquälte.

Nun ja, Paganinis fallen nicht wie die reifen Pflaumen vom Himmel, auch nicht in Wien, das doch fürwahr eine recht musikalische Stadt war und noch immer ist.

Auch Schani und Amon blieben die solcherart sicht- und hörbar gewordenen Nachwirkungen des vielbesprochenen Abends nicht verborgen.

„Der verdient doch damit noch nachträglich einen hübschen Batzen, Schani", meinte Amon neidvoll.

„Sich drucken lassen, das kost' g'wiß eine Menge Geld", brummte Schani. „Aber es wär' zugleich g'wiß auch eine rechte Reklam' ... Überall, wo man hinschaut, nix wie Paganini."

„Statt nix wie Strauß!" legte Amon noch ein Schäuferl nach. „Red'st halt mit ein'm Notendrucker. Laß dir ausrechnen, wieviel es kost' ..."

„Und dann soll ich vielleicht hausieren gehen mit meinen Noten? Und was ist, wenn s' mir keiner abkauft? Dann sitz' ich drauf, und das ganze Geld ist beim Teufel. Und nur der Drukker lacht sich eins. Nein, das ist nix für mich, Amon, da laß' ich lieber die Finger davon."

„Und dann schreibt's dir auch noch jeder ab, deine Noten, und spielt's selber", brummte Amon, seine Gedanken weiterspinnend. „Dann hast nix mehr davon, aber bekannt werden tät's halt noch mehr, was d' g'schrieben hast!"

„Ich glaub', das ist ein G'schäft für sich, eins, von dem ich nix versteh'. Weißt, da wart' ich lieber noch ein bißl."

Und dann kamen sie an einem nicht mehr taufrischen, vom Regen durchweichten Plakat vorbei, das den Abend in der „Kettenbrücke" ankündigte.

„Da schau, Schani", machte Amon seinen Begleiter aufmerksam. „Da steht nix drauf vom Paganini ... nur vom Lanner und von dir."

„Aber das ist doch schon vorbei."

„Aber den Kettenbrücken-Walzer und den Täuberl-Walzer, den spiel'n wir doch noch, oder? Und die Leut' rennen noch immer zu der Brück'n und gaffen sie an. Glaubst nicht, daß die Leut' die zwei Walzer genauso kaufen täten wie die Noten von dem Herrn Mosjö?"

„Vom Paganini? Vielleicht ..."

Notengeschäfte gab es damals in Wien die Menge. Und sie standen schon wieder vor so einem kleinen Laden nahe der Kirche am Hof, gleich beim Zeughaus.

„Schau'n wir doch einmal rein, wo der Mosjö seine Piècen drucken laßt", schlug Amon unternehmungslustig vor. „Fragen kost' nix. Und dann können wir's uns ja vom Drucker ausrechnen lassen."

„Aber ich wüßt' ja gar nicht, wieviel ... wieviel von solchen Noten, mein' ich! Ein paar Hundert? Oder gar Tausend? Wie g'sagt, Amon, das ist ein G'schäft, davon versteh' ich nix!"

Eher widerwillig ließ er sich dann doch in den Laden schleppen, begehrte, solche Paganini-Piècen vorgelegt zu bekommen, und fand den Drucker wie auch den Verleger heraus.

„Der Diabelli", brummte Schani. „Er laßt das beim Diabelli machen. Da haben wir ja auch ein paar solche Blatt'ln, aber die sind alle von der Hand abg'schrieben, und darum ist mir's nicht weiter aufg'fallen, weil das schreibt man ja nicht mit dazu, beim Kopieren."

„Der Drucker druckt's, und der Diabelli bringt's unter d' Leut'", resümierte Amon. „Weißt, was? Geh'n wir hin! Wir können ihn ja einmal fragen!"

Der Musikverleger Diabelli hatte sein Comptoir im Stockwerk eines alten Hauses am Graben nahe der Wollzeile. Schani und sein Primgeiger kamen in ein Bürolokal, in welchem einige emsige Schreiber saßen, die Korrespondenzen, buchhalterische Arbeiten und dergleichen mehr erledigten.

„Ist vielleicht der Herr Diabelli persönlich zu sprechen?" fragte Johann. „Ich hätt' ihn gern was g'fragt. Mein Name ist Johann Strauß!"

Der musikgewaltige Verleger thronte in seinem Allerheiligsten, halb verdeckt hinter Bergen von Noten und Korrespondenz, die sich auf seinem Schreibtisch türmten. Er war ein hagerer, scharfnasiger Geselle, mit kühl taxierendem Blick und dünnen Augenbrauen. Aber er hatte die beiden Herren, die ihn sprechen wollten, sofort empfangen.

„Strauß? - Aber ja doch, natürlich! Strauß ... Das Konzert in der ‚Kettenbrücke'! Ist mir ein Begriff. Und was, wenn ich fragen darf, kann ich für Sie tun?"

Er war sehr höflich, ein gewandter Geschäftsmann.

Schani sah fragend Amon an und gab ihm einen leichten Schubs. Er selbst war kein besonderes Rednertalent.

„Ja, Herr von Diabelli -" begann Amon und blickte seinerseits fragend zu Schani auf.

„Es ist wegen der Noten", brachte dieser verlegen hervor. „Mein neuer Walzer -"

„Der Kettenbrücken-Walzer?" zeigte sich Diabelli überraschend informiert. „Sie wollen ihn mir anbieten? Das wäre bloß ein Stoßgeschäft. Ist morgen vergessen! Aber ich wäre durchaus am Täuberl-Walzer interessiert, Herr Strauß." Er bot Sitzgelegenheiten an, meinte, das Thema verlange ein ausführlicheres Gespräch.

„Wieviel müßt' man denn da drucken lassen?" fragte Johann vorsichtig.

„*Sie* müssen gar nichts drucken lassen“, winkte Diabelli beruhigend ab. „Das überlassen Sie nur mir. Ich biete Ihnen für den Walzer – nun, sagen wir, fünf Gulden. Oder sechs ... sieben etwa, darüber läßt sich noch reden. Dann lasse ich ihn drucken, auf eigene Gefahr, und was der Verkauf einbringt oder auch nicht, das ist allein meine Sache. Sie haben keinerlei weitere Verpflichtungen, ich kümmere mich auch darum, daß die Noten in die Geschäfte kommen, ich mache auch Reklame dafür. Der Name Strauß wird dadurch bekannt, nicht nur in Wien, versteht sich.“

„Was, Sie bringen die Noten auch nach Linz, Graz, Salzburg gar?“

„Sogar ins Ausland, Herr Strauß! Sie werden durch mich berühmt! Und dafür zahle ich Ihnen sogar noch sieben Gulden in bar ... oder sechs, je nachdem, vielleicht auch nur fünf, das müßte ich mir erst noch berechnen. Verstehen Sie, man kennt den Namen Strauß bisher nur in Wien. Aber wie gesagt, es ist mein persönliches Risiko“, versicherte Herr Diabelli in seinem menschenfreundlichsten Tonfall.

Schani dachte nach, überlegte nicht allzu lange. „Darf ich Ihnen die Noten bringen?“ fragte er schließlich, nachdem er mit sich ins reine gekommen war.

„Aber selbstverständlich, Herr Strauß!“ strahlte Diabelli. „Und für Ihre Kapelle bekommen Sie extra zwanzig sauber gedruckte Notenblätter obendrauf. Von jedem Notenpult wird man's sehen können! Und überall steht ganz groß der Name ‚Strauß‘ darauf!“

„Das wär' fein“, meinte Amon leuchtenden Auges.

„Ja, mehr noch, Sie können auch selbst solche Noten verkaufen, aber da müßten Sie abrechnen mit mir. Sie können verdienen dabei. Ich gewähre Ihnen den gleichen Rabatt wie jedem Musikalienhändler“, versicherte er in offenkundiger Geberlaune.

„Wir kommen wieder“, versicherte Schani, restlos überzeugt.

Und als sie wieder draußen auf der Straße standen, meinte Amon: „Na, war das eine gute Idee, daß wir zum Diabelli 'gangen sind?!"

„Weißt, was, Amon? Jetzt geh' ich in eine Konditorei und kauf' der Anna und dem Kleinen ein paar Zuckerbretzeln", rief Schani strahlend. „Die Anni, glaub' ich, hat sich das verdient!"

Als er heimkam, sah sie gleich, daß etwas Besonderes los sein mußte. Amon hatte sich unterwegs verabschiedet und sich aufgemacht, um bei den „Täuberln" eine Probe zu arrangieren. Denn Herr Deiß hatte sich tatsächlich, vorerst zumindest zu Unrecht, die Sorge gemacht, daß ihm die Strauß-Kapelle abhanden kommen könne.

Aber natürlich stand Johann nun, nach dem Paganini-Konzert, der Sinn nach Höherem. Und vielleicht war die vielversprechende Begegnung mit Diabelli ein Schritt in diese Richtung.

Noch bevor Anna ihr rosiges Mündchen auftun konnte, hielt ihr Schani auch schon das Päckchen mit den Zuckerbretzeln entgegen. „Stell dir vor, Anni", rief er begeistert, „ich werd' gedruckt!"

Da fiel sie ihm wortlos um den Hals und teilte seine Freude mit ihm. Und er küßte und herzte auch den kleinen Johann, und sein Jubel erfüllte die kleine Stube.

„Anni, Annerl!" rief er aus, „du wirst sehen, hier bleiben wir nimmer lang. Ich weiß, dein Herr Vater hat auf mich einen mordstrumm Grant. Ich bin halt net der Schwiegersohn, den er sich g'wünscht hat. Aber er soll sehen, daß dir's gutgeht bei mir und daß sein Segen keinen Unwürdigen trifft. Es geht aufwärts, Annerl, das versprech' ich dir!"

Und im Überschwang seiner Gefühle zog er sie aufs Lager, und sie wehrte ihm nicht, als er sie mit Küssen bedeckte und seine Arme um sie schlang.

„Schani, bist verrückt, am hellichten Tag!" preßte sie schließlich nur noch hervor.

Aber er hörte ihn gar nicht mehr, diesen lahmen Protest.

Noch am gleichen Nachmittag hatte Herr Diabelli die säuberlich aufgeschriebenen Noten des Täuberl-Walzers. Johann brachte ihm auch den Kettenbrücken-Walzer mit, aber daran zeigte er sich nicht interessiert.

„Der würd' kein G'schäft", erklärte er und reichte die Noten mit Dank zurück. „Ich hab' den Kontrakt schon vorbereitet, Herr Strauß. Sie brauchen nur noch zu unterschreiben. Und der Kassier draußen im Comptoir zahlt sie nachher gleich aus."

Auch das war Musik in Schanis Ohren, und diesmal war er nicht musikalisch genug, um den Mißklang darin herauszuhören. Vielmehr hoffte er, während er draußen sein Honorar einstreifte, mit dem Verleger Diabelli künftig noch manch anderes Geschäft zu machen.

Es blieb aber beim Täuberl-Walzer.

Denn als dieser im Musikalienhandel erschien, tauchte eines Abends ein rundlicher, adrett gekleideter Herr unter den Gästen beim „Täuberl" auf, sah und hörte sich die Strauß-Kapelle an, trank sein Glas Gumpoldskirchner Wein und verzehrte bedächtig ein Schnitzel mit gemischtem Salat und hernach auch noch eine Torte.

Und dann, kurz vor der Pause, sandte er den Kellnerburschen mit einer Visitenkarte zu Herrn Strauß, der sich eben auf dem Podium für reichlichen Applaus verneigte.

Schani nahm das blütenweiße Kärtchen und las darauf:

TOBIAS HASLINGER
Musikalien und Verlag

Der Herr Haslinger, noch immer an seinem Tisch sitzend, und der Schani auf dem Podium tauschten einen Blick.

„Der Herr möcht' Sie gern sprechen, Herr Strauß", meldete der Bub.

„Sag ihm, daß ich mich in der Pause zu ihm setzen werd'", ließ Schani ausrichten. „Und bring mir nachher mein Schnitzel auch gleich an seinen Tisch. Die Paus' ist nicht lang, ich muß die Zeit nützen."

„Wird g'macht, Herr Strauß." Der Bub enteilte und brachte Herrn Tobias Haslinger Bescheid.

Wer Haslinger war, das wußte Strauß. Und das wußte jeder in Wien, der mit Musik und Theater zu tun hatte.

„Warum", empfing Haslinger den Schani mit mildem Vorwurf, „sind S' denn mit dem Kettenbrücken-Walzer net zu mir 'kommen? Warum gehen S' denn damit zu meiner Konkurrenz? Haben S' denn net g'wußt, daß der Diabelli der größte Halsabschneider in dem ganzen Gewerbe ist?"

„Aber es ist doch das erste Mal, daß was von mir 'druckt wird", verteidigte sich der Schani etwas kleinlaut. „Und zum Herrn Haslinger hätt' ich mich gleich gar nicht hing'traut. Und dann hab' ich ja auch gar net g'wußt, daß der Herr Haslinger net nur verkauft, sondern auch druckt. Das G'wölb vom Herrn Haslinger kenn' ich freilich, aber –"

„Na, wenn Sie das G'wölb schon kennen, dann wär's schön, wenn Sie mich dort einmal besuchen kämen, Herr Strauß", lächelte Haslinger nachsichtig. „Hoffentlich habn' S' net mit'm Diabelli einen Generalvertrag abg'schlossen?"

„Einen Generalvertrag?"

„Na ja, daß er Sie gleich verpflichtet hat, alles, was Sie schreiben, zum Drucken zu geben und keinem anderen?"

„Nein, davon ist keine Red'. Im Gegenteil. Ich hab' ihm noch den Kettenbrücken-Walzer verkaufen wollen, aber den hat er net g'nommen."

„Aber ich nehm' ihn, den Kettenbrücken-Walzer", erklärte Haslinger. „Bringen S' mir gleich morgen die Noten in mein G'wölb. Und wenn S' wieder einmal mit dem Diabelli z'sammkommen, dann laß' ich ihm ausrichten, er ist ein Tepp."

Das Schnitzel für den Schani wurde serviert, und Herr Haslinger fühlte sich bemüßigt, sein Urteil über den Konkurrenten etwas zu korrigieren.

„Guten Appetit, Herr Strauß. Na ja, ein Tepp ist er g'rad nicht, der Diabelli. Aber die Musik, die Sie komponieren, ist net sein Fach. Wissen S', er hat net zug'schlagen, weil die Kettenbrücken g'rad aktuell ist. Bei sowas druckt man eine kleine Auflag' und macht damit ein Stoßgeschäft. Und hernach, glaubt er, kann er den Walzer vergessen, weil kein Mensch mehr danach fragt. Aber sehen S', Herr Strauß, ich hab' Sie eben g'hört und bin anderer Ansicht."

„Ach ja? Was glauben denn Sie?" fragte Schani zwischen zwei Bissen begierig.

„Ich glaub'", wählte Haslinger vorsichtig seine Worte aus, „daß in Ihrer Musik ein bißl mehr steckt. Wie auch in Ihnen selber, Herr Strauß. Sie machen Musik zum Tanzen. Und Ihre Kapell'n spielt zum Tanzen. Und die Leut' haben daran ihre helle Freud'. Und sie werden noch lang ihre Freud haben an Ihrer Musik. Und nicht nur hier bei den ‚Zwei Täuberln' oder in dem „Kettenbrücken"-Etablissement. Sind doch etliche Komtesserln und Baronesserln hier, die ich kenn' ... Sie müssen schau'n, daß der Hof auf Sie aufmerksam wird. In dem Kaiser seiner Burg tanzt man genauso gern ..."

„Aber gehn S', Herr Haslinger", rief Schani entsetzt, „dafür ist doch meine Musi' gar net fein genug ..."

„Dann machen Sie's eben feiner", meinte Haslinger und trank bedächtig von seinem Wein. „Sie sind jung, haben noch alles vor sich - vielleicht gar die ganze Welt ... Überlegen Sie sich's, was ich Ihnen da sag'. Und bringen S' mir Ihren Täuberl-Walzer ..."

Ein wenig benommen von dem eben Gehörten kehrte Schani zu seinem Musikantenpodium zurück und drückte seine Geige unters Kinn.

Und als er wie unter einem Zwang zu Haslinger blickte, sah er, wie ihm dieser aufmunternd zunickte.

5. Beim vornehmen „Sperl“

Josef, der Zweitgeborene, war inzwischen dem Strampelalter entwachsen. Von der Musik ihres Mannes hörte Anna nicht viel, ihn selbst sah sie auch nicht so oft, wie ihr lieb gewesen wäre. Dafür sorgten Johann und Josef auf ihre Art für mitunter entnervende Töne.

Anna war jung, sie wäre auch gern zum Tanz gegangen, oder in den Prater, zu Stuwers berühmtem Feuerwerk oder zum Ringelspiel des Calafati. Doch da waren eben die Junioren, die sie in Anspruch nahmen. Wenn schon der Vater für sie kaum Zeit hatte, wollte die Mutter wenigstens ganz dasein für sie.

In der Vorstadt Landstraße reihte sich vor den „Zwei Täuberln“ inzwischen Wagen an Wagen. Es hatte sich herumgesprochen: Den jungen Mann, der dort dirigierte und geigte wie vom Teufel besessen, den mußte man erlebt haben. Der zuckte förmlich vor Rhythmus, riß seine Musikanten und die Leut’ im Saal einfach mit, hatte er erst einmal zur Geige gegriffen. Das war kein Theater, das spürte man.

Es sprang von ihm auf alle wie ein elektrisierender Funke über. Bald gab es keinen mehr, der die Füße stillhalten konnte, nicht einmal der immer rundlicher werdende Herr Deiß. Da packten die jungen Herren die Mädel um die schlank geschnürten Taillen und drehten sie über den Tanzboden, daß ihnen der Atem verging. So wie der da oben hatte bisher noch keiner zum Tanz aufgespielt. Seine Walzer klangen anders als gewohnt. Sie waren urwüchsig, bodenständig und doch elegant. Das war eine Musik, die das tanzbegeisterte junge Volk von Wien verstand, und sie riß sogar auch die Alten mit.

Und dem Strauß konnte man’s ansehen, daß er sich hineinsteigerte in eine wahre Besessenheit. Ja, er war besessen, wie von innerer Glut brannte es als ein Licht in seinen Augen. Es war wie ein Rausch im Dreivierteltakt: eins, zwei, drei - eins, zwei drei ...!

Auch die vornehme Gesellschaft kam immer zahlreicher.

Und der Wind trug die Melodien der Strauß-Kapelle über das Wasserglacis, wo im schimmernden Dunkel der Frühlingsnächte die Pärchen einander umschlangen und küßten und sich wiegten in diesem betörenden Rhythmus.

„Schamlos“ fanden es die gestrengen Sittenapostel. „Zu unserer Zeit gab's so was nicht – haben wir denn keine Sittenpolizei, die auf Zucht und Ordnung achtet?“ Aber von den neckischen „Polsterltänzen“ und gar den züchtigen Tanzschritten vergangener Generationen wollte diese Jugend nichts mehr wissen. Zumal es nicht nur die Strauß-Kapelle war, sondern auch die von Josef Lanner, die das Feuer schürte.

Nach solchen Walzernächten kam Johann immer angegriffen heim, warf sich aufs Bett und war kaum noch ansprechbar.

„Weißt, was, Annerl – eines Tages krieg' ich g'wiß noch einen Orden von der Schusterinnung“, brummte er, schon halb im Schlaf.

„Von der Schusterinnung?“ fragte sie verwundert.

„Na ja – denk doch, was die für ein G'schäft machen durch mich, wegen der vielen durchgetanzten Sohlen ...“

Strauß hatte schon aus seiner ersten Begegnung mit Haslinger eine Menge gelernt. Er brachte ihm nicht nur den Täuberl-Walzer in sein Gewölbe im Paternostergäßchen beim Graben, sondern auch noch einen „Paganini-Walzer“, in welchem er dessen Opus 7 als Hauptmotiv variierte. Haslinger fiel ihm fast um den Hals. „Der wird gehen wie die warmen Semmeln!“ rief er.

In Haslingers Gewölbeladen wäre Schani, noch in der Zeit des Kettenbrücken-Walzers, beinahe mit einem dicklichen, offensichtlich schwerhörigen, ungemütlichen Mann zusammengerannt, der den Verleger mit „Tobiasserl“ anredete.

„Kennen S' den net, Herr Strauß? – Des is der Herr von Beethoven!“ hatte Haslinger erklärt.

Bei Haslinger traf sich doch tatsächlich Tag für Tag, was immer in Wien musizierte, ob beruflich oder privat. Man verhielt sich ähnlich wie in einem Kaffeehaus, fast hatte man den Eindruck, daß es Leute gab, die beim Haslinger wohnten. Sie gaben tatsächlich sein Gewölbe als jene Adresse an, wo man sie am sichersten erreichen konnte. Man tratschte miteinander oder hielt gar regelrechte Konferenzen ab, schrieb Briefe, kaufte Konzertkarten, Noten und natürlich die „Theaterzeitung". Und es ergab sich, daß „Tobiasserl" zu einem Fixpunkt im Leben Schanis wurde.

An jenem Frühlingsabend des Jahres 1828, an welchem angekündigt worden war, der „Paganini-Walzer" werde im Lokal „Zu den zwei Täuberln" seine Uraufführung erleben, drängte sich das Publikum bei Deiß in geradezu beängstigendem Maß.

Es gab unerwarteten Ärger. Etliche waren gekommen, um einen Ersatz-Paganini zu hören, und drehten gleich wieder ab, als sie feststellen mußten, daß sie gleich beim Eingang zur Kasse gebeten wurden. Zwar verlangte man nicht vier Gulden wie beim Paganini-Konzert, doch die Leute fanden es nicht nur ungewohnt, sondern auch unerhört, daß ein „Tanzgeiger" fixen Eintritt verlangte.

Haslinger kam auch und berichtete von Briefen, die er erhalten hatte.

„Stellen S' Ihnen vor, Strauß – da gibt's Leut', die sich darüber beschweren, daß ich neben Leuten wie Beethoven auch Strauß verleg'", lachte er. „Aber das regt mich net weiter auf. Die soll'n sich denken, was sie wollen. Eines Tages denken s' ganz anders, verlassen Sie sich d'rauf!"

Niemand kann sich denken, wie es in diesen arbeitsintensiven Tagen in der Strauß-Wohnung zuging. Wäre Anna nicht eine resolute Wirtstochter gewesen, welche daheim gelernt hatte, die Zügel der häuslichen Wirtschaft in festen Händen zu halten, wäre damals einiges schiefgegangen.

Es war ein Kommen und Gehen. Mitglieder der Strauß-Kapelle gaben einander die Türklinke in die Hand. Man verabredete Proben oder probierte gar gleich an Ort und Stelle. Und dazu krähten die beiden Strauß-Buben.

„Daß es die zwei gibt, ist ein kleines Wunder, Amon", sagte

Anna glücklich zu dem längst zum Freund der Familie gewordenen Geiger. „Denn der Schani ist ja mehr mit seiner Geige verheiratet als mit mir …"

Es sollten im Laufe ihrer Ehejahre trotzdem insgesamt sechs Kinder werden, die sie gebar. Und drei von ihnen - Johann, Josef und Eduard - haben die Welt reich beschenkt. Ein vierter Sohn, Ferdinand, erlebte freilich nur seinen zehnten Lebensmonat. Aber es kamen auch noch zwei Töchter, Anna und Therese, zur Welt.

Anna Strauß war von ihren Anlagen her von bürgerlicher und bodenständiger Art. Schani hingegen hatte unruhiges Musikantenblut in den Adern. Von Zeit zu Zeit überfiel ihn der Wandertrieb. Immer mehr zeigte es sich, daß er ein sehr guter Organisator und Manager seiner Musikantentruppe war. Die fruchtbare Zusammenarbeit mit Haslinger weckte in ihm auch den Sinn fürs Kaufmännische. Er hatte für alles, was Haslinger sagte und was ihm zum Vorteil gereichen konnte, ein sehr offenes Ohr.

Zu den Strauß-Konzerten kamen jetzt auch Journalisten, um zu berichten. Und da konnte man dann lesen, daß die Präzision, mit der er und seine Musiker konzertierten, fast der Exaktheit der Hofmusik gleichkäme.

Strauß spielte bereits in verschiedenen Lokalen. Eines davon lag in Hietzing, dort, wo heute das Parkhotel steht. Es war das damals schon traditionsreiche „Dommayersche Kasino", ein Caférestaurant und eine Gastwirtschaft mit großem Garten, Tischen unter grünen Lauben, nahe dem Schloß Schönbrunn, der Sommerresidenz Seiner Majestät des Kaisers.

Doch seine wahre Heimstatt und Wirkungsstätte für die folgenden Jahre fand der Schani erst im Jahre 1829. In diesem Jahr nämlich veranstaltete der rührige Besitzer des „Sperl", Johann Georg Scherzer, einen „musikalischen Wettbewerb".

„Das Sperl", wie man im Volksmund sagte, war das anerkannt führende Ballokal Wiens. In Budapest, Berlin, London versuchte man vergeblich, es zu kopieren. Es blieb unerreicht als eine Art Symbol lebensfroher Wiener Gemütlich- und Gastfreundlichkeit. „Das Sperl" war nach seinem Umbau 1839 eine Stätte des Genusses und des guten Lebensstils. Das Haus rechtfertigte, sobald man es betrat, seinen internationalen Ruf vollkommen. Es galt als eines der schönsten Tanzlokale Europas. Der gleich einem Admiral uniformierte Portier dienerte den Eintretenden zunächst in eine einem Palmenhain gleichende Vorhalle. Von dieser aus gelangte man in die Räumlichkeiten des Parterre. Es gab mehrere Speisesäle, Rauchzimmer und einen riesigen Tanzsaal, durch welchen man in einen Park gelangte, in welchem während des Sommers beim Schein bunter Lichter getanzt wurde. Von der Halle führte aber auch eine elegante, teppichbelegte Treppe mit verspiegelten Wänden zunächst in den Wintergarten des ersten Stocks und von da in den schönsten, durch unzählige Spiegel an den Wänden noch größer erscheinenden Tanzsaal des Hauses, der ringsum von einem Wandelgang, Buffets, Rauchzimmern und Garderoben umgeben war. Viele bezeichneten ihn als einen der schönsten Ballsäle der Welt. Jedenfalls wurden alle großen Repräsentationsbälle Wiens dort abgehalten, selbst der „Ball der Gesellschaft der Musikfreunde", der „Medizinerball" und der „Juristenball". Und beim populären „Katharinenball" drängten sich in seinem Tanzgewühl hier alljährlich einige Tausend Paare.

In diesem Haus spielen zu dürfen, das war natürlich für jede Tanzkapelle Wiens *der* Traum schlechthin. Es fühlten sich viele dazu berufen, aber nur wenige wurden auserwählt. Herr Scherzer übte eine strenge Auswahl, das war er dem Ruf des „Sperl" schuldig. Dafür aber verlieh er jedem Kapellmeister, der bei ihm musizieren durfte, taxfrei den Titel eines „Musikdirektors" und kündigte ihn reklamebeflissen, wie er nun einmal war, auch als solchen auf zahllosen Plakaten an.

Von seinen Musikdirektoren verlangte er einiges. Sein „Sperl" in der Leopoldstadt verschlang naturgemäß schon an reinen Betriebskosten Tag für Tag ein hübsches Sümmchen. Das mußte erst einmal abgedeckt werden, bevor nach Abzug von Steuern und Abgaben an einen Gewinn zu denken war. Herr Scherzer aber war verständlicherweise kein Freund roter Zahlen. Um sich vor solchen zu bewahren, hielt er seine Musikdirektoren ständig auf Trab.

„Was ist, meine Herren?! Haben S' keinen Einfall, keine neuen Ideen? Oder woll'n wir uns auf unseren Lorbeeren ausrasten, wie? Strengen S' Ihnen an, denken S' nach, tun S' was, damit uns net die Plüschsesseln vom Finanzer gepfändet werd'n."

Eine von Scherzers diesbezüglichen Maßnahmen war jener Musikwettbewerb des Jahres 1829. Bei diesem Bewerb sollten die bekanntesten Tanzkapellen Wiens gegeneinander antreten; dem Sieger winkte ein Vertrag.

Ganz Wien war auf den Beinen und gespannt auf das Ergebnis. Mehrere Tage hindurch meldeten die Zeitungen, welche Kapellen sich zur Teilnahme an diesem Bewerb gemeldet hätten.

Strauß zögerte. Seine Freunde und vor allem die Musiker seiner Kapelle drängten ihn, sich anzumelden.

„Sie müssen sich melden, Strauß", meinte auch Haslinger nachdrücklich. „Glauben S' mir, das ist der entscheidende Schritt nach oben!"

„Weiß man schon was - macht der Lanner mit?"

„Davon hab' ich noch nix g'hört. Aber trotzdem sind S' in guter G'sellschaft, Strauß!"

„Ob ich g'winnen könnt'?"

„Das müssen S' eben probieren! Dazu ist er ja da, so ein Wettbewerb!"

Freund Amon fühlte sich förmlich herausgefordert.

„Es könnt' aber auch eine Riesenblamasch' werden", überlegte Schani.

Es stellte sich heraus, daß Josef Lanner das Risiko *nicht* einging. Obwohl man ihm die Teilnahme seitens Scherzers nahelegte. Scherzers Agenten meldeten sich aber auch bei Strauß: „Die anderen zählen nicht - aber Sie! Das bringt doch ganz Wien auf die Beine!" Dem Scherzer ging's naturgemäß nur um sein Geschäft. Für den Schani aber stand mehr auf dem Spiel.

Schani verbrachte eine schlaflose Nacht.

„Kannst net einschlafen, Schani, gelt? Die G'schicht mit dem ‚Sperl' geht dir durch den Kopf", meinte Anna, an seiner Seite liegend.

„Alle reden mir zu. Aber soll ich's wirklich riskieren, als Zweiter aus dem Rennen zu gehen?"

„Schani – knapp zu verlieren wär' keine Schand'. Die anderen, wie sie alle heißen, steckst du glatt in die Tasche. Wer sagt dir denn überhaupt, daß du verlieren mußt?"

„Wenn die erst erfahren, daß ich gegen sie antreten werd', schicken die doch gleich ein paar von ihre Leut' als Konfidenten in mein nächstes Konzert. Du kannst dir dann denken, was die machen. Manche können sich's gar nicht leisten, gegen mich zu verlieren!"

Anna seufzte. Sie hatte keinen leichten Tag hinter sich. „Beschlaf's halt noch einmal, Schani. Morgen ist auch noch ein Tag."

„Ja, aber der letzte Tag für die Anmeldung. Ich muß mich entscheiden, Anna. Der Scherzer will's bis morgen wissen, hat er mir sagen lassen. Es ist wegen der Plakate."

Und er dachte schon daran, einen Taler um Rat zu fragen. Käme das Bild des Kaisers obenauf zu liegen, wenn er ihn warf, dann würde er sich anmelden. Doch dann ließ er es bleiben. Und anderentags hatte Scherzer die erhoffte Sensation. Die Kapelle Johann Strauß würde antreten.

In Wien redete man bald von kaum noch etwas anderem.

„Der hat Ehrgeiz, der Strauß!" hieß es.

„Ja, aber er kann auch was!" versicherten andere.

Und eines Tages erklang im Gewölbe Herrn Haslingers die Stimme eines Besuchers: „Was meinen Sie, Tobiasserl, wer von denen ist der beste?"

„Gehen S' hin und schaun S' nach", zog sich der diplomatische Herr Haslinger aus der Affäre.

6. Auf neuen Wegen

Und die Sensation war perfekt, als sich herausstellte: „Strauß ist Sieger! Strauß hat gewonnen!"

„Anni, stell dir vor, wir haben' s geschafft! Nun spiel' ich laufend im ‚Sperl'! Aber wir sollten umziehen in die Leopoldstadt, damit ich net weit vom ‚Sperl' nach Haus' hab', wenn ich spät heimkomm'. Aber eine Menge Arbeit wird's geben", sagte er, zugleich hoffnungsvoll und sorgenfroh.

Herr Scherzer hatte ihn nicht im unklaren darüber gelassen, was er von ihm erwartete. Seine Herren Musikdirektoren hatten sich um ihre Säle zu kümmern; angefangen von den Texten für Inserate und Plakate bis hin zur Saaldekoration und dem Tanzarrangement waren sie voll verantwortlich. Und alles hatte reibungslos zu klappen!

„Der Haslinger hat g'sagt, der ‚Sperl', das ist für mich ein großer Schritt nach vorn. Er hat g'sagt, er sieht mich schon bei Hof", sagte Schani schmunzelnd. „Na ja, der Lanner hat's schon g'schafft, warum nicht auch ich? Aber wer weiß, wie lang's dauert!"

Es dauerte doch noch einige Jahre, kurze und doch endlos scheinende Jahre, Jahre harter Arbeit, die freilich den Schani zeichneten. Er war noch immer voll Ehrgeiz und Schwung. Auf dem Podium, vor seiner Kapelle war er wie eh und je. Doch privat war er nicht mehr derselbe, das merkten seine Kinder und seine Anna.

Er hatte sogar seinen Freund Lanner finanziell hinter sich gelassen. Betrug sein Honorar pro Abend vierundfünfzig Gulden, so mußte sich Lanner, war er fix engagiert, mit achtundvierzig Gulden und dreißig Kreuzer begnügen. Das machte, in Zahlen, nicht allzuviel aus, aber der feine Unterschied wog in Wirklichkeit weit mehr.

Die schließliche Übersiedlung in die Leopoldstadt, ins „Hirschenhaus", brachte den erhofften Gewinn an Platz für die auf sieben Personen angewachsene Familie – nur Eduard war noch nicht auf der Welt –, aber auch mehr Arbeit für Anna mit sich. Das Kommen und Gehen blieb. Um den von Scherzer gestellten Anforderungen gerecht zu werden, brauchte Schani jetzt ein ganzes Team von Mitarbeitern über die Mitglieder seiner Kapelle hinaus. Anna mußte bewirten. Anna mußte auf die Kinder aufpassen. Anna mußte die Wohnung in Schuß halten. Und den Mann erwarten, wenn er spätnachts nach Hause kam. Mit der Zeit fand dieser das selbstverständlich. Sie aber hegte mitunter den Verdacht, daß es nicht immer der „Sperl" war, von wo er heimkehrte. Anna konnte rechnen, das hatte sie daheim in Lichtental im väterlichen Wirtshaus zur Genüge gelernt. Ihrem Manne aber fehlte es trotz guter Einkünfte immer wieder an Geld ...

Aber sie sprach kein Wort hierüber, sondern wartete darauf, daß er selbst den Mund auftun würde. Waren da andere Frauen? Hatte er so wenig Vertrauen zu ihr, daß er schweigsam blieb? Sie sah ihn oft fragend an. Und er spürte das, wurde mürrisch und blickte abweisend weg.

Wie eine Erlösung kam dann eines Tages seine Ankündigung, sie und die Kinder für einige Tage mit nach Baden, in die Kurstadt bei Wien, mitnehmen zu wollen, wo er im Helenental Konzerte geben wollte.

„Schani, nach Baden! Oh, darauf freu' ich mich! Die gute Luft wird den Kindern guttun!"

„Und du schaust auch schon richtig abgerackert aus, Anna", stellte er mißbilligend fest. „Leider muß ich Mitte August schon wieder in Wien sein. Am Fünfundzwanzigsten geht's wieder los beim ‚Sperl' mit einem Benefizfest zu kleinen Preisen. Damit fang' ich an mit der neuen Saison."

Die Monarchie regierte damals Kaiser Franz I. Er war nicht mehr jung, hatte viel durchgemacht, seinen großen Widersacher Napoleon Bonaparte in den Mauern von Schönbrunn erleben müssen. Unter seiner Regentschaft aber hatte auch der Wiener Kongreß getagt und getanzt und des Kaisers getreuer Metternich eine Neuordnung Europas vorgenommen.

Nun sah man den alten Kaiser des öfteren, von jedermann höflichst gegrüßt, durch seinen Schönbrunner Park wandern, seinen Liebling zur Seite, den kleinen Enkel Franz Joseph. An seinem Sohn Ferdinand hatte er wenig Freude. Häufig kränkelnd, zeigte dieser überdies wenig Intelligenz. Von seinen Brüdern war Erzherzog Johann in der Steiermark besonders populär, Carl hingegen, als der Sieger von Aspern, in Wien. Des Kaisers vierte Ehefrau, Karoline Auguste, eine bayrische Prinzessin, war um vieles jünger als er. Auch sie mochten die Wiener gern.

Während des Sommers hatte die kaiserliche Familie ihren Séjour in der nahen Kurstadt Baden. Und fast der gesamte Hofstaat, viele Adelige und was Rang und Namen hatte oder sich dazurechnete, zog mit hinaus in jene anmutige Gegend, in der Beethoven seine „Pastorale" erlebt und geschrieben hatte. Viele hatten ihre Villen dort, und natürlich wollte die Gesellschaft dort auch nicht nur die Heilquellen gebrauchen, sich sonnen oder durch die Landschaft, bis hinüber zu Schuberts einstigem Lieblingsplätzchen, der Höldrichsmühle in der wildromantischen Brühl, wandern. Nein, man wollte auch an Ort und Stelle unterhalten sein.

Strauß erblickte darin eine vortreffliche Gelegenheit nicht nur zu einträglichem Konzertieren, sondern auch, um in die so erhoffte „allerhöchste Nähe" der Majestäten zu kommen. Er hatte keine Ahnung, daß Graf Amade - der Verantwortliche für die Hofballmusik - schon seit längerem dem Obersthofmeisteramt in den Ohren lag, neben Lanner auch Strauß zu beschäftigen. „Denn" - so hieß es in seinem Schreiben wörtlich - „die Komtessen vom Hofe wiegen sich nun eben in den Armen ihrer Tänzer am liebsten beim Strauß'schen Walzertakte."

Nun ließ sich nicht nur die kaiserliche Familie, sondern auch die des Herrn Musikdirektors Strauß in Baden häuslich nieder; und im duftenden Helenental zogen seine Konzerte bald Tausende Zuhörer und Tanzlustige an. Doch der Kaiser blieb fern und ließ ihn auch nicht bitten.

„Da steckt der alte Hofballmusikdirektor Wilde dahinter", ärgerte sich Schani.

Immerhin bekam er eine Einladung für einen Ball im Palais des Erzherzogs Carl in Wien, den er kommenden Wiener Fasching dirigieren sollte.

Am 25. August fand dann das große Fest beim „Sperl" statt. Leidlich erholt kehrte Anna mit den Kindern in die Stadt zurück, wo sie wieder ihr grauer Alltag mit all seinen Nöten und Sorgen erwartete.

Schani hatte sich diesmal selbst überboten. Im Speisegarten konzertierte eine Militärmusik. Natürlich – Strauß-Walzer! Der Park war in einen kleinen Prater verwandelt. Ein Trompeterkorps, steirische Alpensänger, ein Kasperltheater für die Kleinen und nach Einbruch der Dunkelheit noch ein Feuerwerk weckten Hunger, Durst und Begeisterung. Als dann zum Abschluß die Strauß-Kapelle das „Gott erhalte Franz, den Kaiser!" intonierte, das Groß und Klein stehend mitsang, war auch dem Patriotismus genüge getan, und man ging hochzufrieden nach Hause. In Bäuerles Theaterzeitung konnte man lesen: „Herr Strauß erfreute sich eines Anteils von 2600 Personen. Der Zuspruch war bedeutend, aber noch bedeutender war die Zufriedenheit, welche das Publikum laut und unverhohlen aussprach."

Strauß dirigierte beim „Dommayer", beim „Sperl" und im neu eröffneten „Tivoli" in Hietzing, einer „Erlustigungsstätte" besonderer Art. Aber es war nicht nur der Streß, der ihn seiner Anna an manchen Tagen so sonderbar erscheinen ließ.

Man schrieb nun schon das Jahr 1833. Schani hatte – nach einem Gesuch – erstmals die Einladung erhalten, den Ball bei Hof und die Fronleichnamsprozessions-Musik der Wiener Garde zu spielen. Lanner konzertierte im Volksgarten, im „Paradeisgartl" auf der Bastei und auf dem Wasserglacis. Ihr Nebeneinander hatte sich geregelt, sie lagen einander nicht mehr in den Haaren, Wien hatte für beide Platz. Alles schien in schönster Ordnung.

Im folgenden Winter klopfte eines Vormittags ein Konstabler an die Tür der Strauß-Wohnung. Anna öffnete ahnungslos und sah sich verwundert einem Polizisten gegenüber.

„Ist der Herr Strauß zuhaus'?" fragte der Mann in ungewöhnlich barschem Tonfall.

„Tut mir leid", bekannte Anna wahrheitsgemäß. „Er ist nicht daheim, er ist bei einer Probe."

„Dann bestell' Sie ihm, er soll, sobald er heimkommt, auf die Wachstub'n kommen!"

„Um Himmels willen, ist etwa was passiert?"

„Ich bin nicht befugt, Auskunft zu erteilen", erklärte der Beamte kurz, legte seine Hand an die Mütze und ging. Schon fast auf der Treppe, wandte er sich um: „Aber vergess' Sie das ja nicht, gute Frau, sonst müßten wir ihn holen lassen ..."

Erbleichend starrte sie ihm nach, wie er, ohne ein weiteres Wort der Erklärung, die Treppe hinunterstieg.

Schani kam zum Mittagessen.

„Du sollst zur Polizeiwachstub'n kommen, Schani. Und gleich, sonst kommen s' dich holen, hat der Konstabler g'sagt. Was ist denn los, Schani, hast was ang'stellt?! Was wollen s' denn von dir?!"

Helle Sorge sprach aus ihrer Miene. Der Schani aber beugte sich über seinen Teller, löffelte die Suppe und brummte nur: „Was soll denn schon ein? Ein Irrtum ist's wohl, weiter nix."

„Ein Irrtum? Nein, das glaub' ich nicht. Willst mir nicht die Wahrheit sagen?! Ich bin doch deine Frau, bin für dich da und für unsere Kinder!"

Endlich brummte er: „Was kann's denn schon sein, Anna. Ein bißl g'spielt hab' ich halt, so wie andere auch. Da ist doch nix dabei, oder?!"

„G'spielt? Du hast g'spielt? Um Geld?"

„Na, glaubst vielleicht, um Hosenknöpf'?" fragte er.

„Und hast verloren ...?"

„Verloren? Ich?! – Nein, wer anderer!" lachte er.

Aber es klang nicht lustig. Und Anna kam ein Verdacht.

„Falschg'spielt hast ...?"

„Falschg'spielt? - Ein bißl hasardiert! Ich und dem Scherzer seine zwei Söhne ..."

„- und die haben gegen dich verloren?!"

Wieder lachte er gequält. „Nein, wir haben alle drei g'wonnen! Verloren haben nur die, die gegen uns g'spielt haben. Weil wir's eben besser können! - Aber die Spießbürger hierzuland haben 's ja verboten, das Spiel ... Und die, gegen die wir g'wonnen haben, haben g'sagt, sie werden uns anzeigen bei der Polizei. Es ist nix wie eine hundsgemeine Rach'!"

„Und - machst du schon lang solche verbotenen Spiele?"

„Hast je einen Schaden davon g'habt, Anna?" stellte er die barsche Gegenfrage und blieb ihr die Antwort schuldig.

Hastig trank er ein Glas Wein aus, stürzte es förmlich hinunter und blickte dann strafend Anna an, als wäre sie schuld an seinem Malheur.

„Ja, was wird denn jetzt, Schani?" fragte sie bang.

„Weiß ich's?" kam es zurück. „Am liebsten tät' ich alles liegen und steh'n lassen und auf und davon fahr'n."

„Fliehen? Du willst fliehen, anstatt dich stellen? Das geht nicht gut aus, Schani, sie kennen dich ja überall - und was wird dann aus uns, aus den Kindern und mir?"

„Und was aus mir wird, das fragst net? - Aber keine Sorg', es wird schon nicht so schlimm werden. Ich geh' gleich auf die Wachstuben zur Polizei. Tät' mich nicht wundern, wenn ich dort net auch die Buben vom Scherzer treffen tät'. Der Scherzer ist ein großmächtiger Mann, Anna, und er braucht mich. Und seine Buben, die sind ihm ans Herz g'wachsen. Du wirst schon sehen, daß der uns net in der Tint'n sitzen laßt."

Plötzlich füllten sich Annas Augen mit Tränen. Sie war nicht imstande, sie zurückzuhalten, und wandte sich ab. Sie drückte ihre Schürze vors Gesicht, und Schani konnte sehen, wie ihre Schultern unter ihrem Schluchzen zuckten. Das schnitt ihm freilich ins Herz.

Und weil er Scham über sein Verhalten empfand, ärgerte es ihn zugleich. Und er rief: „Weibergeflenn, dummes!“ Wütend sprang er vom Tisch auf, schob den Stuhl zurück und rannte zur Tür.

„Schani“, rief Anna flehentlich, sich ihm wieder zuwendend. „Schani, was willst?!“

„Zur Polizei geh' ich“, rief er, knallte die Tür hinter sich zu und ging.

Im Nebenraum begannen die Kinder zu weinen. „Mama - was hat denn der Papa?“ fragten sie.

Anna hatte, wo immer es ging, ihrem Mann die Kinder ferngehalten. Er brauchte in den wenigen Stunden, die er daheim verbrachte, Ruhe und Konzentration. Auch waren häufig fremde Personen im Haus, die nicht zur Familie gehörten. So trug sie fast die ganze Last der Kindererziehung und suchte durch ihre Mütterlichkeit auszugleichen, was den Kindern an väterlicher Fürsorge entging. Diesmal aber war es zuviel für sie. Sie schloß die Kleinen in ihre Arme, und sie fielen in ihr Schluchzen ein, ohne den Grund zu kennen.

„Wir müssen jetzt alle tapfer sein“, preßte sie schließlich hervor. „Und wir müssen den lieben Gott im Himmel bitten, daß er den Vater nicht fallenläßt und ihn auf den richtigen Weg führt. Dafür wollen wir beten, liebe Kinder, nicht wahr?“

Sie ging mit der kleinen Schar zum Gnadenaltar in die Karmeliterkirche unweit von ihrem Haus.

Schani ein Hasardeur! In ihrer bürgerlichen Seele sträubte sich alles gegen diesen Gedanken. Sicher kam es zu einer Verhaftung, zu einem Skandal. Man würde davon in der Zeitung lesen! Was würden ihre Angehörigen im Lichtental sagen? Waren Vater und Mutter nicht gegen diese Heirat gewesen?

Tausend Gedanken stürmten auf sie ein. Innerlich zerbrochen, machte sie sich mit den Kindern schließlich wieder auf den Heimweg.

Die Wohnungstür war nicht abgeschlossen.

Überrascht und mit gerunzelter Stirn öffnete sie vorsichtig.

Drin saß Schani, eine halbgeleerte Weinflasche vor sich. Er war offensichtlich nicht nüchtern.

„Was schaust mich an?" lallte er. „Einen Durst hab' ich. Darf ich vielleicht nicht? - Geh und laß mich zufrieden!"

„Der Vater will allein sein", sagte sie zu den Kindern, die den Vater ängstlich anstarrten.

Still schlichen sie ins Nebenzimmer. Und Schani schenkte sein Glas wieder voll.

7. Eine Ehe zerbricht

Es war nicht das Hasardspiel allein gewesen, nicht nur der schlechte Einfluß, den die Söhne von Herrn Scherzer auf Schani ausübten. Diesem Einfluß hatte er sich anfangs ja zu widersetzen versucht, bald aber hatte er im Interesse seiner Stellung im „Sperl" geglaubt, gute Miene zum bösen Spiel machen zu müssen. Und schließlich hatten ihn die Scherzer-Söhne auf ihr eigenes Niveau hinabgezogen.

Aber, wie gesagt, das war es nicht allein. Und das, obgleich sich Anna wieder von ihm schwanger wußte.

„Die ‚Andere' hieß Milli Trampusch, und kennengelernt hatte er sie etwa ein halbes Jahr nach der leidigen Affäre auf einem Ball. Von Beruf war sie Modistin, eine üppige Schönheit von stark erotischer Wirkung. Sie war das genaue Gegenteil von Anna.

Anna war eine schlichte, sich abrackernde Frau. Was Schani an ihr einst gefesselt hatte, war längst dahin. Sie hatte ihre Schönheit, ihre Jugend, ihr ganzes Dasein ihm geopfert und dem überreichen Kindersegen, der ihr mit seiner Hilfe zuteil geworden war. Er anerkannte dies wohl in seinem Gewissen, doch seine Gefühle waren erkaltet.

Milli Trampusch hingegen war attraktiv. Die Männer warfen ihr Blicke nach. Sie aber fühlte sich geschmeichelt, daß ein so berühmter, fescher Mensch wie Johann Strauß dies ebenfalls tat. Deshalb hatte sie seine Blicke erwidert.

Es hatte kein langes Hin und Her gegeben. Sie verstand auf Anhieb, was er wollte, und nahm ihn mit in ihre Wohnung. Er war wie ausgehungert nach körperlicher Liebe, und sie verstand es, seinen Hunger zu stillen.

Wie schlampig ihre Wohnung gehalten war, bemerkte er gar nicht. Er sah und spürte nur sie. Was für ein Weib! dachte er. Und was habe ich dagegen zu Hause?

Ja, Milli Trampusch war ein Vollweib. An Freunden mangelte es ihr nicht, doch sie hatte „nichts Festes", wie sie Schani eingestand. Sie war in gewissem Sinne ehrlich und kameradschaftlich. Und voll Sehnsucht nach einer dauerhaften Bindung, womöglich in Verbindung mit dem Traualtar. Doch sie gestand sich ein, daß die Hoffnungen auf Erfüllung dieses Wunsches in diesem Fall gering waren. Die magnetische Wirkung, die sie auf Männer ausübte, war ihr kein Segen, sondern Fluch. Über eine gemeinsam verbrachte Nacht gingen die Absichten der Männer, denen sie begegnete, niemals hinaus.

So war auch ihre Bekanntschaft mit Johann Strauß zu Anfang auf keine andere Basis gestellt; es war eine unverbindliche Liebschaft, nichts weiter, und ihre Wohnung war verschwiegen genug, um den Herrn Musikdirektor, sooft er Lust hatte, unerkannt passieren zu lassen.

Doch dann merkte sie, daß sein Fall doch ein wenig anders lag als ihre übrigen „Fälle". Schani suchte auch Aussprache. Obwohl Anna daheim darauf wartete, daß er den Mund auftat, um seine Sorgen mit ihr zu teilen, brachte er bei ihr kein Wort über die Lippen, sondern schluckte hinunter, was ihn bedrückte. Er traute ihr gar nicht zu, daß sie ihn verstehen würde. Denn er hatte lang schon erkennen müssen, daß sie in ihrem Wesen verschiedene Naturen waren.

Milli hingegen war leicht angelegt, eine dahingehauchte, flüchtige Melodie. Er konnte mit ihr unbefangen reden, und wenn sie ihn schon nicht immer verstand, so hörte sie ihm wenigstens zu und tat, als ob sie ihn begreifen würde. So wurde sie fast so etwas wie eine Beichtigerin für ihn und kam dahinter, welche Macht sie dadurch über ihn gewann.

Er versäumte den richtigen Zeitpunkt, sich von ihr zu trennen. Und dies, obwohl ihm klar war, daß er es hätte tun müssen. Doch war er in seinem Beruf von wahrem Fleiß besessen, so kehrte sich das privat ins Gegenteil. Da war etwas in ihm, das nach Ausgleich für seine oft aufreibende Arbeit verlangte. Hieraus resultierte sein Hang zur Bequemlichkeit, der oft genug – und in letzter Zeit immer häufiger – über ihn Macht gewann.

Er nahm lieber die heimliche Schande eines Doppellebens

auf sich, als mit Milli Trampusch zu brechen. Und er empfand Scham. Er war oft nicht imstande, seiner Frau offen in die Augen zu schauen, geschweige denn seinen Kindern. Frei von alldem wurde er erst wieder beim Klang seiner Geige, im Angesicht seines Publikums. Da vermochte er zu vergessen.

Aber auch der Alkohol und das Spiel verhalfen ihm mitunter zu einem Gefühl der Befreiung von seiner Last. Beim Spiel, da mußte er sich konzentrieren und fand keine Zeit, an anderes zu denken, nicht an sein Zuhause und auch nicht an Milli. Und der Alkohol - nun, der spülte überhaupt alles weg. Musiker, die trinken, sind keine Seltenheit. Doch zumindest in diesem einen Punkt behielt er eine gewisse Kontrolle über sich.

Damals, an jenem verhängnisvollen Nachmittag des aufgeflogenen Skandals, hatte er seine Wohnung verlassen und seinen Freund Amon aufgesucht. Der machte sich nicht minder Sorgen um ihn, das war ihm anzumerken. Er mochte Schani, er mochte Anna und Schanis Kinder. Vor allem aber liebte er die Strauß-Kapelle, die ja auch mit sein Werk war und die er gefährdet fühlte.

Amon gab in seinen freien Stunden für wenig Geld begabten Kindern Musikunterricht. Als er seinen unerwarteten Besucher eintreten sah, führte er ihn in die Küche und gab seinem kleinen Schüler den Auftrag, inzwischen fleißig die Tonleiter zu üben.

„Schani, was ist denn los?“ fragte er, erschrocken über das Aussehen seines Freundes.

„Ich kann heut’ abend nicht dirigieren, du mußt mich vertreten“, erklärte Strauß kurz. „Das ist alles, weswegen ich ’kommen bin. Ich halt’ dich nicht länger auf, ich geh’ schon wieder, und du kannst gleich weitermachen.“

„Ach geh! Magst einen Schluck Kaffee? Schaust mir g’rad so aus, als ob du einen Schottischen gebrauchen könnt’st.“

„Einen Schottischen?“ staunte Schani.

„Na ja, einen Mokka halt; ich nehm’ aus Sparsamkeit weniger Bohnen dazu. Ich kann mir nicht mehr leisten.“

„Ich dank' dir schön für den Schottischen", wehrte der Schani schmunzelnd ab. „Aber ich hab' noch was anderes vor, krieg' auch ganz bestimmt einen Kaffee, in dem mehr Bohnen drin sind. Aber zum ‚Sperl' komm' ich heut' net. Sag einfach, mir ist schlecht 'worden. Ist ja die halbe Wahrheit."

„Aber was ist denn jetzt wirklich los, Schani?" fragte Amon mit wachsender Besorgnis.

Strauß beruhigte ihn: „Nix, was dich betrifft. Wenn's soweit ist, wirst es ohnehin erfahren. - Servus!"

Bis in den Hausflur hinunter hörte er noch die heruntergekratzte Tonleiter aus Amons Studierzimmer, dann brach sie unvermittelt ab.

Amon beendete seine Unterrichtsstunde rascher als sonst, verabschiedete seinen Schüler, und eilte in die Strauß-Wohnung. Er hatte auch dort einen Schüler; dessen Vater durfte freilich davon nichts erfahren. Sein eifriger Schüler, der ihm viel Freude machte, war Johann Strauß junior, Schanis Ältester.

Doch diesmal war es auch die Sorge um den Vater, die ihn zur Strauß-Wohnung trieb. Anna erwartete ihn mit niedergeschlagener Miene und führte ihn ins Musikzimmer, wo der kleine Johann schon an Vaters Flügel klimperte.

„Küß' die Hand, Anna, was ist denn mit dem Schani los?! Er war g'rad bei mir ... Es ist ihm schlecht, sagt er, und er will heut' abend beim ‚Sperl' net spielen."

„Ach, lieber Amon, ich trau' mir's gar net sagen, wenn Sie's net von ihm wissen ... Ich weiß gar nicht, ob's ihm recht sein würd' ..."

„Aber bitt' Sie, mir können Sie's doch verraten ... Ich sag's auch net weiter, auf Ehrenwort!"

„Aber vor den Kindern sag' ich's g'wiß nicht."

Entschlossen wandte sich Amon an Johann Strauß junior: „Geh, Schani, tust halt inzwischen fleißig die Tonleiter üben. Ich hab' mit der Frau Mutter was zu besprechen."

„Ist gut, Herr Amon, die Tonleiter!"

„So ist's recht, Bub. Die Tonleiter ist das Um und Auf. Ohne die wird keiner ein Musiker. Und du willst doch einer werden, wie dein Vater, gelt?"

„Ja, Herr Amon! Nur darf er vorläufig nix davon wissen. Die Mutter und ich wollen ihn damit überraschen, wenn ich schon richtig Geige spielen kann!"

„Ich weiß, ich weiß," nickte Amon lächelnd und strich seinem Musenzögling liebevoll übers dunkle Haar. „Bist ganz dein Papa - schaust ihm sogar schon recht ähnlich!"

Anna bat den Besucher ins Nebenzimmer. Amon folgte ihr mit Besorgnis. Was würde er jetzt wohl zu hören bekommen?

„Die Polizei war bei uns", beichtete sie gleich darauf im Flüsterton.

„Die Polizei?" wunderte sich Amon. „Was hat's denn hier wollen? Der Schani hat doch nix ang'stellt!"

„Das hab' ich auch 'glaubt. Bis heut' mittag. Aber jetzt weiß ich's: Er ist ein Hasardeur, hat er mir selbst g'standen, er hat verbotene Spiele g'spielt und ist angezeigt worden, er und die beiden Söhne vom Scherzer. Und wenn S' mich fragen, Amon, ich hab' das Gefühl, sie werden alle drei sitzen, und dann kommt's auch noch in die Zeitung, und dann ist alles, alles aus!"

Wieder preßte sie schluchzend ihre Schürze vors Gesicht, und Amon konnte nicht anders, er mußte sich setzen.

„O nein", preßte er hervor.

„Es ist wahr, Amon", schluchzte Anna, „obwohl, ich kann's selber kaum glauben. Er hat müssen auf die Wachstub'n, sie haben ihn hinbestellt. Was sie ihm dort g'sagt haben, weiß ich net. Aber wie er nachher wieder nach Haus' kommen ist, war er ganz verstört und hat 'trunken ... Und dann ist er fort!"

„Er ist zu mir und hat g'sagt, er kann heut' nicht zum ‚Sperl'. Meiner Seel'! Der Schani! Wer hätt' von ihm so was gedacht! Obwohl ich g'merkt hab, daß sich die beiden Scherzer-Buben und er immer besser verstanden haben. Und obwohl ich auch g'merkt hab, daß die beiden zwei rechte Falotten sind."

„Der Schani sagt, er verlaßt sich d'rauf, daß der Scherzer dafür sorgen wird, daß ihm nichts g'schieht."

„Na, einen Anwalt wird er halt besorgen, einen Advokaten und Rechtsverdreher, der sie vor Gericht als unschuldig hinstellt. Wenn er das zusammenbringt, der Herr Advokat."

Nebenan erklang indessen unermüdlich die Tonleiter, wie ausgemacht und versprochen, Johann Strauß junior, der von den Kalamitäten seines berühmten Vaters nichts ahnte, spielte unverdrossen auf der Geige.

„Ich glaub', Herr Amon, wir können nur für ihn beten zur Mutter Gottes, daß sie ihm hilft", meinte Anna fromm.

„Aber wo ist er denn jetzt hin, der Schani?" fragte Amon.

Eine neue Sorge stieg in Anna auf. „Um Himmels willen - hoffentlich tut er sich nix an!" rief sie erschrocken.

„Ach nein, das glaub' ich net," suchte Amon sie zu beruhigen, aber auch ihm war ein ähnlicher Gedanke gekommen.

„Heilige Mutter Gottes", murmelte Anna und dachte an das Kind in ihrem Leib und die heranwachsende Kinderschar nebenan. „Bitte, laß nicht zu, daß er sich etwas antut und von uns geht ...!"

„Ich muß dem kleinen Schani die Stund' geben", sagte Amon, sich mit tief gerunzelter Stirn erhebend. „Und hernach geh' ich ins ‚Sperl'. Ich muß seinen Vater dort heut' nacht vertreten. Ich hoff', er kommt inzwischen nach Haus' und legt sich bald nieder. Es wär' das beste für ihn."

„Ja, bitt' schön, Amon", sagte Anna.

Er wußte nicht, ob sie verstanden hatte, und ging schweren Schrittes nach nebenan.

Als er am frühen Abend ins ‚Sperl' kam, wurden aus einem Nebenausgang Koffer getragen. Amon blieb stehen und beobachtete, wie zwei junge Männer, in denen er unschwer die Söhne des Herrn Scherzer kannte, eine gedeckte Kutsche bestiegen, in der auch die Koffer verstaut wurden.

Amon machte sich gleich einen Reim darauf. „Ah, da schau her", brummte er, „die feinen Früchterln verduften. Das hat g'wiß der Vater Scherzer arrangiert. Und den Schani, den laßt er in der Tinte sitzen? Das kann ich mir net vorstellen, den braucht er doch!"

Der Gedanke beruhigte ihn, wenn auch nur für einen Augenblick. Denn als er seine Gedanken weiterspann, kam ihm eine andere Überlegung. Ein Musikdirektor Johann Strauß, sagte er sich, der in einen Gerichts- und Presseskandal verwickelt ist? Der vor Gericht muß wegen Hasardiererei und womöglich gar wegen Falschspiel - denn was weiß man schon, was alles gegen ihn vorgebracht 'worden ist -, der wär' für das nobliche Etablissement Sperl grad' nicht die allerbeste Reklame.

Und die Musikanten der Strauß-Kapelle -? Würden die zu ihrem Chef stehen? Würden die ihm die Treue halten?

Der Schädel brummte ihm von solchen Gedanken, als er die Musikantengarderobe betrat.

„Grüß' euch", sagte er zu denen, die schon vor ihm gekommen waren. „Heut' müssen wir ohne den Schani auskommen."

„Dirigiert er vielleicht heut' anderswo?" kam eine verwunderte Frage.

Einer lachte. „Bei einer schönen Verehrerin vielleicht? Die Weiber rennen ihm ja bis in die Garderob' nach!"

„Nix da", brummte Amon. „Er laßt euch sagen, ihm ist schlecht, er kommt net. Mehr weiß ich selber net. - Aber hat einer von euch vielleicht die beiden jungen Scherzer g'sehen, und weiß einer, was mit denen los ist?"

„Die Scherzer? - Nein, was soll denn los sein mit ihnen? Und warum willst denn das wissen, Amon?"

Niemand wußte offenbar etwas, das Amon hätte weiterhelfen können. „Lassen wir's", meinte er deshalb resignierend. „Und hoffen wir, daß der Schani bald wiederkommt."

Pünktlich erschien die Strauß-Kapelle auf dem Podium. Der Saal füllte sich, und erwartungsvolle Blicke suchten den Meister. Doch die Besucher, die erwartet hatten, Johann Strauß dirigieren und spielen zu sehen, wurden diesmal enttäuscht. Der Abend ging vorbei, ohne daß er erschien.

8. Das Jahr der Verhängnisse

Man schrieb das Jahr 1835. Zwei Jahre waren seit der Aufdeckung des „Hasardspiel-Skandals" vergangen. Die Zeitungen hatten geschrieben, die Gerichte hatten getagt. Und zwei Frauen hatten Kinder zur Welt gebracht: Anna Strauß ihren und Schanis Sohn Eduard, Milli Trampusch ihre und Schanis Tochter.

Der Hasard-Skandal rückte den beliebten Schani in der Wiener Öffentlichkeit in ein schiefes Licht. Was war genau passiert? – Ein Ehepaar, das als wohlhabend gelten konnte, hatte in der Wohnung eines Kaffeehausbesitzers an einer unerlaubten Hasard-Partie teilgenommen und dabei eintausendsechshundert Gulden verloren. So wohlhabend waren die beiden Leute wieder nicht, daß sie diesen Verlust – der übrigens ihren Angaben zufolge unter höchst zweifelhaften Umständen zustandegekommen war – so mir nichts, dir nichts hätten verschmerzen können.

Sie forderten Rückgabe des Geldes, beziehungsweise weigerten sie sich, den über das, was sie am Ort des Spieles bei sich gehabt hatten, hinausgehenden Rest der Summe den Gewinnern auszubezahlen. Statt dessen liefen sie zur Polizei und erstatteten Anzeige, wohl wissend, daß sie sich dabei selbst der Teilnahme an einem verbotenen Spiel öffentlich schuldig machten.

In dieser Kaffeehausbesitzer-Wohnung wurden schon seit längerem solche heimlichen Spielabende abgehalten. Die Hauptakteure waren dabei die beiden Scherzer-Söhne. Einer von ihnen hatte sich im gegenständlichen Fall offenbar als „Schlepper" betätigt. Daß Herr Strauß an der Partie teilnehmen würde, war ein Lockmittel. An Ort und Stelle angekommen – so gab das Ehepaar zu Protokoll –, wurden sie zunächst durch starken Alkoholgenuß (war dem Wein etwa ein Mittel beigegeben?) um den klaren Verstand gebracht. Und dann ging's los. Und die Gewinner teilten untereinander ...

Diese aber leugneten vor Gericht. Die Anwälte führten einen

fast zwei Jahre währenden Kampf, der leider immer wieder der Presse Stoff für Artikel lieferte. Das Urteil erging am 22. Juli 1835: Die drei Hasardeure wurden schuldig gesprochen und zu je neunhundert Gulden Geldstrafe sowie zur Rückgabe des „gewonnenen" Geldes verurteilt.

Das war hart. Neunhundert Gulden - das war ein Vermögen! Schani hatte zu diesem Zeitpunkt praktisch für zwei Haushalte aufzukommen. Den einen führte Milli Trampusch mehr schlecht als recht. Auch sie war wieder schwanger und hatte keinerlei Talent, mit ihrem Haushaltsgeld zurechtzukommen. Den zweiten Haushalt, in welchem Schani sich - der Kinder wegen, wie er zu sagen pflegte - immerhin sporadisch blicken ließ, führte mit knappsten Mitteln Anna.

Sie dachte vorerst nicht an Scheidung. Auch Schani schob einen solchen Gedanken weit von sich. Er konnte um keinen Preis einen neuen öffentlichen Skandal gebrauchen. Anna hingegen hoffte, daß er wieder zu sich selbst finden würde, und bemühte sich, ihm den Aufenthalt in seinen bisherigen vier Wänden so angenehm wie möglich zu machen.

Im übrigen hoffte Strauß, der als Musiker nach wie vor Furore machte, allen persönlichen Problemen zum Trotz doch den Sprung an den Hof zu schaffen. Doch da machte ein neuer Schlag diese Hoffnungen wieder zunichte.

Der Tod des Kaisers Franz versetzte die gesamte Monarchie in Trauer. Der populäre Monarch hatte sich stets als „Vater einer großen Familie" gefühlt und den Kontakt mit seinen Untertanen nicht nur nicht gescheut, sondern sogar gern gehabt und gesucht. Wo er sich zeigte, schlug dem alten Herren offene Sympathie entgegen. Und er hatte zudem den Nimbus, sich zu den Siegern über Napoleon rechnen zu dürfen.

Nun war er nicht mehr. Schwarze Fahnen wehten von der Hofburg, dem Stefansdom und zahlreichen Häusern Wiens. Wer dachte unter diesen Umständen wohl an die Hofball-Musik? Man durfte nicht einmal an dieses Thema rühren, es herrschte Hoftrauer!

Für Schani hieß das also: Warten, bis der Schock überwunden und wieder „normale Zeiten“ eingekehrt sein würden. Normale Zeiten unter dem neuen Kaiser? Der nun zwangsläufig auf den Thron gelangte Ferdinand galt als schwer behindert. Der Verstorbene hatte in weiser Voraussicht in seinem Testament drei Männer bestimmt, die an seiner Stelle einen Regentschaftsrat bilden und regieren sollten: den Fürsten Metternich, den Grafen Kolowrat und seinen jüngsten Bruder, den Erzherzog Ludwig.

Kaiser Ferdinand, „der Gütige“, war sowohl geistig als auch körperlich ein armer Teufel. War es unumgänglich, daß er in der Öffentlichkeit auftreten mußte, dann gab es vorher jedesmal regelrechte Proben, denen er sich unterziehen mußte. Alles, was er zu tun und lassen hatte, wurde ihm eingeschärft, und dann schoben Lakaien seinen plumpen, behinderten Körper auf den Thron, oder wo immer er sich zu zeigen hatte. Lord Palmerston, der britische Gesandte, tat den berühmt gewordenen Ausspruch: „Der Mann ist eine vollkommene Null.“

Das war allerdings übertrieben. Kaiser Ferdinand war weit weniger dumm, als man meinte. Das beweisen seine hinterlassenen Schriften zur Genüge. Aber schon seine körperliche Behinderung und sein Aussehen machten es ihm schwer, sich durchzusetzen. Er wußte das und litt schwer darunter. Noch bedauernswerter aber war seine Frau, Kaiserin Maria, die öffentlich als „Jungfrau Maria“ belächelt wurde und vergeblich um Einfluß kämpfte.

Aber die gutmütigen Wiener und der gutmütige Kaiser fanden irgendwie doch zueinander. Wenn er ausfuhr, um im Prater Tiere zu füttern, und unterwegs anhalten ließ, um mit Leuten zu sprechen, tat er allen leid. Und seine freundliche Art führte dazu, daß man ihm zwar in politischer Hinsicht gar nichts zutraute, ihn aber als Person liebgewann.

Ein solcher Kaiser konnte freilich nicht tanzen. Dafür aber tanzte ihm sein Kronrat – allen voran Metternich – quasi auf der Nase herum. Schani hingegen, der es für gut hielt, sich für eine

Zeitlang besser auswärtigen Wind um die Nase wehen zu lassen, trat mit seinem Orchester eine Tournee nach Deutschland an.

Das gab seinem ältesten Sohn Gelegenheit, sich mit Feuereifer der Musik zu widmen, um ein Musiker zu werden wie Papa. Amon sagte eines Tages, daß er dem Jungen nichts mehr beibringen könne; dieser sei bereits so perfekt wie er. Da engagierte Anna den Ballettkorrepetitor des Hofoperntheaters, Herrn Anton Kohlmann, zur musikalischen Weiterbildung ihres Sohnes.

„Lieber Meister, gelt, Sie behalten's für sich!“ bat sie.

Kohlmann sagte schmunzelnd Diskretion zu. „Aber, liebe Frau Strauß, lautlos werden wir doch wohl net üben können?“ fügte er hinzu.

Der junge Schani sollte nach den Plänen des Vaters das Gymnasium besuchen, später Kaufmann werden und zu diesem Zweck sogar an die kommerzielle Abteilung des Polytechnikums überwechseln.

„Nein, Frau Mutter – das werd' ich nie und nimmer! Ich will, wie der Herr Vater, zur Musik!“ bettelte er.

Die Mutter hatte einen schweren Stand. „Der Vater hat recht“, sagte sie gegen ihre Überzeugung. „Schau, sogar der Kaiser erlernt ein Handwerk, bevor er zum Regieren kommt, für alle Fälle. Der Vater hat's g'schafft, aber woher willst denn wissen, Schani, ob du auch so einen Erfolg haben wirst wie er? Und ...“

Doch der hitzige Herr Sohn ließ die Frau Mutter gar nicht ausreden. „Aber g'wiß doch, Frau Mutter, hab' ich Erfolg! Ich versprech's Ihnen!“ versicherte er hoch und heilig und von sich selbst überzeugt.

Die Mutter lächelte. Und es war ein schmerzliches Lächeln. „Und – ist der Vater glücklich dabei?“ fragte sie. „Die Musik, sein Metier, reibt ihn doch auf... Ich versteh' ihn schon. Er will, daß euch das erspart bleibt, der ewige Kampf, die Not am Anfang und dann, wenn man erst oben ist, die Müh', sich auch gegen die Konkurrenz zu behaupten. Und reich ist er bei all dem bis heut' net worden, der Herr Vater. Siehst es ja, Schani, wie schmal das ist, was wir uns leisten können."

„Aber ich werd' reich!" rief der junge Schani. „Und dann kauf' ich dir alles, was du nur willst, Mutter!"

Nun, Frau Anna kannte nur zu gut die wahren Gründe für die ständige Geldknappheit ihres Mannes. Da war nicht nur, daß er jene neunhundert Gulden abzahlen mußte. Da war auch noch jene andere Wohnung samt Inhalt, den Schani bisher geheimgehalten zu haben glaubte. Er behauptete immer, bei Freunden zu wohnen, „wo man seine Ruh' hat und arbeiten kann". Aber der Tratsch hatte ihr zugetragen, bei welcher Art von Freunden er die Nächte verbrachte und daß dort von Ruhe und Arbeit keine Rede war.

Nun aber war der Mann, um den es ging, nicht in Wien und die Rivalin verlassen wie sie. Im Ausland hatte er wieder voll und ganz zu seiner einzigen wahren Liebe und Leidenschaft zurückgefunden: zur Walzermusik ...

Er konzertierte in Hamburg, Bremen und Hannover, zog mit seinen Musikern weiter nach Den Haag und Brüssel. Wo er auftrat, waren die Karten binnen weniger Stunden ausverkauft. Und die Wiener Zeitungen berichteten über das, was ihre auswärtigen Kollegen schrieben: „Walzer-Orpheus ist unterwegs!" konnte man da lesen.

Der Walzer-Orpheus! Nun hatte er endlich einen klingenden Titel, einen Beinamen gefunden, den er wahrhaft verdiente! Ja, überall, wo er auf seiner Tournee geigte und den Taktstock schwang, vergötterte man ihn. Wien, sein Wien tönte aus seinen Klängen; die im Walzer einander umschlingenden Paare waren selig im Dreivierteltakt.

„Da hätt' wohl jedes Mäderl ein halbes Dutzend Füßerln und ein halbes Hundert Herzerln haben müssen", stand in einem Bericht eines auswärtigen Korrespondenten zu lesen. Mußte Wien da nicht auf seinen erfolgreichsten Botschafter stolz sein? Nun dachte auch der Hof daran, Meister Strauß zu würdigen.

Der „gute Kaiser Ferdinand“ mußte schließlich auch gekrönt werden. Seine Krönung zum König von Böhmen – einen solchen hatte der Arme ja auch abzugeben – würde im September 1836 stattfinden. Das sollte ein prunkvolles Schauspiel werden, und Ferdinand trat schon jetzt regelmäßig der Schweiß auf die Stirn, wenn er daran dachte, was ihm dabei bevorstand. Und das nicht nur, weil es auf dem Hradschin auch mindestens zwei Hofbälle geben sollte und an ein Tanzen seinerseits natürlich nicht zu denken war …

Als Strauß die Nachricht bekam, daß er und seine Kapelle dazu ausersehen seien, die Prager Hofbälle musikalisch zu bestreiten, dachte er gleich an des Kaisers und Königs Dilemma. „Ob ich den nicht auch noch zum Tanzen bringe?“ fragte er sich und kratzte sich den Schädel. „Na, probieren werd' ich's, das wär' doch gelacht …“

In Wien wurde ihm ein triumphaler Empfang zuteil, und dieser hatte einen besonderen Höhepunkt: Er, Schani, und sein alter Freund und Gegner Josef Lanner erhielten die Ehrenbürgerschaft der Stadt. Da standen sie nun, wieder einmal, nach langer Zeit, Seite an Seite, und nahmen im Rathaus in der Wipplinger Straße aus der Hand des Bürgermeisters, des Herrn Anton Joseph Edlen von Leeb, die Urkunden entgegen, nachdem sie all die vorangegangenen Reden hatten über sich ergehen lassen. Sie ernteten den verdienten, freudigen Applaus der Honoratioren und zogen sich nachher zum gemeinsamen Trunk in eine Ecke des Festsaals zurück.

„Na, Josef …“

„Na, Schani …“ begann ein stockendes Gespräch.

Und dann lachten sie und prosteten einander zu. Die alte Freundschaft – die eigentlich trotz aller Gegenteiligkeiten im Grunde immer fortbestanden hatte, war wieder hergestellt.

„Also, wer hätt' das gedacht – wir zwei und Wiener Ehrenbürger …“

„Erinnerst dich noch, Schani, wie wir in der Vorstadt ang'fangen haben?“

„Na, erinner' mich lieber net daran ..."
„Ja, das waren Zeiten ..."
So ging es hin und her, und schließlich meinte Schani: „So eine arge Zeit, wie ich sie letztens durchg'standen hab', war das damals lang nicht. Aber jetzt hoff' ich, daß es wieder aufwärts geht."
„Ja, das vorige Jahr war ein schwarzes Jahr für dich, ich weiß, Schani. Aber das ist ja vorüber."
Es gab auch Themen, denen geflissentlich ausgewichen wurde an diesem Abend, und Schani war dem Josef dankbar dafür, daß er nichts Privates anschnitt. Denn das war heikel genug. In einem Punkt aber glaubte Josef, ganz ungefährdet eine Bemerkung machen zu dürfen, meinte damit sogar ein Kompliment machen zu können.
„Von deinem Buben, dem Schani, hört man ja auch nur Gutes."
„Von meinem Buben?" staunte der Vater. „Von dem hört man was? - Was hört man denn da, und von wem?"
„Na, daß er dir nachg'rät, dein Ältester. Wird einmal ein Musiker werden wie sein Herr Vater ..."
„Unsinn, wer red't denn so was! Da müßt' ich doch was wissen davon. Nein, Bankbeamter wird er, mein Bub. Von Musikant werden ist gar keine Red'. Da tät' ich gleich dreinfahren, wenn er auf so eine Idee kommen tät'."
Nun war Lanner doch noch ins Fettnäpfchen getreten.
„Na ja, vielleicht irr' ich mich halt ..."
Aber sein Freund war nun hellhörig geworden. „Woher willst denn das g'hört haben?" forschte er.
„Na, die Leut' glauben's halt, sie nehmen's halt an. Man meint halt, der Apfel fallt net weit vom Stamm!"
„Dummes Gered'", sagte Schani mißtrauisch.
„'s wär' ja kein Wunder, mein' ich", wand sich Lanner. „Und jünger wirst schließlich auch net, Schani. Wir zwei werden's net. Vielleicht, daß deine Kapell'n einmal einen Nachfolger brauchen tät', einen zweiten Johann Strauß ...!"

Da fuhr aber der Schani erst recht auf und stellte sein Glas klirrend ab. „Einen Nachfolger – für mich? So weit ist's noch lang nicht!" rief er zornig. „Auf das brauchst net zu spekulieren, Lanner! Da bist ganz g'fehlt. Hast es nicht g'lesen in der Zeitung? Einen Walzer-Orpheus nennen's mich! Und der will ich auch bleiben!"

„Aber Schani!" meinte Lanner, nun vollends entsetzt, denn er sah die eben erst wiederhergestellte Harmonie schon wieder in Brüche gehen.

„Mit dir kann man wirklich net reden!" rief der Schani zornbebend, drehte sich tatsächlich um und ließ den gleich ihm zum Ehrenbürger Ernannten wie vom Donner gerührt stehen.

„Was hab' ich denn da nur ang'richt'", murmelte dieser und leerte kopfschüttelnd sein Glas bis zur Neige, blickte bedauernd dem wütend Davoneilenden nach und zuckte dann resignierend die Schultern. „Der Schani, der Schani ...!"

Nein, er konnte ihn nicht begreifen. Für einen Vater mußte es doch eine wahre Freude sein, zu wissen, daß er einen begabten Sohn hatte mit der Neigung, dereinst in die Fußstapfen seines Vaters zu treten. Doch beim Schani war das offensichtlich nicht der Fall. Einen Bankbeamten wollte er den Buben werden lassen ...! Der Josef Lanner schüttelte den Kopf.

Dem Schani aber hatte er mit seiner Bemerkung einen bösen Floh ins Ohr gesetzt. Strauß warf sich in einen Fiaker, achtete nicht auf den Applaus der Neugierigen, die sich vor dem Rathaus drängten, um der beiden Ehrenbürger ansichtig zu werden, und befahl, zu seiner Wohnung in die Taborstraße gefahren zu werden.

Dort hatte Anna inzwischen alles für einen festlichen Empfang des Geehrten vorbereitet. Die Strauß-Kinder sollten mit Blumensträußchen den Vater willkommen heißen, und der zweitälteste Strauß-Bub, der Josef, sollte zusammen mit seiner Schwester, der nun fünf Jahre alten Therese, ein Willkomm-Gedicht aufsagen. Anna hatte sich selbst so schön gemacht wie schon lange nicht mehr.

Immer wieder ging ihr durch den Kopf, daß sie um eineinhalb Jahre älter war als ihr Mann. Zu Anfang ihrer Ehe hatte das bei all ihrer blonden Anmut nichts ausgemacht. Doch nun merkte man auch ihr die Jahre an. Und ihre Rivalin, nun, die war leichtsinnig, leichtlebig und – jung …

Der Schani übersah die Vorbereitungen, die zu seinem Empfang getroffen waren. „Was hör' ich da? Was munkeln die Leut'?" fuhr er Anna an und griff sich den total erschrockenen Ältesten.

„Was red't man?" fragte Anna ängstlich. „Was hast denn, Schani? Was ist denn los?"

„Aber Papa, was ist denn?" stieß auch der Junior hervor und wand sich unter seines Vaters schmerzendem Griff.

„Heraus mit der Sprach'", fuhr dieser jedoch die versammelte Familie an. „Der Lanner hat mir g'sagt, daß man davon red't, daß mein Herr Sohn g'wiß einmal mein Orchester übernehmen wird. Und daß er jetzt schon ein ganz großartiger Musikant sein soll. Woher will er denn das wissen, der Lanner?!"

„O je", entfuhr es dem erbleichenden Sprößling, „der Kohlmann hat g'red't …"

9. Orpheus' Schatten

Nur mit Mühe gelang es Anna, ihren wütenden Gatten mit flehentlichen Worten und Blicken zu beruhigen.

„Schau, Schani, die Kinder haben sich doch so auf das Wiedersehen mit ihrem Vater g'freut ..."

„Ja, ich komm' heim und hör's die Spatzen von den Dächern pfeifen! Beim Herrn Hofmusiker also nimmt mein Herr Sohn Musikunterricht! Hinter meinem Rücken, ohne daß ich etwas davon weiß ... Obwohl ich ausdrücklich immer g'sagt hab, von meinen Kindern geht keiner zur Musik – und ich weiß nur zu gut, warum."

„Schau, Vater, der Josef lernt ja wirklich schon so schön brav ..."

„Der Josef, ja. Aber was den Schani betrifft, so bild't sich der doch wohl net ein, daß er eines Tages meine Kapell'n dirigieren kann?! Damit sich der Lanner und all die anderen ins Fäustl lachen? Und er selber womöglich mitsamt der Kapell'n vor die Hunde geht? Und dazu gibt sich meine eigene Frau her und hilft mit dabei?"

„Aber der Schani hat doch wirklich Talent ..."

„Nix hat er! Talent zum Kaufmann muß er hab'n. Das ist ein anständiger Beruf, davon kann er leben und ein Heim erhalten und muß nicht durch die Welt zigeunern wie ich ..."

„Aber er wird ihn ja erlernen, den Kaufmann-Beruf, Mann. Ich hab' dem Schani schon g'sagt, daß auch der Kaiser ein Handwerk erlernt, jeder von unseren Kaisern ..."

„So, hast ihm das g'sagt?" lenkte Schani ein. „Das ist seit langer Zeit das erste vernünftige Wort, was ich von dir hör", brummte er und zeigte sich etwas besänftigt.

„Warst ja auch lang net daheim, daß d' ein anderes hören hätt'st können", konterte sie verletzt.

„Na also, dann sagt's schon eure Gedichtln auf, damit Ruh' ist", brummte der Vater noch.

Mürrisch ließ er die Begrüßungszeremonie über sich ergehen. Aber nicht nur er hatte sich seine Heimkehr anders vorgestellt.

Anna mußte versprechen, den Ältesten ans Gymnasium zu schicken. Damit würde, wenn es soweit war, für den Buben eine harte Zeit anbrechen. Mutter und Sohn wollten keineswegs, daß der Schani junior wegen der Schule sein Studium der Musik aufgäbe. Des Jungen ganzes Herz lechzte nach Notenpapier und Noten, nach Klängen und Rhythmus, und Anna hätte es nicht übers Herz gebracht, dieses offensichtliche Talent einfach verkümmern zu lassen.

Glücklicherweise verließ Vater Strauß bald wieder Wien. Und so konnte denn das Musikstudium ungestört fortgesetzt werden, während Mutter Anna nicht verfehlte, brieflich den Vater vom Fortgang des Sohnes im Schottengymnasium zu berichten.

Dem Vater war von seinen privaten Problemen nichts anzumerken, als er mit seinen Musikern in Prag eintraf, um die Krönungsbälle zu dirigieren. Wieder hatte sich in ihm der Gedanke festgesetzt, den neugekrönten König zum Tanzen zu bringen. Niemand konnte dem Rhythmus seiner Walzerklänge widerstehen - und ausgerechnet Ferdinand sollte ...?

Doch als er sah, wie der neugekrönte König in den Festsaal mehr getragen und geschoben wurde, als er ging, während an seiner Seite die fürsorglich um sein Wohl bedachte junge Königin schritt, da hielt er sein Vorhaben doch für nicht ausführbar.

Die Königin tanzte freilich, stets auf Sittsamkeit bedacht, mit freundlichem Lächeln und gesenktem Blick. Der König saß währenddessen verlegen auf seiner Empore und sah zu, wie der ganze Saal im Dreivierteltakt wogte.

Oh, es zuckte den Monarchen in den Füßen. Wenn er doch könnte, wie er wollte! Wäre er doch ein gesunder, gerade gewachsener Mann wie die anderen hier! Aber das Schicksal hatte es nicht so gewollt, und so mußte er sich eben bescheiden.

Der Walzer-Orpheus mußte erkennen: Auch der magischen

Macht seiner Töne waren Grenzen gesetzt, er konnte keine Wunder vollbringen ...

Am 8. Jänner hatte Wien seinen Walzer-Orpheus wieder. Er konzertierte zum Ball in der „Goldenen Birn“ auf der Landstraße. In der Stadt brannten die ersten, vielbestaunten Gaslaternen, und die Zeitungen waren voll von einem unerhört kühnen Projekt: man wollte eine Eisenbahn bauen, welche die unerhörte Strecke von Wien bis nach Deutsch-Wagram bewältigen sollte! Die kühnen Ingenieure, die solches vorhatten, machten mit ihren Interviews sogar der schönen Fanny Elßler die Spalten in den Blättern streitig. Denn Fanny, das nationale Idol tanzender Weiblichkeit, war von einer Tournee zurück und ließ auf der Bühne des Kärntnertor-Theaters einen hierzulande noch unbekannten Tanz sehen: den Cachucha. Da schwang sie ihre schlanken Beine und drehte die nicht minder schlanken Hüften zum klappernden Rhythmus der Kastagnetten, einem Rhythmus, der dem Publikum fast ebenso ins Blut ging wie die Walzer des Johann Strauß. Und der doch ein ganz anderer, fremder, ungewohnter Rhythmus war.

Dafür tanzte ganz Paris zu Ende des Jahres 1837 zur Geige von Strauß. Und ein Mann, der nicht ahnen konnte, daß er unwissentlich zur Hebung der Reputation des Meisters, als dieser noch in seinen Anfängen gewesen war, beigetragen hatte, nämlich Nicolo Paganini, indem er Schani auf die Idee gebracht hatte, das Absammeln mit dem Blechteller aufzugeben, er machte dem Musiker aus Wien seine Referenz.

„Ich freue mich“, sagte Maestro Paganini, „jenen Mann kennenzulernen, der der Welt soviel Freude bringt.“ Wobei er unter allgemeinem Applaus den Mann aus Wien umarmte.

So geschehen im Etablissement Musard.

Strauß spielte in Paris natürlich auch im Palais der österreichischen Gesandtschaft, wozu der Gesandte illustre Gäste ins Haus lud. Er spielte auch im Palais Rothschild und beim Grafen Delmar, aber er spielte natürlich nicht nur für die Crème de la Crème, sondern vor allem für das Pariser Publikum.

An einem der Abende, an denen er wieder im „Musard“ aufgespielt hatte, war Schani mit seinen Musikern auf dem Heimweg, als er ein merkwürdiges Laufen und Rennen auf der Straße bemerkte. Dann kam mit lautem Rasseln und unter Trompetengeschmetter ein Feuerwehrwagen vorbeigerasselt, überholte die Kutschen, in denen die Musiker saßen, und gleich darauf folgte noch einer nach.

Und jetzt zeigte sich auch flackerndes dunkles Rot am nächtlichen Himmel über der Stadt, noch dazu genau in jener Richtung, in welcher Strauß und seine Leute ihr Hotel wußten.

„Es brennt“, sagte Schani zu Amon, der neben ihm saß.

„Hoffentlich nicht g'rad unser Hotel“, brummte Amon und schaute besorgt aus dem Wagenfenster.

„Da brennt ein Wohnhaus“, rief in diesem Augenblick der Kutscher auf dem Bock.

Tatsächlich stand das Haus in hellen Flammen. Glücklicherweise war der Brand rechtzeitig von den Bewohnern entdeckt worden. Für die Kutschen war bald kein Durchkommen mehr. Pariser Nachtschwärmer sammelten sich, wie anderswo auch alle Neugierigen dieser Welt, vor dem Brandplatz und blockierten ihn. Und als die Fahrzeuge mit den Wienern zum Stehen kamen, sagte Schani nach einem kurzen Blick: „Die Feuerwehr schafft es nicht, die haben ja viel zuwenig Leute! – Auf, Burschen, wir helfen ihnen!“

Das ließen sich Strauß' Musiker nicht zweimal sagen. Ihre Müdigkeit war wie fortgeblasen. Sie kämpften sich bis zur Feuerwehr durch und krempelten die Ärmel ihrer Musikantenfräcke hoch. Und dann packten sie auch schon mit an.

Zwei bedienten die Hebel der Feuerwehrspritze. Der Schani ergriff selbst eine herrenlose Spritze und richtete den Strahl auf das brennende Haus.

„C'est Monsieur Strauß!“ rief da plötzlich jemand aus der Menge, der ihn erkannt hatte. „Die Strauß-Kapelle hilft unserer Feuerwehr!“

Das Haus war zwar dadurch auch nicht zu retten, aber am

nächsten Tag war Schani der Held von Paris. Eine bessere Reklame hätte es für ihn gar nicht geben können.

Schani blieb während der ganzen Ballsaison in der Stadt an der Seine und führte im „Musard“ Wiener Ballbräuche ein. Aber er lernte auch Pariserisches. Die Quadrille etwa. Damit sie ihm so richtig in Fleisch und Blut übergehe, setzte er sich ungeniert in das hauseigene Orchester und geigte mit. So würde er denn etwas Neues nach Wien mitbringen können.

Im folgenden Jahr, genauer gesagt, am 28. Juni 1838, gab es jedoch jenseits des Ärmelkanals, im Britischen Inselreich, Arbeit für ihn in Fülle. An diesem Tage nämlich sollte der noch mädchenhaften Prinzessin Victoria in der Westminster-Abtei die Krone aufs Haupt gesetzt werden. Die Wochen davor und danach war ganz London in einem wahren Krönungstaumel befangen. Und das war die beste Gelegenheit für das Strauß-Orchester, seinen Siegeszug auch in England fortzusetzen.

„Höher geht's wohl nimmer, Schani“, meinte Amon.

Und damit hatte er recht, Strauß Vater war auf dem Höhepunkt seiner Karriere angelangt.

Österreich war damals am Britischen Königshof durch einen Fürsten Esterházy vertreten. Dieser führte Strauß in London mit einem großen Ballfest ein. Der Erfolg blieb nicht aus. Die zierliche künftige Königin bat darum, der Meister möge ihr höchstpersönlich das Walzertanzen beibringen. Daß sie bei dieser Gelegenheit auch ihren künftigen Gemahl, den Prinzen Albert, kennenlernte, ist eine andere Geschichte.

Amon hätte es wissen müssen: Nach einem Höhepunkt kann's nur noch abwärtsgehen. Strauß hatte beunruhigende Nachrichten aus Wien, die ihn mitten in einer anstrengenden Periode erreichten. Milli Trampusch hatte mittlerweile das dritte illegitime Kind zur Welt gebracht. Und obwohl Anna ihm schrieb, der Bub mache in der Schule gute Fortschritte, wußte er doch aus anderer Quelle, daß er schon einmal davonzulaufen versucht hatte. Das kam offensichtlich daher, weil ihm die Musikanten-Flausen nicht auszutreiben waren.

Eigentlich hätte er nun in London alles stehen und liegen lassen müssen, um in Wien nach dem Rechten zu sehen. Statt dessen überkam ihn bei dem Gedanken an Wien ein Gefühl des Ekels. Das also war sein Privatleben! Erlösung hiervon fand er ja nur in seiner Arbeit, in seinem Beruf.

„Komm, laß uns heimfahren", schlug ihm Amon, sein einziger Freund und Vertrauter in privaten Dingen, vor. „Schmeiß alles hin, Schani! Fahr heim!"

„Heimfahren? Jetzt? Und unsere Verträge! Im Gegenteil, ich möcht' noch welche abschließen. Man rennt uns ja förmlich nach!"

„Schon, schon, wir haben Erfolg, aber -"

Der Schani winkte ab, ließ Amon gar nicht ausreden. „Na, und alles das hier, ist das nix? Das war ja noch nie da, schau dich doch nur um! Die Krönung und die Festzüge, Tausende Leut', die alles mitmachen und sehen wollen. Und was kaufen die Leut' in den Geschäften? Strauß-Pfeifen, Strauß-Kaffeehäferln -"

„Teetassen", verbesserte ihn Amon. „Hierzuland' trinken die Leut' Tee."

„Ja, leider", seufzte der Schani, dem der gute Wiener Kaffee, so wie ihn etwa die Anna kochte, schmerzlich abging. „Aber ein Strauß-Souvenir nach dem anderen kaufen s'. Und alles mit meinem Konterfei."

„Na, und was hast du davon? Nix."

„Na, hörst!"

„Populär bist halt. Und ausg'nützt wirst. Die machen das G'schäft mit deinem G'sicht und deinem Namen. Aber die liebe junge Königin, die mag dich gern, das sieht man."

Das stimmte. Bei den Bällen bei Hof, die Strauß mit seiner Kapelle bestritt, ließ sie es an offen bekundeter Huld nicht fehlen, zumal sie jetzt bereits, wie ihr der Schani galant versicherte, Walzer tanzen konnte wie eine Wienerin.

Nun, die Strauß-Kapelle zog, was London anbetrifft, zumindest eine glänzende finanzielle Bilanz. Strauß wollte noch in

England bleiben. Es war, als scheue er wahrhaftig die Rückkehr in seine Vaterstadt.

Tatsächlich drohte hinter dem äußerlich sichtbaren Erfolg das Menetekel des Schicksals. Vielleicht ahnte er es. Wahrhaben wollte er es jedenfalls nicht.

Er schloß noch ab mit Birmingham, Manchester und Dublin. Überall hatte er den gleichen rauschenden Erfolg. Er fuhr mit seinem Orchester nach Southampton. Es regnete Geld, überall waren die Strauß-Konzerte ausverkauft. Doch in seinem Orchester regte sich Widerstand. Die Musiker waren erschöpft, bis zum äußersten ausgelaugt.

„Eine mörderische Tournee ist das“, machte sich Amon zu ihrem Sprecher. „Schani, die Leut' wollen nicht mehr!“

Doch Strauß setzte noch Leicester, Cheltenham, Pourthsmouth, Le Havre und Rouen auf die Liste. Dabei überschätzte er seine Kräfte selbst. In Calais konnte er nicht mehr, überließ Amon in der zweiten Hälfte des Konzerts den Taktstock. Und dann wurde das Murren der Strauß-Musiker unüberhörbar.

Strauß war krank und völlig erschöpft. Amon schrieb nach Wien, daß die Tournee nun endlich zu Ende sei. Man fahre jetzt heim. Doch bei seinem derzeitigen Zustand seien die Anstrengungen der noch vor ihnen liegenden Reise für den armen Schani ein großes Problem.

Als Strauß am 16. Dezember mit seinen einundzwanzig Musikern in München die Fahrt unterbrach, war er nicht imstande, auf seinen Beinen zu stehen. Die ihn erwartenden Journalisten bekamen kein Interview. Statt dessen schrieben sie, daß der Meister „in den Gasthof ‚Zur Post‘ getragen werden mußte“.

Natürlich eilte die alarmierende Kunde von seinem dramatischen Zustand voraus nach Wien. Strauß war offensichtlich schwer krank, kränker, als er selbst wahrhaben wollte. Er hätte die Tournee viel eher abbrechen müssen, hatte sich zu viel zugemutet. War er denn gar so geldgierig, so sehr aufs Verdienen aus? Hatte er das wirklich nötig?

Es war nicht die Sucht nach Reichtum gewesen, vielmehr

hatte er sich selbst einen Grund verschaffen wollen, der ihm die Rückkehr nach Wien nicht erlaubte.

Und nun kehrte er dennoch heim, immer noch früher, als ihm lieb war. Ausgelaugt, krank, an Körper und Nervenkraft fast am Ende. Was würde ihn erwarten in Wien? Ihm graute, wenn er daran dachte.

Aber es half nichts, er mußte den kommenden Ereignissen ins Auge sehen. Nur wenig gestärkt, brach er zur Weiterreise auf. Von Kissen gestützt und mit Decken zugedeckt, lag er fast teilnahmslos in dem Wagen, der gegen Wien rollte. Freund Amon saß neben ihm und hielt seine fiebrige Hand.

10. Verschlungene Pfade

Schwer krank traf der Meister in Wien ein. Die Wiener waren entsetzt und betroffen. Man hatte mit einem triumphalen Empfang gerechnet, doch unter diesen Umständen war an festliche Veranstaltungen mit Reden und Ehrungen nicht zu denken. Strauß konnte sich ja kaum noch auf den Beinen halten.

Die Strauß-Wohnung im „Hirschenhaus" und Anna mit den Kindern nahmen ihn auf, er brauchte Ruhe.

„Du kannst jetzt gar nichts tun. An ein Auftreten brauchst du gar nicht zu denken", sagte Anna und brachte den Fiebernden zu Bett. Doktor Waber, der Annas Schwester geheiratet hatte, schüttelte bedenklich den Kopf. „Es ist ein totaler Kräfteverfall festzustellen", murmelte er, „und unter diesen Umständen ist auch mit der Gefahr einer Lungenentzündung zu rechnen."

Der innere Motor in Schani aber ließ ihn, sobald er nur halbwegs denken konnte, wieder an seine Arbeit denken. Amon sollte kommen, und er kam auch.

„Was ist los beim ‚Sperl'?" fragte Strauß.

„Dort spielt jetzt der Lanner auf", mußte er zu seinem Mißfallen als Antwort hören. „Ja, Schani, wenn die Katz' aus dem Haus ist, dann haben die Mäus' Kirtag! Der Lanner hat die Gelegenheit genutzt! Während wir lang fort waren, hat er sich überall dort breitg'macht, wo wir g'spielt haben. Und nicht nur er."

„Wir haben an Terrain verloren", erkannte Schani. „Ich muß auf, ich muß wieder auf die Füß' kommen."

„Nix da, jetzt net! Des würd' g'rad noch fehlen, daß du auf'm Podium zusammenbrichst. Da könnt' die Strauß-Kapell'n gleich das Kreuz d'rüber machen. Wenn's erst heißt, auf uns ist kein Verlaß mehr, dann ist's aus und vorbei für immer."

„Aus und vorbei für immer ...?"

Schani schaute Amon mit flackerndem Blick an. Der nun auch schon angejahrte Primgeiger nickte bekümmert.

„So arg ist's net!" fuhr Schani jedoch auf. „Die sollen nur net glauben, daß sie mit uns nicht mehr rechnen müssen. Noch gibt's ihn ja noch, den Johann Strauß …"

„Und vielleicht sogar schon bald in einer zweiten Auflag'", entfuhr es dem alten Amon unbedacht. Denn unbewußt richtete er, den Zustand des Vaters sehend, die Hoffnung auf dessen Sohn.

„Ja, nimmt denn das noch immer kein End'?" brauste der Schani auf. „Ich hab's doch verboten!"

Müde legte er den Kopf zur Seite. Alles Predigen war also vergebens gewesen. Sein Sohn hatte offenbar während der Abwesenheit des Vaters seinen Kopf durchgesetzt und war eigene Wege gegangen.

„Das Bürscherl soll mir nur unter die Augen kommen", murmelte er, des Kämpfens müde.

„Was willst machen, Schani, Kinder werden erwachsen und haben ihren eigenen Kopf. Wir waren doch auch net anders, oder? Wenn's nach meinem Vater 'gangen wär, hätt' ich müssen Konditor werden."

„Na, wär' das schlecht?" lächelte Schani.

„Na, hörst, kannst dich mich in einer Backstuben vorstellen? Oder etwa beim Zuckerlverkaufen? Was darf's denn sein, gnä' Frau, für fünf Kreuzer Weinscharl, oder vielleicht ist ein Bär'nzucker gefällig?"

Jetzt mußte der Schani sogar lachen. Nein, wie er seinen Amon kannte, konnte er sich das wirklich nicht vorstellen. „Ich mein's doch nur gut mit dem Buben", erklärte er. „Was ist denn das für ein Leben, das wir führen!"

„Ein *schönes* Leben", versetzte Amon überzeugt, „ein *herrliches* Leben. Ich wünsch' mir kein anderes!"

„So, ein schönes Leben nennst du das! Schau mich an, wie ich da vor dir lieg'. Ist das vielleicht herrlich?"

„Daran bist du doch selbst schuld, Schani, das weißt du."

„Ja, vielleicht hab' ich ein bissl übertrieben", gab Schani zu. „Aber ein Erfolg war's doch, ein ganz großer. Freilich, daheim in meinen vier Wänden hab' ich keinen Erfolg. Einzig und allein der Josef macht mir ein bissl Freud'. Der lernt fleißig. Wird einmal seinen Ingenieur machen. Sein Studium kost' eine Menge Geld. Aber das kratz' ich z'samm'. Er ist ein g'scheiter Kopf, der Josef, net so borniert wie der Johann. Na, und was aus dem Edi wird, das weiß man noch net. Die Madeln werden wir halt, so gut es geht, verheiraten."

„Kannst dich schon auf deine Anna verlassen", meinte Amon beruhigend.

„Die rennt den ganzen Tag mit einer Miene herum, daß man glauben könnt', sie hat in einen sauren Apfel 'bissen."

Amon enthielt sich eines Kommentars. Die Gattin seines Freundes hatte wohl allen Grund zu einer solchen Miene. Zumal ihn jetzt auch noch der Meister mit einer diskreten Aufgabe betraute: Er sollte der Milli Geld bringen.

„Ist schon gut, Schani, ich mach's", beruhigte er den Freund, der sich auch um sein zweites Zuhause Sorgen machte.

Amon ging, um den Auftrag auszuführen. Milli Trampusch war gerade dabei, für private Kundinnen Hüte anzufertigen. In der stickigen Wohnung roch es übel nach den Ausdünstungen von billigen Speisen und ausgekochten Windeln. Die ganze Wohnung machte einen unsauberen, heruntergekommenen Eindruck. Die Trampusch selbst sah auch nicht viel besser aus, von der Kinderschar, die sie umgab – allesamt Straußens Sprößlinge –, gar nicht zu reden.

Sie kannte Amon.

„Na", begrüßte sie ihn unfreundlich und schob sich eine Haarsträhne aus der Stirn, „erinnert er sich gefälligst auch wieder einmal an uns, der verehrte Meister?"

„Er ist krank, sehr krank", erklärte Amon ernst, lehnte einen ihm angebotenen Stuhl, auf dem freilich allerhand Sachen lagen, ab und legte die Geldkatze auf den Tisch, die er mitgebracht hatte.

Die Trampusch griff gierig danach. „Höchste Zeit", meinte sie erleichtert. „Das war schon Matthäi am Letzten. Krank ist er? Na, er soll's nur wissen, daß bei uns g'radso der Doktor aus und ein geht, die Arzneien für die Kinder teuer sind, daß 's Gott erbarm, und nach mir selbst fragt auch keiner. Es sind schließlich seine Kinder, net wahr? Er hätt's ja nicht in die Welt setzen müssen. Und was hat er mir net alles versprochen! Sehen S' ja selbst, was er g'halten hat …"

„Er hat Sie nicht vergessen. Er wird sicher tun, was er kann. Aber er ist krank."

„Das hab' ich schon g'hört. Er soll nach Haus' kommen!"

„Aber er ist doch z'Haus."

„Ja, bei der Anderen! Aber er g'hört jetzt mir, verstehen S'? Was ist, wenn er stirbt? Was wird dann aus uns? Hat er ein Testament g'macht?"

Die Sorge um ihre Zukunft und die der Kinder war verständlich. Und doch fühlte sich Amon angewidert. Er schüttelte unwillkürlich den Kopf, als er die Türklinke in der Hand hielt und sich zum Gehen anschickte.

„Sie irren sich", sagte er ernst. „Er g'hört nicht Ihnen, er g'hört der ganzen Welt …"

„Da hab' ich auch was davon!" rief sie ihm wütend nach, doch er war schon draußen und hörte nur noch, wie sie mit den Kindern zu schimpfen begann und schließlich zu weinen anfing.

Erleichtert verließ er das Haus. Doch auch hier, in der engen, muffigen Gasse, lag ringsum überall Unrat. Amon machte große Schritte, um möglichst schnell aus dieser Gegend zu kommen.

Als der junge Johann an diesem Tag von der Schule heimkam, setzte es wieder hitzige Debatten und Streit. Es war nun offenkundig, daß er entgegen dem Willen seines Vaters Musiker werden wollte. Das Erlernen eines bürgerlichen Berufes hatte er wohl – als eine Art Kompromiß – akzeptiert, doch er zeigte keinerlei Lust zu dieser Laufbahn und betrachtete es als reine Zeitverschwendung, sich auf dieser Ebene fortzubilden.

Strauß war des Kampfes müde. Doch nicht nur fühlte er sich immer noch als Familienoberhaupt, sondern wußte sich auch als eine Person, der man Respekt zollte. Und das sollte daheim, in seinen eigenen vier Wänden, anders sein? War der junge Schani, war Anna wirklich so dumm, seine Argumente nicht zu verstehen, dann sollten sie sie wenigstens respektieren. Noch immer war schließlich *er* hier der Herr im Haus!

Doch Anna war der Meinung, daß ihr Gatte seine väterliche Autorität durch sein Verhalten verwirkt habe. Sie sah sich von ihm verlassen und hatte nun all ihre Liebe den Kindern zugewandt. Und sie wollte ihnen die Wege ebnen, nötigenfalls auch gegen den Willen des Vaters. Denn was den ältesten Buben anging, so wußte sie von Amon und Kohlmaier um dessen Begabung und glaubte sich nicht nur im Recht, sondern auch verpflichtet, ihn zu unterstützen und zu verteidigen.

„Im Recht und verpflichtet fühlst du dich also!" wütete Schani. „Und von wessen Geld habt ihr die Stunden beim Kohlmaier bezahlt? Denn du willst mir doch nicht weismachen, daß er sich für Gotteslohn die Fiedelei stundenlang ang'hört hat!"

„Ich hab's bezahlt vom Geld, das ich mir selber abg'spart hab'. Dir ist nix abgegangen. Ich frag' auch nicht nach dem Geld, das du anderswo ausgibst!"

„Dazu hast auch kein Recht, mein Geld verdien' ich selber und net du, und damit kann ich machen, was ich will!" fuhr er mit der unerquicklichen Auseinandersetzung fort. „Ich werd' nicht zulassen, daß der Bub irgendwo öffentlich auftritt und den Namen Strauß blamiert, daß alle Leut' über mich lachen!"

„Es gibt Leut', die auch so über dich lachen", versetzte Anna. „Aber net wegen dem Buben. Der hat *dein* Talent. Ob er damit einmal glücklich wird oder nicht, das ist *seine* Sach'. Aber vielleicht fängt er's ein bissel g'scheiter an als du."

„G'scheiter als ich? Und wer ist denn hier der Ehrenbürger und der Musikdirektor und hat einen Orden von der Königin Victoria?"

„Du kannst dir deine ganzen Orden und Titel auf den Hut stecken. Du weißt genau, was ich mein'!" rief sie und verließ ihn. Zornig schlug sie die Tür hinter sich zu.

Sobald er wieder halbwegs auf den Beinen war, verließ er das Haus und bezog mit der Trampusch zusammen eine Wohnung in der Leopoldstadt, später zogen sie in ein Haus in der Kumpfgasse, nahe der Stefanskirche.

Am 18. Juni 1842 ereilte ihn ein schwerer Schlag; sein rühriger Verleger und Freund Tobias Haslinger starb. Ein Jahr später, am 14. April, starb Josef Lanner. Schani empfand auch dessen Tod als einen schmerzlichen Verlust.

Mit Milli Trampusch war er ganz offiziell eine „freie Lebensgemeinschaft" eingegangen. „Ich bin der ewigen Streitereien in meinen eigenen vier Wänden müde geworden", erklärte er diesen Schritt.

Sein Scheidungsprozeß zog sich über zwei volle Jahre hin und wurde mit aller Erbitterung geführt. Die Wiener zerrissen sich das Maul darüber, und die Journalisten hatten Stoff zum Schreiben.

Wer Schani in dieser Zeit sah und erlebte, erschrak über sein Aussehen. Sein Kampf um die berufliche Position, sein Privatleben und das unstete Reisen, das sein Beruf mit sich brachte, hatten ihn vorzeitig altern lassen. Nun fürchtete er auch noch, durch einen möglichen Mißerfolg seines Sohnes den musikalischen Ruf des Namens Strauß einzubüßen.

Dieser Sohn hatte unterdessen die Hände nicht in den Schoß gelegt. Nun erst recht wollte der junge Schani beweisen, daß er dem Namen Strauß nichts als Ehre machen werde. Der Vater, der an das Talent des Buben nicht glauben konnte, war nur durch einen Erfolg zu überzeugen. Vielleicht, daß dann endlich zwischen ihnen der Friede wieder einkehren würde.

Er brauchte zwölf begabte junge Musiker und fand sie, zum Teil mit Amons Hilfe. Auch dieser hoffte auf eine Versöhnung von Alt und Jung, stand gewissermaßen zwischen den Generationen. Er liebte den Vater gleichermaßen wie dessen Sohn, von dessen Können er überzeugt war. In den Monaten Juli und August reichte der junge Mann beim Magistrat um die erforderlichen Lizenzen ein, die ihm ein öffentliches Auftreten ermöglichen sollten, und als er seine Genehmigungen in der Tasche hatte, ging er zu Dommayer.

Sein Vater ahnte nichts davon. Er spielte inzwischen wieder. Der junge Strauß wollte es dem Vater gleichtun, das schien dem Herrn Ferdinand Dommayer die natürlichste Sache von der Welt. „Und lassen S' den Herrn Vater schön von mir grüßen", meinte er noch, nachdem das erste Auftreten der neuen Kapelle unter der Leitung von Herrn Johann Strauß Sohn für das Theresienfest am 15. Oktober 1844 festgesetzt worden war.

Dommayer kam gar nicht auf den Gedanken, daß der alte Strauß nichts davon wußte, zumal sich dessen Sohn mit einem strahlenden Lächeln verabschiedete. „Dank' schön, werd's ihm ausrichten", sagte Schani junior und ging hocherhobenen Hauptes.

„Da wird sich der Herr Vater aber freuen", meinte Dommayer noch und ahnte nicht, daß das genaue Gegenteil zu erwarten war. Vielmehr dachte er, Strauß senior gefällig zu sein, indem er das erste öffentliche Auftreten von dessen Sohn in seinem renommierten Lokal ermöglichte.

Der Junior aber eilte wie auf Flügeln heim und fiel seiner Mutter um den Hals. „Frau Mutter, ich hab's geschafft, es ist soweit! Am fünfzehnten Oktober!"

„Bis dahin heißt's aber fleißig arbeiten, Bub", mahnte Frau Anna und gab den Kuß aus vollem Herzen zurück. „Ihr müßt proben und proben und wieder proben! Es darf nix danebengehen!"

„Es geht schon nix daneben, Frau Mutter", meinte er überglücklich. „Und einen neuen Walzer schreib' ich auch, das hat doch der Herr Vater zu so einem Anlaß auch so g'halten, net wahr, das ist doch so Brauch!"

„Ja, glaubst denn, daß du einen zusammenbringst?" fragte Frau Anna, und ihr Blick leuchtete vor Stolz und Glück.

„Aber g'wiß doch! Und ich weiß auch schon einen passenden Titel: ‚Die Gunstwerber' soll er heißen. Denn ich und meine Musikanten, wir werben doch um die Gunst vom Publikum!"

Dommayer versprach sich von der Ankündigung des Erstauftretens von Strauß Sohn mit einer eigenen Kapelle und der Uraufführung eines Walzers von dessen eigener Komposition einen enormen Zulauf seitens eines neugierigen Wiener Publikums. Natürlich würden die Leute mit einiger Skepsis erscheinen, aber es lag ja an dem jungen Talent, zu überzeugen und die Menge für sich zu gewinnen.

Natürlich erfuhr der Vater durch die Ankündigungen in den Zeitungen und durch Dommayers Plakate von dem beabsichtigten Konzert. Dommayer fiel aus allen Wolken, als Strauß versuchte, ihm Vorhaltungen zu machen, und meinte, man hätte ihn doch zuerst fragen müssen. Aber Dommayer beruhigte ihn: nach allem, was er über den Sohn wisse, könne der Vater ganz beruhigt sein!

Der Junior sah diesem ersten Abend mit begreiflichem Lampenfieber entgegen. Der Vater hingegen befürchtete das Schlimmste. Er selbst hatte an diesem Abend beim „Sperl" zu dirigieren, und zum erstenmal in seinem Leben stand er vor einem nur spärlich sich füllenden Saal.

„Was ist denn heut' nur los, Amon?" fragte er kopfschüttelnd. „Was haben denn heut' die Leut – wo sind's denn bloß alle?!"

„Na, wo sollen s' denn schon sein, Schani? Beim Dommayer natürlich", schmunzelte der Gefragte. „Den Sohn wollen s' hören, den Vater kennen s' ja schon alle!"

Und dieser Vater hob seufzend die Geige. Bis zur Pause hielt er wacker durch. Dann übergab er Amon den Taktstock.

„Mach du weiter", bat er ihn, „ich halt's nicht mehr aus. Ich fahr' auch zum Dommayer!"

Zweiter Teil

1. Der Jugend eine Bahn

Der alte Primgeiger stellte keine weiteren Fragen. Ich an seiner Stelle würd's wahrscheinlich genauso machen, sagte er sich. Das heißt - wahrscheinlich wäre ich schon längst zum Dommayer hinausgefahren.

Vater Strauß stürzte zu einer der vielen vor dem „Sperl" an einem Standplatz wartenden Droschken. „Zum ‚Dommayer' nach Hietzing, aber schnell!" rief er dem verdutzten Kutscher zu.

Der schnalzte mit der Peitsche und setzte sein Gefährt in Trab. Er mußte erst die freie Fahrbahn gewinnen und sich aus dem Gassengewirr herausfinden.

Dem Meister Strauß ging das viel zu langsam. „Schneller, geht's denn nicht schneller?" rief er nach vorn.

„Nur net hudeln", versetzte der Kutscher mit Gemütsruhe und paffte dicke Wolken aus seiner Zigarre, als wäre diese der Rauchfang einer Lokomotive, die eben ansetzte, Volldampf zu gewinnen. So wie man es bei der vielbeachteten Bahn von Wien nach Deutsch-Wagram, die mit dem unerhörten Tempo von fast fünfundzwanzig Stundenkilometern aufwarten konnte, mit eigenen Augen, wenn auch von leichtem Grauen gepackt, erleben konnte.

Inzwischen hatte sein Sohn im Dommayer schon mit dem Publikum Bekanntschaft gemacht. Natürlich saßen auch die Mutter und die Geschwister, mit Ausnahme des fleißigen Josef, an einem der vollbesetzten Tische. Doch der junge Strauß hätte gelogen, wenn er behauptet hätte, dies habe ihm Mut gemacht. Es war eher das Gegenteil der Fall. Eine Blamage vor den Augen der Frau Mama wäre in seinen Augen eher eine doppelte gewesen.

Er hatte Lampenfieber bis zu dem Augenblick, in welchem er, wie sein Vater, den Bogen seiner Fiedel gleich einem Taktstock zum Einsatz hob, aber schon nach den ersten Klängen seines gut einstudierten Orchesters war es wie weggeflogen.

Die als einleitende Nummer des Programms zu Gehör gebrachte Ouvertüre zur „Stummen von Portici“ erntete freundlichen Beifall, mußte sogleich wiederholt werden, brachte aber keine Offenbarung, klang nicht schlechter, leider auch nicht besser als von irgendeinem anderen der Wiener Tanzorchester.

Immerhin, der Anfang war gemacht, das Eis begann zu schmelzen. Natürlich saßen da etliche Herrschaften, die dem jungen Strauß einen Mißerfolg gönnten. Das waren Anhänger seines Vaters, die nicht zum „Sperl“ gegangen waren, sondern hierher, aber auch solche anderer Kapellen, die mit einem neuen Konkurrenten wenig Freude hatten. Der junge Strauß wußte das. Sie alle konnte er nur durch Können überzeugen.

So folgte denn Stück um Stück des ersten Programmteils, während welchem das Publikum hauptsächlich schmauste und die Kellner viel Arbeit mit Auftragen und Abräumen hatten. Es war ein fortwährendes Kommen und Gehen, Bestellen, Reden, Rufen, ein Klirren von Tellern, Besteck und Gläsern, ein Geräuschpegel, der um Konzentration bemühte Musiker leicht aus der Fassung bringen konnte. Doch man spielte schließlich in einer Gaststätte, und das auf den Publikumstanz abgestimmte Programm, das, bei welchem der junge Strauß und seine Musiker eigentlich erst so richtig zeigen konnten, was in ihnen steckte, bildete erst den zweiten Teil nach der Pause.

Diesen zweiten Programmteil hoffte Strauß Vater noch zu erreichen. Vor allem wollte er den zur Eröffnung desselben angekündigten ersten Walzer seines Sohnes, von dem er keine Note kannte, hören. Doch der Weg zum „Dommayer“ hinaus war weit, und natürlich kam er zu spät. Der Walzer war verklungen.

Er entlohnte den Kutscher, betrat das Lokal und hielt sich, ohne nach einem Tisch zu suchen, an dem er noch hätte Platz nehmen können – was übrigens ein vergebliches Unterfangen gewesen wäre – hinter künstlichen Hecken und Blumenarrangements versteckt. Er wollte um keinen Preis erkannt werden, sondern ebenso unbeobachtet verschwinden, wie er gekommen war.

Er fand das Publikum in höchst enthusiasmierter Stimmung, während es bei seinem eigenen Abend beim „Sperl“ keineswegs besondere Emotionen hatte erkennen lassen. Frau und Kinder entdeckte er an einem Tisch ganz vorn in der Nähe des Podiums.

Sein Sohn machte auf demselben, das mußte er sich eingestehen, recht gute Figur. Er bot das Bild eines feurigen jungen Mannes, geigte mit Schwung und riß seine Musiker und ebenso auch die Zuhörer mit. Er spielte mit Hingabe und Leidenschaft.

„Wie ich, seinerzeit, als ich beim Lanner ang'fangen hab“, murmelte der mißtrauische Vater und fühlte sich zugleich etwas erleichtert. Am Bogenstrich, an der Art, wie der junge Schani sein Instrument ans Kinn preßte, wie sich der Rhythmus seinem ganzen Körper mitteilte, glaubte er fast einem verjüngten Spiegelbild des eigenen Ich gegenüberzustehen - und doch, manches war anders - besser oder schlechter, das ließ sich schwer sagen. Doch da war jedenfalls die Kraft der Jugend, welcher die Zukunft gehörte ...

Und das wiederum erfüllte ihn mit Erbitterung. Sein Sohn hatte die Jahre, die noch vor ihm lagen, für sich. Für den Vater waren die, welche hinter ihm lagen, Bürde und Last.

Wieder war ein Walzer zu Ende, die erhitzte Jugend brauchte eine Verschnaufpause. Doch da ertönte eine Stimme, ein Ruf. Jemand hatte einen Wunsch und äußerte ihn durch Zuruf ans Orchester.

„Die ‚Gunstwerber‘ noch einmal. Da capo!“

„Ja, die ‚Gunstwerber‘ noch einmal!“ verlangten noch andere, und dann fiel gleich eine größere Anzahl ein, man klatschte im voraus, um die Erfüllung dieses Wunsches durchzusetzen.

„Die ‚Gunstwerber‘, die ‚Gunstwerber‘, bitte!“

Strauß Sohn war überrascht, erfreut, ja er strahlte förmlich. Das konnte doch nur bedeuten, daß sein erster Walzer Erfolg gehabt hatte!

Eilig wechselte man in der Kapelle die Noten, anstelle des geplanten nächsten Musikstückes wurden noch einmal die „Gunstwerber“ aufgelegt. Und dann bekam auch der Vater den Walzer zu hören …

O ja, wie das klang! Er hätte von ihm sein können, war es aber nicht.

Strauß blieb stehen, sah die begeisterten jungen Wiener tanzen, sich wiegen und bezaubern lassen von seines Sohnes Musik.

Blamage war das keine! In diesem Punkt hatte er dem Buben mit seinen Befürchtungen unrecht getan. Der Bub hatte Talent und Können, und woran es ihm noch mangelte – an Routine –, das würde mit der Zeit ganz wie von selbst kommen. Ja, er war ein Musiker durch und durch, wie sein Vater. Und er hatte fatalerweise dasselbe Vagabundenschicksal gewählt! Er war einer Berufung verfallen, die im Grunde eine Sucht war und diejenigen bei lebendigem Leibe auffraß, die dumm genug waren, ihr anheimzufallen.

Der junge Strauß geigte und ließ die Wiener nach seiner Geie tanzen. Der alte Strauß hatte schon Kaiser, Könige und Königinnen nach der seinen tanzen lassen, aber er war nicht glücklich geworden dabei. Ja, trotz allem Schweiß und aller aufgewendeten Mühe war er nicht einmal reich.

Noch während das Publikum begeistert Beifall klatschte, wandte er sich um und ging mit hängenden Schultern hinaus, aufmerksam darauf bedacht, niemandem aufzufallen.

Während der Heimfahrt in die Kumpfgasse – er wollte nicht mehr zum „Sperl“ zurückgebracht werden – versuchte er sich über seine Empfindungen klarzuwerden und über die Haltung, die er seinem Sohn gegenüber nun einnehmen wollte.

Der junge Schani hatte seinem Vater gezeigt, daß er vor Publikum bestehen konnte. Er hatte dem väterlichen Willen getrotzt, das wog schwer. Noch schwerer wog aber, daß er recht behalten hatte! Damit hatte er seinen Vater ins Unrecht gesetzt und zum Tyrannen gestempelt. Und das, obwohl der doch nur für sein Kind das Beste gewollt hatte und es noch immer wollte.

Der Bub hatte seinen eigenen Weg gewählt. Er würde seinem Vater sogar zur Konkurrenz werden, unzweifelhaft. Und da die Leut' immer was Neues goutierten, würde er auch Zulauf finden, um so leichter, als er ein Strauß war.

Doch das Musenglück ist launisch. Der Erfolg von heute abend mußte nicht von Dauer sein. Vielleicht kam die vermutete Blamage doch noch. Dann sollte sie wenigstens ihn, den Vater, nicht mittreffen. Die Lösung hieß: sich distanzieren! Der Bub hatte es schließlich selbst so gewollt. Er, der Vater, konnte jetzt, nachdem sich der Sohn auf eigene Füße gestellt hatte, nichts mehr für ihn tun ... Als der Wagen vor dem Haus Kumpfgasse 11 anhielt, war sein Entschluß gefaßt.

Er würde das Plakat für seine nächste Veranstaltung besonders kennzeichnen. Er mußte sich von nun an als *„Johann Strauß Vater"* ankündigen lassen.

Also plakatierte man in Wien „Strauß Vaters" am 8. Jänner 1845 stattfindendes erstes Konzert in dem neu eröffneten Tanzpalast „Odeon", der an Luxus beinahe den „Sperl" noch übertraf, auf diese Weise. Und es war auch „Johann Strauß Vater", von dem die Zeitungen meldeten, daß er am 24. Jänner des Jahres 1846 den Titel eines „k. k. Hofballmusikdirektors" erhalten habe. Nach dem Tod des vorangegangenen und nachdem nun auch Lanner nicht mehr am Leben war, war Johann Strauß Vater der logische Nachfolger: Hofballmusikdirektor am Hof eines Kaisers, der nicht tanzen konnte.

Peinlich war nur, daß in der Wohnung des Hofballmusikdirektors der Pfändungsbeamte zum ungern gesehenen Gaste wurde. Der Scheidungsprozeß, der verlorenging, und die Alimente, die zu bezahlen waren, lieferten hierfür den traurigen Grund.

Das Schicksal sorgte dafür, daß der hochgeehrte und ordenbehangene Wiener Ehrenbürger Johann Strauß Vater aus dem schrecklichen, verluderten Quartier in der Kumpfgasse nicht ausziehen und eine bessere Behausung beziehen konnte. Seine Schuld, fand Frau Anna. In seiner ursprünglichen ehelichen

Wohnung hätte er es zweifellos weit angenehmer und vor allem sauberer gehabt.

Doch was wollte der Hofballmusikdirektor schon mit seinem Schicksal hadern, wenn es am Hof des Kaisers auch nicht gerade bestens zuging! Der gütige Ferdinand unterschrieb und tat, was sein Kanzler Metternich von ihm verlangte. Überall wurde offen über dieses Regiment gelästert und Beschwerde geführt. Der Metternich nehme sich gar zu viel heraus, hieß es. Da wäre doch sogar eine Republik besser als ein Marionettenkaiser, fanden vor allem die jungen Leute. Und zu diesen Jungen gehörte auch Strauß Sohn!

Verschiedentlich wollte man ihn in Studentenkreisen gesehen haben. Und diese Kreise waren der Polizei des Fürsten Metternich verdächtig. Außerdem spielte Strauß Sohn ja auch in Lokalen, in denen viele Studenten verkehrten, wie etwa im Gasthaus „Zum grünen Tor". Das war zumindest ungeschickt, wenn nicht gar gefährlich.

Der Vater war ein eingefleischter Monarchist. Für ihn war der Träger von Krone und Szepter der Repräsentant der Macht von Gottes Gnaden. Und hatte Gott der Herr den gütigen Ferdinand dazu auserkoren, dann würde er wohl wissen, warum.

Es war bei einem Besuch in der Hofkanzlei, als er eines Tages einen gutgemeinten Wink bekam. Ein Herr sprach ihn in einem der endlosen dunklen Gänge der Hofburg an. Ein Konfident, wie unschwer zu erraten war. Einer, der den Strauß Vater kannte, aber offenbar auch den Strauß Sohn, letzteres offenbar von Berufs wegen. Nun fühlte sich der dem Vater wohlwollende Mann zu einem guten Ratschlag bemüßigt:

„Nichts für ungut, Herr von Strauß ... Falls Sie den Herrn Sohn treffen sollten ... Ich mein', g'rad im ‚Grünen Tor' und in so Lokalen, wo die aufmupfigen Studenten mit ihren Bierglaseln scharren und majestätlästerliche Reden führ'n tun, g'rad in solchenen Lokalen ist's doch wohl net g'rad g'schickt, wenn der Sohn vom Herrn Musikdirektor verkehr'n und aufspiel'n tut. Es wär' doch äußerst peinlich, im Fall einer Razzia ... Aber ich will nix g'sagt haben, denken S' darüber nach ... Ich habe die Ehre, g'horsamster Diener, Herr von Strauß!"

„Wie, was haben S' da g'sagt? Eine Razzia im ‚Grünen Tor'. Und was ist mit den Studenten?"

Doch der Herr Konfident war bereits im Davoneilen. Er lüftete bloß noch seinen unauffälligen steifen Hut und entschwand um die nächste Biegung des Korridors.

Das war eine offensichtlich nicht aus der Luft gegriffene Warnung. Und der Mann hatte recht. Schon ein bloßer Verdacht, vor allem der Umgang seines Sohnes mit verdächtigen Elementen konnte ihm, dem Vater, in seiner jetzigen Position Schaden zufügen!

Wie unbedacht von dem unreifen Buben! Oder war er womöglich gar aus Überzeugung ein Revoluzzer, wie diese ganze, hinter den Ohren noch grüne Studentenschaft?

„Das fehlte gerade noch, daß auch das noch zwischen uns tritt!" knurrte Schani.

Vielleicht war ihm dieser Konfident gar nicht zufällig begegnet. Bei den tausend Augen und Ohren des Metternichschen Polizei- und Spitzelapparates kam es dem Schani, dem bei diesem Gedanken heiß und kalt wurde, gar nicht so unwahrscheinlich vor, daß der Mann ihm nur scheinbar zufällig begegnet war! Auch hätte ein solcher Beamter sich des Bruches der Amtsverschwiegenheit schuldig gemacht, hätte er einem ihm nur zufällig vom Sehen bekannten Bürger – und sei es auch der Strauß – einen solchen Ratschlag gegeben!

Was machte ihm doch sein ältester Bub für Sorgen und Ungemach! Bei richtiger Überlegung war das gar kein Ratschlag, sondern ein konkreter Wink, ja mehr noch, ein Auftrag gewesen! Und höchstwahrscheinlich leistete der Hof nicht nur Herrn Strauß Vater und Sohn, sondern mehr noch sich selbst einen Dienst damit ...

„Ich muß, so peinlich mir das ist, wahrhaftig in die Leopoldstadt und mit dem Buben oder wenigstens mit der Anna red'n", murmelte Schani verärgert. „Es bleibt mir nichts anderes übrig.

Dabei hab' ich mir vorgenommen, ihnen aus dem Weg zu gehen, wo immer ich nur kann!"

Er erledigte in der Hofburg seine dienstlichen Geschäfte – er hatte ein Musikprogramm einzureichen – und hatte hernach einen Termin beim jungen Haslinger, der das Musikalien- und Verlagsgeschäft seines Vaters in dem alten Gewölbe nahe dem Graben weiterführte. Anschließend wollte er in seine ehemalige Wohnung fahren. Doch dann hatte er den Einfall, den guten Amon mit der unliebsamen Mission zu betrauen. „Das ist recht, das ist das beste!" sagte er sich erleichtert. „Mit dem red't sich der Bub ohnedies leichter als mit mir, auf mich hört er ja sowieso nicht. Der Amon soll ihn aufsuchen und ihm mitteilen, was ich ihm ausz'richten hab'!"

Darüber verging der Nachmittag. Sie hatten keine Probe heute, und so kam er mit seinem Primgeiger erst am Abend im „Odeon" zusammen, als das Orchester vor Beginn der Veranstaltung Noten und Instrumente richtete.

„Amon, tust mir einen Gefallen?" begann er leicht verlegen. „Ich möcht' dich bitten, daß du meinen Herrn Sohn aufsuchst, Herrn Strauß Sohn, wie er sich jetzt plakatieren laßt ..."

„Damit hast du ang'fangen, wenn ich mir die Bemerkung erlauben darf. Du hast dich ja drucken lassen als Johann Strauß Vater!"

„Und mit Recht. Nix ist mir lieber, als wenn uns die Leut' g'rad jetzt auseinanderhalten!"

„Wieso g'rad jetzt?" fragte der gute Amon verblüfft.

Der Schani dämpfte seine Stimme und schilderte dem Amon seine merkwürdige Begegnung.

„Das ist eine Warnung, und das muß er erfahren, damit er keinen Blödsinn macht und ein Malheur g'schieht ..."

„Ja, ja", zog Amon die Stirn in Falten. „Gleich morgen früh geh' ich hin und sag's ihm ..."

„Dank' dir schön", meinte Strauß erleichtert.

Der Amon war etwas unaufmerksam an diesem Abend.

Mehrmals traf ihn ein strafender Blick seines Freundes Schani. Am anderen Morgen aber machte er sein Versprechen wahr.

Er traf jedoch nur die Strauß-Mutter an. Der Junior war nicht daheim. Er war zum „Grünen Tor“ unterwegs und hatte es an diesem Morgen besonders eilig gehabt.

2. Im Wandel der Zeit

Doch diesmal hatten die Konfidenten keinen Grund zum Eingreifen, obwohl ein gewisser revolutionärer Sinn hinter der Sache zu vermuten war. Hatte man für den konservativen Vater eigens den Titel eines Hofball-Musikdirektors erfunden - die Uniformstücke, die er zum Dirigieren bei Hof benötigte, waren gegenwärtig leider im Pfandhaus -, so waren es diesmal die Herren des Bürger-Regiments Nr. Zwei, die mit dem Sohn im „Grünen Tor" zusammentrafen und ihm einen fixen Vertrag als Kapellmeister ihrer paramilitärischen Regimentsmusik anboten. Die Uniform hierzu, die gemäß der Tradition der alten Bürgerwehren beinahe so prächtig war wie die des Herrn Vater als Musikdirektor bei Hof, würde der junge Musiker freilich aus eigener Tasche bezahlen müssen.

Das ist auf jeden Fall ein Schritt nach vorn, sagte sich der hoffnungsvolle junge Mann und sah sich schon im Geist an der Spitze seiner Regimentsmusik beim Fronleichnamsfest und zu allen möglichen feierlichen Anlässen, von alt und jung bestaunt und akklamiert, durch die Straßen der Stadt marschieren.

Und dann kam das böse Jahr 1848.

In Frankreich gab's wieder einmal Revolution. Der Bürgerkönig Louis Philippe wurde gestürzt und flüchtete. Frankreich und vor allem Paris hatten ihm viel zu danken, aber das war den Revoluzzern nicht genug. Sie riefen zum zweiten Mal die Republik aus. Und der Funke sprang über die Grenzen ...

Noch befand sich die Seine-Metropole im Revolutionstaumel, als knappe zwei Wochen nach Louis Philippes Flucht Ludwig Kossuth am 3. März im Budapester Parlament eine Verfassung forderte.

In Wien hingegen kam es zu offenem Aufruhr gegen das Metternich-Regime. Studenten und Bürger, Arbeiter und Intellektuelle stiegen auf die Barrikaden, um den verhaßten Minister zu stürzen.

Da fanden sich der Dichter Bauernfeld und eine Deputation

der Weinhändler bei Erzherzog Ludwig in der Hofburg ein, um ihn um seine „allerhöchste Protektion" beim Sturz des Staatskanzlers Metternich zu bitten. Es gehe nicht um die geliebte Majestät des allergnädigsten und guten Kaisers Ferdinand, vielmehr müsse der Kanzler weg, der sich zwischen das Volk und das Herrscherhaus gedrängt habe.

Der gute Kaiser Ferdinand stand unterdessen ganz verwundert an einem der hohen Fenster des Michaeler-Traktes und schaute hinunter auf eine aufgeregte Menschenmenge, die sich vor der Hofburg versammelt hatte. Er begann die Kutschen und Equipagen zu zählen, die aus und ein fuhren.

Dann meldete man ihm Metternich. Dieser erschien, ein fünfundsiebzigjähriger, müde gewordener Mann, in vollendet elegantem, aber doch ungewohntem Aufzug: er trug einen zeisiggrünen, knapp geschneiderten Leibrock, perlgraue Hosen und hielt ein Rohr mit goldenem Knauf und einen hohen Seidenhut in seiner behandschuhten Hand.

„Ah, Metternich", begrüßte ihn der Kaiser. „Sagen S', was machen denn die vielen Leut' da drunten?" verlangte er Auskunft. „Und warum sind s' denn so aufgeregt?"

„Ich fürchte, sie machen Revolution, Majestät", erklärte der Gefragte mit leisem Lächeln auf den schmalen Lippen.

„Revolution?!" rief der Kaiser. „Ja, dürfen s' denn das?"

„Sie werden wohl nicht danach fragen. Doch die Revolution richtet sich nicht gegen Majestät, sondern gegen mich. Und deshalb bitte ich untertänigst um meine Entlassung …"

Wenige Stunden später illuminierten die Wiener die Stadt, indem sie brennende Kerzen in die Fenster stellten. Das Palais Metternich am Rennweg wurde durch einige Besonnene vor der vollständigen Plünderung bewahrt. Der verhaßte Staatskanzler flüchtete unterdessen in einem schlechten und deshalb unauffälligen Reisewagen mit nur wenig Gepäck, das seine Frau Melanie hatte retten können. Sie begleitete ihn.

Metternich war, in der Meinung, völlig korrekt und im Recht zu sein, vor seiner Abreise noch zur Staatskasse gegangen, um sein fälliges Gehalt zu beheben. Doch die Auszahlung wurde ihm verweigert. Rothschild schickte ihm für die Reise tausend Dukaten, und Fürst Liechtenstein stellte ihm als Zwischenstation auf der Weiterreise sein ungeheiztes und verlassen in der winterlichen Landschaft liegendes Schloss Feldsberg zur Verfügung. Von dort gingen die beiden Metternichs dann als Monsieur und Madame Matteux nach England in die Emigration.

Eine politische Ära war zu Ende, die zugleich auch die Ära des Biedermeier gewesen war und auch die Ära von Vater Strauß.

Noch war es beinahe eine Operettenrevolution. Kaiser Ferdinand und seine Kaiserin fuhren anderntags durch die Stadt und ließen sich vom Volk als Befreier feiern. Der gute Ferdinand war förmlich entzückt von soviel Liebenswürdigkeit. Sie waren zumindest liebenswürdiger als König Karl Albert von Sardinien, der, die Unruhe in der Donaumonarchie nützend, die österreichischen Südprovinzen erobern und Italien einen wollte. Doch er hatte die Rechnung ohne Feldmarschall Radetzky gemacht; dieser siegte schon am 5. Mai bei Santa Lucia und erfocht am 25. Juli bei Custoza den entscheidenden Sieg.

Zu diesem Zeitpunkt befand sich der Hof allerdings in Innsbruck. Und zwar ohne seinen Hofball-Musikdirektor. In Wien erschien jetzt die „Amtliche Wiener Zeitung“ ohne den obligaten Doppeladler, und Vater Strauß hatte – wer hätte das gedacht – entgegen aller inneren Vorbehalte die Stelle eines Kapellmeisters der nach Pariser Vorbild gebildeten Nationalgarde des Stuben- und Kärntnertorviertels angenommen.

Während Fürst Windischgrätz in Böhmen für Ordnung sorgte und es dabei Tote gab, drang die Kunde vom Sieg bei Custoza nach Wien und wandelte hier völlig die Stimmung. Die „Sturm-Petition“ der Nationalgarden hatte den Hof so erschreckt, daß er nach Innsbruck in das getreue Tirol geflüchtet war. Nun aber kehrte er zurück, und der Kaiser wurde mit Jubel empfangen. Zu Ehren der siegreichen Truppen in Italien gab es ein gewaltiges Fest auf dem Wasserglacis. Strauß Vater spielte auf, und die Krönung des Abends war sein neuer, zu diesem Anlaß komponierter Radetzky-Marsch.

Es war sein letzter großer Triumph.

Der Hof war wieder da. Und weder der Kaiser noch Metternichs Nachfolgekabinett waren imstande, Probleme zu lösen. Schon im Oktober murrte wieder das Volk.

Es passierte ausgerechnet beim „Sperl", daß der schwelende Funke der Unruhe das Pulverfaß explodieren ließ. Ausgerechnet die Wiener Gardegrenadiere sollten nach Ungarn ausrücken, um dort den Aufstand niederzuschlagen. Das Regiment meuterte. Und die Wiener, die ihre Söhne nicht in den Tod ziehen lassen wollten, stürmten das Kriegsministerium und hängten dessen Chef, den Grafen Latour, an einer Laterne auf.

Diesmal floh der Hof nach Olmütz.

Man war sich einig, es mußte etwas geschehen, wenn die Monarchie, wenn das bedrängte Kaiserhaus gerettet werden sollte.

Der gute Ferdinand wollte wieder Ruhe und Frieden, fürs Volk wie für sich selbst.

Aber Wien rüstet sich zur Verteidigung. Die kaisertreuen Truppen des Banus Jellačić und die des Fürsten Windischgrätz rücken in Eilmärschen heran, um dem Kaiser die Residentstadt zurückzuerobern und sie zu säubern von allen aufrührerischen Elementen, wie etwa diesem eigens aus Frankfurt angereisten Robert Blum, der mit Brandreden die Arbeiter verhetzte.

Bald saßen die Aufständischen in der Falle. Als Windischgrätz mit Kanonenkugeln und Kartätschen die Stadt beschießen ließ, sank den Aufständischen der Mut und verging ihnen die Lust an der Republik. Ganze Häuserzeilen sanken in Schutt und Asche. Und das prachtvolle „Odeon" brannte lichterloh und war nicht mehr zu retten.

In Olmütz hingegen geschahen große Dinge. Dort hatte jetzt Erzherzogin Sophie die Hosen an. Nicht zuletzt der preußische

Gesandte war schon lange der respektvollen Meinung gewesen, sie sei „der einzige Mann am Wiener Hof".

Sie war zumindest eine grundgescheite Frau. Ihr Mann, Erzherzog Franz Karl, war sechsundvierzig Jahre alt und physisch sehr wohl in der Lage, im Falle eines Thronverzichts des „Gütigen" dessen Thron zu besteigen. Er war der Kronprinz, und ihr, Sophie, stand jetzt die Krone der Kaiserin zu. Aber Sophie war klug genug, sich selbst zu überwinden und auch ihren Gatten zum Thronverzicht zu bewegen. Ihr ältester Sohn, Franz Joseph, war im August achtzehn geworden. Er repräsentierte die Jugend und war einer, der die Sprache der Jugend selbst reden konnte und verstand. Mit seiner Hilfe konnte man den Aufrührern den Wind aus den Segeln nehmen.

So passierte es denn, daß sich am frühen Morgen des 2. Dezember 1848 im Erzbischöflichen Palais zu Olmütz der Habsburger-Clan, der Hof und die Dienerschaft in Gala versammelten. Sophie, in weißer Robe aus Moiré, trug um den Hals beziehungsvollen Schmuck: das Collier, das sie von ihrem Gatten zu Franz Josephs Geburt als Geschenk erhalten hatte.

Und dieser ihr ältester Sohn kniete vor Onkel Ferdinand hin, während dieser mit brechender Stimme sein Abdankungsdekret verlas. Und der junge neue Kaiser bat hernach den alten um seinen Segen. Ferdinand legte die Hände auf seinen Kopf, machte ein Kreuzzeichen auf Franz Josephs Stirn und sagte leise: „Ist nix zu danken, ist gern geschehen. Sei brav, der Herrgott wird dich schützen!"

Und ausgerechnet einen Tag darauf ereilte den jungen Jean in Wien doch noch das Schicksal in Gestalt der Polizei. Und zwar – wie hätte es anders sein können – im „Grünen Tor".

Dort versammelten sich noch immer – oder schon wieder? – die progressiven jungen Kräfte. Sie führten Stammtischgespräche, hielten gefährliche, aufmüpfige Reden. Die Strauß-Musik nebenan im Ballsaal war der harmloseste Ort des Lokals, doch mitunter schwappten die Ereignisse auch dort hinüber.

Da drängte von nebenan eine Gruppe angeheiterter Studenten durch die Flügeltüren, es war zu vorgerückter Stunde, Jean blieb die Szene lange deutlich vor Augen.

„Aufhören! Aufhören mit dem Tanz! Die Marseillaise! Spielt die Marseillaise!!“

Die Kapelle hatte nicht einmal die Noten, aber die Marseillaise konnte man natürlich auswendig. Vom Blatt mußte die nicht erst gespielt werden.

Gleich bei den ersten Tönen fiel das ganze Parkett ein. Alles sang mit. Aber noch bevor das Freiheitslied zu Ende war, erschien an den Ausgängen die Polizei.

Auf so eine Gelegenheit hatte man anscheinend schon lange gewartet. Vielleicht hatte man auf den Strauß-Sohn Rücksicht genommen, doch jetzt war er mitgefangen und wurde hoffentlich nicht mitgehangen. Er hatte ein verbotenes revolutionäres Lied gespielt!

„Die haben uns doch dazu gezwungen, die hätten ja den ganzen Tanzsaal demoliert, wenn ich's ihnen nicht aufspielen hätt' lassen!“ hatte er sich damals auf der Wachstube verteidigt.

Als der Vater von der Festnahme seines Sohnes erfuhr, war es für ihn ein Schock. Doch er distanzierte sich, er setzte sich nicht für ihn ein. Er hatte ihn gewarnt, nun sollte der Wirrkopf die üble Suppe selbst auslöffeln.

Der Winter, der zu Anfang des Jahres 1849 herrschte, brachte grausame Kälte und einen Eisstoß, der die nördlichen Vorstädte bedrohte. Eine Faschingsstimmung wollte nicht aufkommen. Strauß Vater musizierte in Olmütz, dann zog der Hof nach Wien, und er ging nach Deutschland und England.

Er war erst fünfundvierzig Jahre alt, wirkte aber wesentlich älter. Im September erst war er wieder in Wien. Überall in der Stadt klebten Plakate, die eine Soiree ankündigten, die unter seiner musikalischen Leitung am 25. September im Volksgarten stattfinden sollte.

Aber am Morgen des 22. September 1849 kam der gute alte Amon zu Jean ins Zimmer gestürzt.

„Schani - dein Vater liegt im Sterben!“

„Wie, der Vater –? Wo? Und was ist denn g'scheh'n?"

„Er hat Scharlach, sagt der Doktor. Und die Trampusch ist fort mitsamt den Kindern. Sie hat ihn einfach allein liegen lassen in der Wohnung, aus Angst, sie und die Kinder könnten ang'steckt werden. Jetzt liegt er dort, ganz verlassen in seinem Fieber, ohne Hilf', mutterseelenallein, in seiner letzten Stund'!"

Jean ließ alles liegen und stehen, Amon konnte nicht Schritt halten mit ihm. So rasch er konnte, wollte er in die Kumpfgasse, wo Milli Trampusch seinen Vater in der Stunde der Not so schmählich im Stich gelassen hatte.

Er hetzte die schmale Treppe empor zu der Wohnung. Sie war leer, die Trampusch hatte alles mitgenommen ...

„Vater, Herr Vater!"

Aber der Walzer-Orpheus lebte nicht mehr, seine Geige war für immer verstummt.

Jean schlug die Hände vors Gesicht und schluchzte. So gern hätte er mit dem Vater noch ein paar Worte der Versöhnung gesprochen, doch das war ihnen beiden vom Schicksal nicht vergönnt worden.

An die einhunderttausend Menschen, ein Fünftel der damaligen Bevölkerung Wiens, nahmen am Begräbnis des Vaters teil. Der treue Amon schritt hinter dem Sarg und trug auf einem Kissen aus Samt des Meisters Geige. Ihre Saiten waren zerschnitten. Wie vielen Menschen hatten ihre Klänge Frohsinn und Freude geschenkt? Wer würde sie zu zählen vermögen? – Nun war sie verstummt, für immer.

Aber die Johann-Strauß-Kapelle gab es noch, sie brauchte nun einen neuen Leiter. Und das Leben, der Tanz – sie mußten weitergehen ...

3. Der König ist tot – es lebe der König!

Der junge Jean hatte nun plötzlich zwei Kapellen – seine eigene, von ihm selbst gegründete und die seines Vaters, das Johann Strauß-Orchester, das mit diesem um die halbe Welt gereist und vor Monarchen konzertiert hatte. Daß ihn diese Musiker zu ihrem neuen Leiter wählten, war eine Ehre; Ehrensache war natürlich auch, dieses Orchester im Sinne des Verstorbenen und in der gewohnten Qualität zu erhalten, weiterzuführen und auch weiter zu beschäftigen.

Denn das war eine Aufgabe, die über das bloße Musizieren hinausging. Es war Manager-Arbeit. Jean hätte einen solchen gebraucht. Nun, der Vater war stets sein eigener Manager gewesen. Jean hoffte, er würde dies auch zuwege bringen.

Und da war ja auch noch die Strauß-Mutter, da war Amon, der väterliche Freund und brillante Musikant. Und schließlich auch noch Bruder Josef.

Doch der hatte sein Ingenieur-Examen gemacht und beschäftigte sich mit ganz anderen Dingen.

„Schade“, sagte Jean zur Mama. „Den könnten wir jetzt gerade gut gebrauchen.“

„Josef hat sich an Vaters Rat gehalten“, meinte die Mutter. „Ein zweiter musizierender Strauß wär’ jetzt freilich schön. Bis der Edi soweit ist, mußt du noch eine Weile warten. Aber der hat auch die Musik im Blut, das ist jetzt schon sicher!“

„Ich könnt’ aber schon mithelfen“, meldete sich Edi zu Wort.

„Das wär’ gar nicht so falsch“, sagte die Mutter. „Da lernt er’s wenigstens von Grund auf. Und wer weiß, vielleicht entdeckt der Josef in sich auch noch eine musikalische Ader. Wunder wär’s keines“, fügte sie lächelnd hinzu.

„Wie soll ich das bloß machen – an einem Abend gleichzeitig an zwei Stellen sein?“ zerbrach sich Jean den Kopf. „Ich kann mich net teilen, und Heiliger bin ich auch keiner, der an zwei verschiedenen Orten zur selben Zeit erscheinen und predigen kann.“

„Da hast du recht, Jean", nickte die Mutter schmunzelnd. „Heiliger bist du keiner - und wirst wohl auch nie einer werden!"

„Wo werd' ich auch - die Mäderln lassen mir ja gar keine Gelegenheit dazu!" stellte er fest. „Nun ist der Vater tot und begraben. Gott hab' ihn selig. Vom Trauern werden meine Musikanten net satt, und vom Trübsalblasen wird die Welt net besser."

„Hast recht, Jean. Du bist jetzt das Familienoberhaupt und der Ernährer."

„Auch für die Musikanten, Mutter. Ich hab' da so eine Idee, wie ich meinem Problem beikommen könnt'."

„Red schon."

„Na, wenn ein Dirigent einmal müd' wird, dann gibt er den Taktstock für eine Weil' dem Primgeiger. Das könnt' man doch auch machen, wenn der Dirigent fort muß ..."

„Wie meinst denn das? Das versteh' ich net", sagte die Strauß-Mutter kopfschüttelnd.

„Ganz einfach", erklärte Jean. „Ich denk', der Amon fangt mit dem Konzert an und dirigiert's bis zur Pause. Dann komm' ich dran. Und im anderen Orchester machen wir's g'rad umgekehrt. Die beiden Säl' dürfen nur net zu weit auseinanderliegen, so daß ich mit ein'm Fiaker g'schwind hin- und herfahren kann. G'rad so lang, wie die Pause dauert! Na ja, b'sonders verschnaufen kann ich mich während der Fahrt net, aber so ist's halt, wenn man auf zwei Kirtagen zugleich sein muß."

„Daß du dich nur net, wie der Vater, zu sehr verausgabst, Bub", mahnte die Mutter. „Er ist ja eigentlich noch recht jung g'storben. Wahrscheinlich hätt' er die Krankheit überstanden, wenn er bloß besser bei Kräften gewesen wär'. Und wenn ihn die Andere ordentlich gepflegt hätt'. Aber so hat's ihn liegen lassen wie einen Hund ... Und wir haben jetzt auch noch womöglich Krieg mit ihr wegen dem Testament."

Jean schwieg, sein Blick verdüsterte sich. „Es ist ja g'funden word'n, das Testament", brummte er.

„Ja, sie hat's g'habt. Hat es gleich mitg'nommen, vorsichtshalber."

Das Testament hatte der Verstorbene am 10. Oktober 1847 abgefaßt. Darin hatte er seine legitimen Kinder auf den Pflichtteil beschränkt. Weiter hieß es darin: „Zu Erben meines Nachlasses bestimme ich die Emilie Trampusch, k. k. Kameral-Arztenstochter zu einem und deren Kinder Johann, Emilie, Klementine, Marie und Therese Trampusch zum anderen Teil".

Das war ein schwerer Schlag für die Strauß-Familie, die nun genötigt war, ihre Ansprüche auf dem Gerichtsweg durchzufechten. Dazu kam, daß der junge Haslinger sich weigerte, die hinterlassenen Manuskripte von Strauß Vater zu honorieren, obwohl sich sein Vater vertraglich hierzu verpflichtet hatte.

Jean hatte für seine Mutter, zwei Schwestern, Anna und Therese, sowie für seinen kleinen Bruder Eduard zu sorgen, der noch nicht auf eigenen Füßen stand. Um Josef, der um zwei Jahre jünger war als er, brauchte er sich nicht mehr zu kümmern, der arbeitete bereits als Ingenieur.

Schon zwei Wochen nach der Beerdigung seines Vaters gab Jean mit der Strauß-Kapelle ein Konzert im Volksgarten. Das nahmen ihm die Wiener übel, allgemein wurde dies als pietätlos und viel zu kurz nach dem Sterbefall bemängelt. Und vielleicht auch nach dem Motto: Der König ist tot – es lebe der König. Die Wiener aber jubelten dem „neuen König" nicht zu.

Mutter Anna merkte ihm unschwer an, wie er sich nach dieser Niederlage seelisch quälte.

„Was soll ich nur tun, Frau Mutter? Die Wiener mögen mich net. Jetzt auf einmal ... Und dabei hab' ich doch nur das Beste wollen. Der Vater liegt im Grab – soll'n wir ein Trauerjahr abwarten und inzwischen von der Luft leben? Soll'n unsere Musiker inzwischen hausieren und betteln gehen?"

„Die Leut' verstehn das halt net. Sie begreifen net, daß du gar net dran denkst, dem Vater net die Ehr' zu erweisen, die d' ihm schuldig bist."

„Wir brauchen einfach Geld, der Anwalt will eins, der Erbschaftsprozeß mit der Trampusch wird sich hinziehen, wir brauchen Geld für die Musiker und uns, und da soll ich zuwarten und net spielen dürfen?"

In seiner schwierigen Lage verfiel Jean schließlich auf die Idee eines offenen Briefes an die Wiener, den er in den Zeitungen abdrucken ließ:

„In dem Augenblick, wo die Zahl meiner Gegner wächst, stehe ich allein inmitten meiner trauernden Lieben. Ich führe den Namen Strauß als teures Erbe meines Vaters und glaube fest, daß mir der Selige zu diesem schönsten Erbteil auch gern die Liebe der Wiener hinterlassen hätte, die ihm bis ans Grab gefolgt ist ..."

Carl Haslinger, der nach dem Tod seines Vaters keineswegs mit solchen Problemen zu kämpfen gehabt hatte, las den Artikel in der Wiener Zeitung und war gerührt.

„Kann ich auch den Namen ‚Strauß' nie durch ein dem Vater gleiches Talent rechtfertigen, so sei doch mein heiligstes Streben, den teuren Toten durch Fleiß und redlichen Willen zu ehren. Und wenn es mir gelingen sollte, mich meines Kunstberufes nicht unwert zu zeigen, und durch die Huld und Nachsicht des geehrten Publikums in die Lage versetzt, meine Pflicht gegen Mutter und Geschwister zu erfüllen ..."

Hier konnte der junge Carl, welcher das Gemüt seines Vaters plus dessen Musikalien- und Verlagsgeschäft geerbt hatte und um alle drei mit niemandem hatte prozessieren müssen, vor Rührung einfach nicht weiter.

„Ferdinand", rief er den Lehrbuben, seine Tränen trocknend, herbei, „laufen S' zum Strauß in die Taborstraße und bringen S' ihm einen Vorschuß von zehn Gulden!"

Der Friede mit Haslinger junior war bald gänzlich hergestellt. Anders allerdings verhielt es sich mit Emilie Trampusch. Diese erwies sich als zähe Prozeßgegnerin. Und es kam infolgedessen zu einer Reihe von Nebenklagen, darunter einer, über die sich bald alle Wiener Zeitungsleser höchlichst mokierten. Anna Strauß zwang die einstige Nebenbuhlerin zur Leistung eines

Offenbarungseides „wegen Vertuschung des Verlassenschaftsvermögens".

Man nahm Partei für die sechs illegitimen Kinder, die wohl bald im Schatten der Anonymität verschwinden würden. Die Journalisten hatten jedenfalls Stoff genug für Artikel und erfreuten sich ihres Zeilenhonorars. Und die Wiener, wie schon immer auf Sensationen aus, verschlangen tagtäglich zum Frühstückskaffee die Prozeß- und „Hintergrund"-Berichte, den „Kiebitz aus dem Gerichtssaale", aber auch Artikel über die öffentliche Meinung für und wider die streitenden Parteien, die sich nicht zuletzt auch in den Meinungen und Kommentaren niederschlugen, die man aus dem Publikum in den Pausen der Strauß-Konzerte hören konnte.

Es war ein Kampf um Popularität und um jeden Gulden und Heller. Und rundum in der Monarchie war noch keineswegs wieder die Ruhe eingekehrt. In Ungarn tobte weiterhin der Aufstand und forderte Blutopfer. Es war keine Rede von einer Idylle. Durch die Straßen humpelten blessierte Kämpfer, die von der Front abgezogen waren. Und die Berichte über die Strauß-Prozesse waren vergleichsweise eine erholsame Lektüre gegenüber dem, was sonst in den Zeitungen stand.

Die Führer der Aufständischen vom Oktober 1848 wurden verurteilt und an die Wand gestellt. Mit ihnen wurde auch Robert Blum erschossen, der als gefährlicher Aufwiegler der Arbeiter galt. In Ungarn wurde gekämpft. Der kaisertreue Kroaten-Banus Jellačić und seine Truppen kannten keinen Pardon. Die Jellačić-Leute machten Kleinholz, und Windischgrätz nahm Budapest.

Aber die Ungarn gaben nicht nach. Der in ihrer Hauptstadt eingesetzte kaiserliche Hochkommissar Graf Lamberg wurde auf der Kettenbrücke das Opfer eines Mordanschlags. Daraufhin bemächtigten sich die Aufständischen auch noch des in kaiserlichen Diensten amtierenden Grafen Zichy und hängten ihn auf.

Der Hof war nach Wien zurückgekehrt, an der Spitze der

junge Kaiser. Franz Joseph mochte kein Blutvergießen. Doch er war ein gehorsamer Sohn seiner Mutter, die ihrerseits wieder den Standpunkt ihrer Berater mit Nachdruck vertrat. In Wahrheit war es noch immer Erzherzogin Sophie, die nunmehrige Kaisermutter und der „einzige Mann am Wiener Hof", welche das Geschehen diktierte.

Jede Unterschrift unter ein Todesurteil kostete den achtzehnjährigen, zur Frömmigkeit erzogenen Franz Joseph einen Seelenkampf. Doch da stand die Mutter und erklärte kategorisch:

„Ein hartes Durchgreifen ist die einzige Möglichkeit... Es geschieht auch im Interesse deiner Völker!"

Diese Völker sehnten sich, wie der junge Kaiser auch, nach Ruhe und Frieden.

In dieser Zeit des „harten Durchgreifens" fühlte sich auch der junge Strauß gefährdet. Ein paarmal wurde er noch daran erinnert, daß er - wie man sich heutigentages ausdrücken würde - als „politisch unzuverlässig" eingestuft war. Er hatte die Marseillaise spielen lassen, hatte fortgesetzt in dem als Aufrührer-Lokal verschrienen „Grünen Tor" verkehrt und dort mit seiner Kapelle den aufsässigen Studenten aufgespielt. Man hatte ihn sogar verhaftet, verhört und - es gab zweifellos eine Konfidentenakte über ihn bei der Geheimpolizei.

Vielleicht schützte ihn der Name Strauß, vielleicht auch nicht. Er war nicht so populär wie sein Vater, er hatte Gegner und Konkurrenten, die ihn am liebsten von der Bildfläche hätten verschwinden sehen. Es gab vielleicht sogar Denunzianten ...

Sein Vater hätte wohl nichts zu befürchten gehabt, obwohl er Kapellmeister der Bürgerwehren von Stuben- und Kärntnertor gewesen war. Er hatte seine Treue zum Kaiserhaus eindrucksvoll genug kundgetan: mit seinem Radetzkymarsch. Und die Musik war wohl auch die einzige Möglichkeit, durch die auch er, der Sohn, das Vertrauen und Wohlwollen des kaiserlichen Hofes zurückgewinnen konnte.

„Ich muß was für den jungen Kaiser komponieren. Etwas, was ihm und den Leuten g'fallt. Etwas Patriotisches!"

Vielleicht konnte er damit überhaupt den Durchbruch erzielen. Wenn er etwas recht Schönes schrieb, in der Art der „Gunstwerber", und in einem ähnlichen Sinn!

Bald hatten seine Musiker die neuen Noten auf ihren Pulten liegen und spielten ihn, den neuen Marsch „Wiener Jubelgruß zur beglückenden Rückkehr Seiner Majestät des Kaisers".

Der Aufstand in Ungarn wurde immer heftiger. Kossuth gewann in den Städten und Dörfern an Macht. Schließlich erlitten die Österreicher immer größere Gebietsverluste, sie mußten den zäh und verbissen kämpfenden Ungarn weichen. Und der ungarische Reichstag rief die Unabhängigkeit aus, erklärte das Haus Habsburg-Lothringen für der Krone verlustig und proklamierte die Republik ...

Franz Joseph bat in dieser Situation den Zaren um Hilfe. Auch der hatte gegen Republiken eine Aversion. Den vereinigten Angreifern war Kossuth nicht gewachsen, er floh, und im besetzten Ungarn zog Grabesruhe ein. Der junge Kaiser und die monarchische Idee hatten gesiegt. Mit seiner Zustimmung wurden die Anführer des ungarischen Aufstandes, darunter Häupter und Angehörige alter, bedeutender Familien, hingerichtet.

Die auf beiden Seiten erlittenen blutenden Wunden heilten lange nicht.

Am 24. September 1851 kehrte, gleichsam aus der Versenkung, Fürst Metternich zurück. In London hatte inzwischen die erste „Great Exhibition", die erste Weltausstellung, stattgefunden, und das erste Untersee-Kabel verband die britische Insel mit dem Festland von Dover nach Calais. In Frankreich brachte sich im Dezember Louis Napoléon durch einen Staatsstreich an die Macht. Der Konflikt zwischen Preußen und Dänemark war ausgestanden: Österreich, Frankreich, England, Rußland, Schweden, Norwegen und schließlich auch Preußen selbst garantierten vertraglich Dänemarks Integrität. Die Königreiche Sachsen, Hannover, Bayern und Württemberg verbündeten sich gegen das immer gefährlicher erscheinende Preußen. Europa war zusehends unruhig, und auf dem Ballhausplatz war man froh, den alten Metternich wieder zur Verfügung zu haben.

Der Fürst sah schwarz in bezug auf das Verhältnis zwischen Österreich und Preußen und fand, eine Heirat zwischen dem jungen Kaiser und einer preußischen Prinzessin wäre ein politisch geschickter Schachzug, der den Frieden sichern helfen könne. Er gewann die Kaiserin-Mutter für diesen Plan und setzte nun vorsichtig Fühler nach Potsdam aus, um die Chancen zu sondieren.

Im April des darauffolgenden Jahres starb Ministerpräsident Fürst Schwarzenberg, dem der junge Kaiser viel zu danken hatte. In Paris rief sich Louis Napoléon als „Napoleon III., Kaiser der Franzosen" aus. Zu Jahresende 1852 reiste Franz Joseph auf Brautschau nach Berlin. Doch die von Metternich eingefädelte Verlobung mit Prinzessin Anna von Preußen kam nicht zustande. Sie gefiel dem jungen Mann ganz einfach nicht, er wollte, entgegen aller politischen Staatsraison, sein Herz mitsprechen lassen. Metternich war arg verstimmt. Und Jean in Wien um die Gelegenheit gekommen, einen Verlobungswalzer zu komponieren.

Doch er sollte bald genug Gelegenheit haben, ein anderes patriotisches Kind seiner musikalischen Muse zu präsentieren und damit seine Loyalität zum Kaiserhaus zu dokumentieren.

Im übrigen konnte er sich über mangelndes Interesse seitens des Hofes keineswegs beklagen. Hetzte er nun tatsächlich während der Faschingssaison zwischen den Ballsälen hin und her, in denen seine beiden Orchester spielten, so berief man ihn auch immer wieder nach Schönbrunn und in die Hofburg. Erzherzogin Sophie hatte an dem jungen Jean offenbar einen Narren gefressen, und da sie ganz im allgemeinen die Zügel fest in der Hand hielt, war sich Jean auch bald wieder sicher, daß sein Ausrutscher mit der Marseillaise und sein Umgang mit Revoluzzerkreisen auch im bereits wieder von den Kaiserlichen besetzten Wien vergeben und vergessen war.

Doch hierin täuschte er sich.

Sophie war die „grande dame" des Hofes. Fuhr sie aus, so tat sie es in einer besonders schicken Hof-Equipage und mit einem nicht minder schicken jungen Kutscher samt herausgeputztem Lakaientroß. In der Großen Spiegelgalerie im Schönbrunner Schloß wie auch im Redoutensaal veranstaltete sie häufig Konzerte und vor allem Bälle für die Jugend bei Hof, um die sie sich besonders kümmerte. Schließlich waren das Altersgenossen des Kaisers.

Handelte es sich nur um einen „thé dansant", um einen Tanztee in privatem Kreis, dann kümmerte sich niemand um das Hofzeremoniell. Franz Joseph und seine Brüder, die Damen, ja selbst die Adjutanten gaben sich gänzlich ungeniert, nur Jean hatte die Form zu wahren, seine Musiker desgleichen. Aber auch beim Faschingsball in der Hofburg goutierte die gestrenge Erzherzogin gern Ungezwungenheit, und so ließ denn Jean auf das Parkett mitten unter die Tanzenden Knallfrösche werfen, was zunächst zu Entsetzen, dann aber zu froher Ausgelassenheit beitrug und die Stimmung beträchtlich hob.

Ganz besonders stimmungsvoll aber war ein Sylvesterball arrangiert. Schon beim Eröffnungs-Kotillon bildeten die scharlachroten Ulanenoffiziere und die Debütantinnen in Weiß mit kleinen Krönchen auf den Locken ein ganz zauberhaftes Bild. Um Schlag Mitternacht aber, bei der letzten Polka, ließ Jean die Musik immer leiser werden, bis dann das Dröhnen der Pummerin von St. Stephan immer deutlicher hörbar wurde. Und dann kam der große Tusch – das neue Jahr war da!

Es war ausgerechnet an einem Freitag, dem 18. Feber 1853, als der junge Kaiser mit seinem Adjutanten, dem Grafen Maximilian O'Donnell, über die Stadtwälle spazierte. Der Belagerungszustand über die Stadt, aus der während der Kämpfe an die hunderttausend Einwohner geflohen waren, war noch nicht aufgehoben; auch hatten gewiß nicht alle Wiener vergessen, daß nicht nur dieser „Auswärtige" Robert Blum, sondern auch ein Messenhauser, ein Jellinek, Bacher, angesehene Wiener Bürger, als „leitende Köpfe der Revolution“ hingerichtet worden waren. Ungeachtet dessen fühlte sich der junge Kaiser Franz Joseph völlig sicher. In der ganzen Geschichte des Hauses Habsburg gab es keinen Fall eines Attentats; mit Sicherheit war nur die arme Erzherzogin Maria Antonia als Königin der Franzosen eines nicht natürlichen Todes gestorben. Nie hatten sich die Habsburger-Herrscher mit einem Leibwächter-Schutz oder einer besonderen Bewachung durch „Geheime“ umgeben. Oft hatten sie sogar das „Bad in der Menge“ gesucht und ohne jede Vorsichtsmaßnahme genossen, ein Umstand, mit welchem sie unter sämtlichen Herrscherfamilien allein dastanden und der immer wieder das Erstaunen und die Ver- aber auch Bewunderung ausländischer Gäste und am Hof akkreditierter Diplomaten fand.

Seit längerem war der junge Kaiser, um von seinen „verwuzelten“ Amtsgeschäften - wie er es persönlicher nannte - auszuspannen und ein bißchen frische Luft für einen klaren Kopf zu schnappen, täglich über den Stadtwall spaziert. Niemand begleitete ihn bei diesem Spaziergang außer seinem unvermeidlichen Adjutanten irischer Abstammung, Maximilian Karl von O’Donnell. Sie waren beide uniformiert; der Kaiser trug an diesem Vormittag die Ulanka der Ulanen.

Die befestigte Bastei stammte noch aus dem Mittelalter. Sie hatte schon die Türken abgewehrt und zweimal der Stadt vor deren tödlicher Bedrohung Schutz geboten. Noch immer trennte sie die Innenstadt von ihren Vorstädten. Aber das beliebte Restaurant „Paradeisgartl“, Begrünung, Beleuchtung und Ruhebänke hatten das Befestigungswerk längst zu einem Ort für erholsame Spaziergänge werden lassen. Der davor liegende Stadtgraben und das Wasserglacis, ebenfalls zur Verteidigung errichtet, waren für die legeren Wiener zu Stätten der Erholung umfunktioniert worden.

Nun waren der Kaiser und sein Adjutant in die Nähe des Kärntner-Tores gelangt, hinter dem sich unmittelbar ein großes

Theater erhob, das „Kärntnertor-Theater“, das in seiner Funktion etwa der späteren Hofoper entsprach und wo internationale Berühmtheiten auftraten.

Natürlich drehte sich das Gespräch ums Theater, aber auch um andere Arten der Unterhaltung.

„Meine Frau Mutter hat in der Frankfurter Allgemeinen Zeitung einen ganz g'spaßigen Artikel gelesen. Daß man durch einen Tisch die G'spenster anrufen könnt', und manchmal fangt so ein Tisch gar richtig zu hupfen an! Das wär' ein G'spaß. Das müßte man einmal probieren“, meinte der Kaiser eben, als aus dem Stadtgraben herauf Trommelwirbel hörbar wurde.

„Man exerziert dort unten mit jungen Rekruten, Majestät“, erklärte O'Donnell.

„Das schau' ich mir an“, sagte der junge Kaiser und beugte sich über die Brüstung.

In diesem Augenblick stürzte von hinten ein Mann auf die beiden zu, gleich darauf blitzte eine Messerklinge.

„Majestät!“ rief O'Donnell entsetzt. Doch es war schon zu spät. Noch ehe er sich auf den Attentäter werfen konnte, drang die Klinge Franz Joseph in den Nacken.

Zufällig kam gerade der Fleischermeister Ettenreich des Weges. Als er sah, was da vor sich ging, stürzte er sich mit der ganzen Wucht seines massigen Körpers auf den Mann mit dem Messer, mit welchem der kaiserliche Adjutant mit allen Kräften rang.

Der Adjutant hatte dem Attentäter das Messer entrissen; nun lag es, rot vom kaiserlichen Blut, auf den staubigen Steinen.

„Polizei!“ schrie O'Donnell. „Au secours – Hilfe! Wo bleiben denn die Wachleute?“

Die aber waren damals schon, wenn man sie brauchte, nicht zur Stelle. Dafür aber drosch der wuchtige Fleischermeister mit beiden Fäusten auf den Finsterling ein und leistete dem Adjutanten Hilfe für zwei.

„Haun S' ihn doch net gar so arg“, legte sich jetzt sogar der

Überfallene für den Unbekannten ins Mittel. Dann wurde ihm ein bisserl flau im Magen und milchig vor den Augen, aber er riß sich, wie er es gelehrt worden war, zusammen. Ein Monarch von Gottes Gnaden hatte Haltung zu bewahren in jeder Situation!

Endlich kam die Polizei doch noch und führte den weit ärger als sein Opfer zugerichteten Attentäter ab. Er war, wie sich beim Verhör herausstellte, ein eigens zu diesem Zweck aus Ungarn eingewanderter Schneidergeselle namens Janos Libenyi. Er hatte sich das Messer auf dem Flohmarkt gekauft und dafür ein gut Teil seines Barvermögens aufgewendet. Danach hatte er durch volle zwei Wochen gepaßt und gelauert und die täglichen Spaziergangsgewohnheiten des jungen Kaisers ausspioniert.

O'Donnell brachte den Kaiser, der unentwegt sein Taschentuch auf die blutige Nackenwunde preßte, ins Palais des Herzogs Albert, das sich nicht weit vom Schauplatz des Geschehens befand. Dort wurde er verarztet und mit einem Wagen in die Burg gebracht. Sein erster Weg war zur Frau Mama, der er sein Mißgeschick berichtete. Dann aber wurde ihm infolge des Blutverlustes wirklich übel.

Er zog die blutbespritzte Uniform aus und stellte fest, daß er Glück gehabt hatte. Der Kragen der Uniform hatte den Stich abgefangen und die Wirkung gedämpft. Aber die Wunde war fast einen Zoll lang und breit klaffend. Gefahr für sein Leben bestand allerdings keine, wie der Leibchirurg eifrig versicherte. Die Nackenhaare mußten geschoren werden, bevor an eine ordentliche Behandlung zu denken war.

Die bestürzte Kaiser-Mutter bat sich ein Büschel der blutgetränkten Haare ihres Sohnes zum Andenken aus. Am Abend illuminierte die ganze Stadt spontan und nicht etwa auf irgendeine Weisung. Im Gegenteil, der behördlicherseits gegebene Alarmzustand, wie die Schließung der Stadttore und die in Bereitschaft gesetzte Militärgarnison, mochte an ein Wiederaufleben der lokalen Feindseligkeiten schließen lassen.

Doch Libenyi war ein Einzelfall. Er hatte keine Hintermänner. Und als dies bekanntwurde, war die allgemeine Erleichterung vorherrschend. Als Franz Joseph, noch mit sichtbarem Verband, wieder ausfuhr, umgab ihn Jubel. Und er hatte, wie gewohnt, auch keine Bewacher mit. Sie waren auch nicht vonnöten. Man hatte Mitleid mit dem jungen Mann, der einen so schweren Beruf auferlegt bekommen hatte. Man fand ihn sympathisch und liebenswert. Und als gar sein Bruder Max dazu aufrief, für eine Kirche zu spenden, die zum Dank für die glückliche Errettung aus Todesnot errichtet werden sollte, waren es schließlich über dreihunderttausend Leute, die in die Spenderliste eingetragen werden mußten. Die nach den Plänen von Heinrich Ferstel errichtete hochgotische Kathedrale baute man gegenüber dem Schottentor. Dort steht sie heute noch.

Und Strauß komponierte den „Rettungs-Jubel-Marsch". Man mußte aktuelle Anlässe nützen!

Die „Myrthen-Kränze" entstanden aus weit erfreulicherem Anlaß.

Franz Joseph hatte seiner Mutter zum Zeichen seiner Verehrung und seines Gehorsams ein Armband mit einem Rubin verehrt. Unter diesem befand sich eine kleine Kapsel, ein Medaillon, in welchem sie einige der Nackenhaare ihres Sohnes aufbewahrte, die ihm nach dem Attentat aus der Umgebung der Wunde entfernt worden waren. Sie trug es bis an ihr Lebensende. Und doch war der „gehorsame Sohn" bald genug ungehorsam und eigenwillig. Denn in Herzensangelegenheiten ließ er sich nichts dreinreden. Mama hatte einen eigenen Heiratsplan eingefädelt, aber auch aus diesem wurde nichts. Im schönen Ischl sollte Franz Joseph seine damenhafte Cousine Nené (Helene) kennenlernen und sich womöglich noch in der gleichen Woche mit ihr verloben. Gehorsam fuhr er auch zu dieser Brautschau. Doch dann verlobte er sich mit einer anderen, dem jungen Wildfang Sisi, die Nenés Schwester war.

Sie war erst sechzehn und wirklich bildhübsch. Sophie und ihre Schwester Ludowika, die Gattin des Herzogs Max in Bayern, mußten mit ansehen, wie das Herz des jungen Kaisers wahre Luftsprünge tat beim Anblick dieses Mädels, das als Kaiserbraut gar nicht vorgesehen war. Schwester Helene überspielte mit ihren guten Manieren die Peinlichkeit des völlig Übersehenwerdens, was beide Mütter als Beweis dafür ansahen, daß sie sicherlich die bessere Wahl wäre.

Doch der Monarch traf seine eigene Wahl: „Sisi, Mama!" erklärte er der geschockten Mutter. „Die will ich oder keine!"

Und die Erkorene?

Wie hätte man der stürmischen Werbung eines so feschen jungen Kaisers wohl widerstehen können! Sie kannte ihn bereits, kannte ihn schon seit Innsbruck, wo sie einander begegnet waren, als der Wiener Hof wegen der Wiener Unruhen dorthin geflohen war. Sie hatte ihm aber damals noch keine sonderliche Beachtung geschenkt. Viel mehr interessiert hatte sie Franz Josephs Bruder Karl Ludwig. Sie hatten einander Geschenke gemacht und hernach noch miteinander korrespondiert, in der Hoffnung auf ein Wiedersehen und vielleicht gar mehr ...

Und nun dies! Aber die Aussicht, Kaiserin eines der mächtigsten Reiche zu werden, mit all dem höfischen Glanz und Reichtum, der sie umgeben würde - Und, Hand aufs Herz! War er nicht ein so lieber Junge?

Im April 1854 wurde ein Märchen wahr. Die Donau hinab zog ein festlich geschmücktes Schiff, über und über in einen schwimmenden Prachtgarten verwandelt. Die Treibhäuser von Schloß Schönbrunn hatten der künftigen Kaiserin ihre schönsten blühenden Kinder zum Willkomm entgegengeschickt. Und erst in Wien! Da zogen zwölf schneeweiße Lipizzanerhengste die Braut in einer goldschimmernden Prunkkarosse durch das jubelnde Menschenmeer.

Am 24. April 1854, beim Krönungsball, tanzte das jungvermählte Kaiserpaar zu Jeans Klängen, zu seinem Walzer „Myrthen-Kränze". Selig lag Sisi in den Armen ihres jungen Gatten. Schon bald nach ihrer Heirat begann die junge, sich von der Schwiegermutter, die Erziehungsversäumnisse bei ihr nachholen wollte, bedrängt und vom Hofzeremoniell eingeengt fühlende junge Kaiserin, deren von seinen Regierungsgeschäften in Anspruch genommene Gatte zu wenig Zeit für sie fand, heimlich zu dichten.

Schwalbe, leih' mir Flügel!
O nimm' mich mit ins ferne Land!
Wie selig sprengt' ich alle Zügel,
Wie wonnig jedes fesselnd' Band!

So schrieb sie's heimlich hin, und es ward versperrt und weggeschlossen in irgendeinem geheimen Schrank, von dem die Schwiegermutter nichts wußte. Auch der Kaiser nicht, und am allerwenigsten der Herr Hofkapellmeister. Den ging das ja schließlich nichts an!

Sollte man es glauben, daß in jenem Jahr ein gewisser Heinrich Goebel, deutscher Auswanderer in den USA, die elektrische Glühbirne erfand? Auf der Krim tobten heftige Kämpfe. Rußland befand sich mit der Türkei im Krieg. Vergeblich versuchte Zar Nikolaus I. den jungen Kaiser zur Teilnahme zu bewegen. Doch der Appell an des jungen Kaisers Dankbarkeit – er, Nikolaus, habe ihm schließlich in Ungarn aus der Patsche geholfen und ihm die Stefanskrone gerettet – blieb ungehört. Franz Joseph wollte Frieden. Bis zuletzt haben ihm die Russen diese Haltung vorgeworfen.

Das Palais Metternich am Rennweg in Wien war schwarz beflaggt. Fürstin Melanie hatte das Zeitliche segnen müssen. Metternich, der heftig bekrittelte, daß Franz Joseph nicht seinem Rat gefolgt war und die preußische Prinzessin geheiratet hatte, mißbilligte ganz offen dessen nunmehrige Wahl. Doch der junge Kaiser sah in ihm nur einen „Mann von gestern", und so zog sich Metternich, einst einer der mächtigsten Männer Europas, vergrämt in seine vier Wände zurück.

In Frankreich, wo nun der dritte Napoleon mit seiner schönen Frau Eugénie in Versailles regierte, traf die Stadt Paris bereits heftige Vorbereitungen für die nächste Weltausstellung, die im darauffolgenden Jahr stattfinden sollte.

In Wien aber packte Jean die Koffer. Er wollte mit einem

seiner beiden Orchester eine Konzertreise nach Polen antreten und war nun, der in Wien verbleibenden zweiten Kapelle wegen, in einem argen Dilemma. Wer sollte sie leiten?

„Ich mach' das, ich kann's schon", schlug Edi vor.

„Du bist noch zu jung dazu", wehrte Jean jedoch ab.

Und auch die Mutter schüttelte den Kopf. „Bub", erklärte sie, „da mußt schon noch ein paar Jahrl'n warten."

„Aber was g'schieht denn inzwischen?" wollte Edi wissen. „Eine Strauß-Kapell'n, die kein Strauß dirigiert, ist keine Strauß-Kapell'n."

Das war wohl auch Volkes Stimme. Eine Strauß-Kapelle sollte und wollte auch von einem echten Strauß geleitet sein!

Der, welcher als Retter in Frage gekommen wäre, Herr Josef Strauß nämlich, lief indessen mit einem mächtigen Paket unterm Arm und einer Rolle mit Zeichnungen von Amt zu Amt.

„Was haben S' denn da, Herr Bauingenieur?"

„Eine neue Erfindung meinerseits, eine bereits patentierte Erfindung, Herr Kanzleidirektor. Könnt' ich vielleicht den Herrn Hofrat sprechen?"

„Z'wegen der Erfindung? - Ja, der Herr Hofrat ist g'rad net da. - Was haben S' denn erfunden, wenn man fragen darf?"

„Eine Maschine, mit der es möglich ist, die Straßen sauber zu kehren!"

„Dazu haben wir doch unsere Straßenkehrer! Wollen S' vielleicht die armen Teufel brotlos machen?"

„Aber nein, auch meine Straßenkehrmaschine muß schließlich bedient werden."

„Aber wozu wär' sie denn dann gut, wenn man sie ohnedies erst bedienen muß?"

„Es geht schneller und sauberer, und die Arbeit wird einfacher. Man kann ..."

„Na, da soll'n halt die Wiener lieber weniger Dreck machen, tät' ich sagen. Aber, wie g'sagt, der Herr Hofrat ist nicht im Haus. Kommen S' vielleicht morgen oder in der nächsten Woche wieder ..."

5. Ein neuer Stern

Niemand wollte sie damals haben, die Straßenkehrmaschine. Auch in der nächsten Woche war besagter Hofrat nicht zu sprechen, und auch in der nächstfolgenden nicht. Und auch alle übrigen Hof-, Magistrats- und sonstigen Räte nicht, und falls sie doch dawaren, besahen sie mit gerunzelten Stirnen des Herrn Bauingenieurs und Architekten Josef Strauß kühne Zeichnungen und Pläne und bestaunten auch noch das aus Holz gefertigte Modell. Dann griffen sie sich unter ihre buschigen Bärte, kratzten das von diesen verdeckte Kinn, kratzten sich auch die ratlosen Stirnen. Man beglückwünschte Herrn Strauß zu seiner hochinteressanten und gar gescheiten, so sehr praktischen Idee. Doch Verwendung hatte man keine dafür.

Enttäuscht und zornig packte der Strauß-Pepi sein Modell wieder ein, rollte die Pläne zusammen, stülpte seinen Hut auf den Kopf und empfahl sich. „Lauter kurzsichtige Idioten", war sein durchaus angebrachtes Urteil. „Keine Phantasie, keinen Blick für die moderne Entwicklung haben diese Schreibtischhengste. Die sehen ja gar nicht, was draußen vor sich geht, vor lauter Akten und Tintenfässern!"

Er hatte Karoline Pruckmayer geheiratet – die Tochter eines Hof-Postamt-Kontrolleurs, der die Heirat vor allem wegen des „bürgerlichen" Berufes seines Schwiegersohnes erlaubt hatte. Die beiden waren einander geistig ähnlich und liebten einander. Dennoch entdeckte die junge Frau Strauß gelegentlich auf Notizblättern und Bauplänen fünf flüchtig hingeworfene Linien, Violinschlüssel und ein paar Noten. Dann wußte sie, daß ihr Gatte in seinem Beruf nicht ganz glücklich war – er war schließlich ein Strauß –, und sie wurde traurig ...

Und jetzt auch noch dieses Fiasko mit der Straßenkehrmaschine, von der Pepi sich so viel versprochen und an der er so lange getüftelt und gebastelt hatte!

Eines Tages, Pepi war wieder einmal deprimiert von einer erfolglosen Tour nach Hause zurückgekehrt, klopfte es an die Tür, Karoline öffnete, und ihr Schwager Jean stand draußen.

„Küß' die Hand, Frau Schwägerin", sagte er galant. „Ist der Pepi zu Haus'? Könnt' ich ihn sprechen?"

„Aber bitte, komm doch weiter? Ein Glaserl Wein, ein paar Keks, ein Stück Kuchen? Oder vielleicht ein Schalerl Kaffee?"

„Einen Kaffee, da hätt' ich nix dagegen, wenn's keine Umständ' macht!"

Sie verschwand nach draußen in die Küche, nachdem sie Jean in Pepis Arbeitszimmer geleitet hatte.

Der stand an seinem Zeichenbrett. Als er sich umwandte, sah er seinen Bruder Jean vor sich stehen. Seine Miene hellte sich kurz auf, dann aber verfinsterte sie sich wieder. Das kam daher, daß er Jean, den Musiker, insgeheim beneidete. Gar zu gern hätte er hier alles hingeworfen und auch zur Geige gegriffen. Doch die Konstellation war so, daß er einen Ausbruch aus seiner festgefügten bürgerlichen Welt und Ordnung, in die ihn sein Vater in bester Absicht gezwungen hatte, nicht wagen konnte.

„Na, wie geht's, Pepi? Ich komm' wieder einmal, um bei dir vorbeizuschauen."

„Ist lieb von dir, Jean. Dank' dir schön. Wie du siehst, kann ich mich net beklagen."

„Hast ein bissl Zeit? Ich möcht' gern mit dir was bereden."

„Wenn's die alte Sach' ist, nämlich, daß ich zur Musik kommen soll, dann ..."

Jean wehrte ab, ließ ihn nicht ausreden. „Es *ist* die alte Sach'", schnitt er dem Bruder das Wort ab. „Und doch – diesmal ist's anders. Ich ... ich fahr' weg, nach Polen und Rußland, und nehm' das Orchester vom Vater mit."

„Du gehst auf Tournee ...?"

„Ja, auf Tournee geh' ich."

„Dann werden wir uns ja eine ganze Weil' nicht sehen?"

„Für ein halbes Jahr, Pepi."

„Das tut mir aber leid."

„Mir auch, aber ich freu' mich trotzdem drauf. Es wird interessant. Das Ausland! Der Vater hat das ja immer so g'macht. Und es wird auch hübsch was einbringen. Für die, die mitfahren, wenigstens."

„Und was machst mit dem anderen Orchester? Löst du die Kapell'n einstweilen auf?"

„Ich brauch' sie doch, sobald ich wieder zurück bin. Das Spielen an zwei Stell'n zur selben Zeit hat sich glänzend bewährt! Da werd' ich doch die Kapell'n net auflösen, Pepi! Wer weiß, ob ich sie nachher, wenn ich z'rück bin, wieder zusammenkrieg'!"

Die Schwägerin bat nach nebenan, wo sie für die beiden Männer Kaffee und Kuchen bereitgestellt hatte. Sie wünschte guten Appetit und zog sich dann, um nicht zu stören, diskret zurück.

„Ja, was willst denn dann machen, wenn du die zweite Kapell'n behalten willst?" fragte Pepi nachdenklich. „Soll sie vielleicht inzwischen der Amon dirigier'n?"

„Der Amon? – Nein, der kommt mit. – *Du* sollst sie dirigier'n, Pepi!"

Klirrend stellte Josef seine Tasse ab. „Was – ich?!" fragte er perplex.

„Na, das ist doch die einzige Lösung! Die Frau Mutter meint auch, daß es ja nur für ein halbes Jahr wär', bis ich wieder zurück bin. Nur für ein halbes Jahr, Pepi! Und auch nur am Abend! Und nur fürs halbe Programm. Daß eben g'rad ein echter Strauß dort oben steht."

„Ja, ich kann doch aber überhaupt net ..."

„Aber natürlich kannst! Schau, die Stückln sind alle einstudiert, sogar wenn du patzt, kann gar nix schiefgeh'n. Die Burschen spielen weiter, als hätten s' dich gar net g'sehn!"

Das traf den Pepi an seinem Ehrgeiz.

„Wer sagt denn, daß ich patzen würd'!" brummte er gekränkt.

„Glaub' ich sowieso net von dir! Ich sag's ja nur so, irgendwann könnt's ja sein, ist sogar schon mir öfter passiert. Man hat halt net immer seine fünf Sinn' beisammen, denkt an dies und das, hat Sorgen und Gedanken ..."

„Nein", widersprach Pepi kopfschüttelnd, „nicht bei der Musik ... nicht bei *unserer* Musik!"

„Das ist schön, daß du das sagst", sagte Jean gerührt. „Ich weiß ja, dir täten Notenblätter viel mehr taugen als die schönen Baupläne hier. Du willst es nur net zugeben. Aber im Herzen bist du ganz einer von uns – hast dasselbe Blut vom Vater in dir wie ich und der Edi. Weißt, was er g'sagt hat? – *Er* übernimmt die zweite Kapell'n, der dumme Bub!"

Da lachten sie alle beide.

„Aber", fuhr Jean, rasch wieder ernst werdend, fort, „wirst es sehen, lang wird's nimmer dauern, höchstens noch ein paar Jahrl'n, und dann werden wir eine *dritte* Kapell'n brauchen, für Eduard Strauß! Woll'n wir wetten?"

„Die Wett' tät' ich verlieren", bekannte Pepi schmunzelnd. „Da laß' ich mich lieber net drauf ein, Jean."

„Da hast du recht. Aber wie steht's jetzt mit *deiner* Kapell'n? Ich mein, mit dir?"

„Mit *meiner* Musikkapell'n", sann Pepi sehnsuchtsvoll. „Ja, ich möcht' dir ja wirklich gern helfen, Jean, aber ..."

„Schau, Josef, das ist ein Familienbetrieb, verstehst du? Und du, du gehörst mit zur Familie."

„Ich gehör' aber auch noch zu einer anderen", warf Josef ein.

„Die woll'n wir dir ja net nehmen. Es wär' ja nur für eine kurze Zeit, zur Aushilf' gewissermaßen, und nur am Abend, und nur für je ein halbes Konzert, danach gehst du heim, zu deiner Frau und deinem ganzen Baumeister- und Architektenkram. Die Frau Mutter läßt dich auch recht schön bitten", führte er sein schwerstes Geschütz ins Treffen. „Mußt dich halt schon auch ein bisserl kümmern um die G'schwister und sie, während ich fort bin, gelt?"

„Du hast leicht reden, Jean. Wohin fahrst du denn überhaupt?"

„Nach Warschau, und dann nach Pawlowsk. Das ist so ein

kleiner Kurort für die Hautevolee von Sankt Petersburg. Die Russen haben eigens eine Bahn dorthin gebaut."

„Und wer hat dich dorthin engagiert? Der Zar?"

„Aber keine Spur. Die Bahn, die Petersburg-Pawlowsker Bahn!"

„Was hat denn die Bahn damit zu tun?"

„Na, die will ganz einfach ihre Linie frequentieren. Damit die Leut' nach Pawlowsk und dann wieder zurück fahren, konzertier' ich dort. Ist ja nur eine kleine, private Linie. Und auch an dem ganzen Kurbetrieb beteiligt. In dem Nest muß immer was los sein, sonst würden 's die vornehmen Gäst' vergessen. Und ich bin halt so eine Attraktion!"

„Gratuliere", brummte Pepi spöttisch. „Und was ist, wenn die Bahn pleite geht?"

„Und was ist, wenn ein Geldkrach kommt und deine Kundschaft zahlt mit entwertetem Geld...?" Jean wußte genau, worauf das hinauslaufen sollte: auf die alte Debatte um den „sicheren", gutbürgerlichen Beruf, die schon Strauß Vater immer vom Zaun gebrochen hatte. „Das ist doch alles Holler, weiter nix! Irgendwie wurstelt sich jeder durch, der Kaiser wie der Bürger, der Baumeister wie der Musikant."

„Weil's gar nicht anders geht", nickte Pepi und leerte seine Kaffeeschale.

„So ist's. Und drum fahr' ich nach Pawlowsk. Ich hab' meinen Vertrag in der Tasche. Und hätt' die Angebote für die Wiener Saison zu Haus', aber ich hab' sie noch net unterschrieben. Ich wart', daß du ja sagst, Pepi!"

Der seufzte schwer. In diesem Augenblick kam seine Frau mit dem Mädchen herein, um abzuräumen.

„Was seufzt denn mein lieber Mann gar so sehr?" fragte sie teilnahmsvoll. „Was ist denn g'scheh'n?"

„Ich hab' ihm halt das Herz schwerg'macht, Frau Schwägerin", bekannte Jean. Er sah seinen Bruder dabei erwartungsvoll an. Der sollte alles der Gattin beichten.

Das Wunder geschah: sie riet ihm zuzustimmen. Sie tat es

nicht, weil sie's für richtig fand, sondern aus Liebe. Es war gut – für ihn. Und daher würde es auch für sie gut sein. Sie war seine Frau, und er der Mann, der sie erwählt hatte.

Beinahe hatte Jean damit gerechnet. Er hatte sich zu einem Menschenkenner gemausert, und jetzt küßte er der Frau Schwägerin dankbar und voll Hochachtung die Hand.

„'s ist nur für das halbe Jahr", versprach er.

Doch sie wußte im selben Augenblick, daß es dabei nicht bleiben würde. Ihr Schicksal hatte zugleich mit dem ihres geliebten Mannes an diesem Nachmittag eine Wendung genommen. Sie dachte kurz an ihren Vater und daran, wie er wohl dazu Stellung nehmen würde. Es würde ein schwerer Schlag für ihn sein. Nun, damit mußte er eben fertig werden ...

„Aber", machte Pepi jetzt noch einen letzten schwachen Einwand. „Da ist wirklich noch was ..."

„Da ist noch was? Ja, was denn? Ich denk', zwischen uns ist alles klar!" rief Jean verwundert. „Ach ja, du fragst vielleicht wegen dem Geld? Na, das wird aufgeteilt, wie immer. Du kommst g'wiß nicht zu kurz dabei, und wenn du auch noch in deinen anderen Verpflichtungen weitermachst, hast du in dem halben Jahr vielleicht mehr als das doppelte Einkommen von jetzt. Schlecht fährst du ganz gewiß nicht."

„Aber nein", wehrte Pepi entrüstet ab. „Ans Geld hab' ich jetzt gar nicht gedacht!"

„Dann verrat mir g'fälligst, woran sich die Sache sonst noch spießen könnt'!" verlangte Jean ungeduldig zu wissen.

„An mir", meinte Pepi bedenklich. „An mir selber könnt' sich's spießen. Wenn ich nix z'sammenbring' nämlich. Oder willst du etwa haben, daß die Leut' den Strauß auslachen, der statt deiner dirigiert?"

„Aber du kannst es doch! Spielst Geige. Und Klavier. Kennst die Noten."

„Aber dirigiert hab' ich noch nicht, bloß zug'schaut."

„Also, was machen wir dann?"

„Wann gibst du dein nächstes Konzert?"

„Morgen abend, beim ‚Sperl'."
„Laß mich probeweis' ein paar Walzer dirigieren?"
„Bruderherz, mit Vergnügen!" rief Jean, und die beiden umarmten einander.

Und auch Pepis Gattin empfand ein wenig von der Freude mit, die ihren Gatten und den Schwager erfüllte.

Dennoch saß sie neben der Strauß-Mutter an jenem Abend mit einigem Bangen an einem der Tische im „Sperl"-Saal, der sich allmählich mit tanzfreudigen Wiener und Wienerinnen zu füllen begann.

Pepi hatte Lampenfieber. Er war mit Jean in der Künstlergarderobe verschwunden. Gleich mit der zweiten Walzer-Nummer sollte er heraus aufs Podium.

„Ob das gutgeht", seufzte seine Frau.

„Aber nur keine Angst, Kind, er ist ein Strauß", beruhigte sie die Schwiegermama.

Die gab sich zwar zuversichtlich, verspürte aber dennoch auch ein nicht leicht zu verhehlendes Hangen und Bangen. An diesem Abend sollte sie zwei ihrer Söhne erleben, auf dem gleichen Podium, auf dem einst ihr Gatte dirigiert und die Wiener bezaubert hatte!

Mit rauschendem Applaus wurde Jean begrüßt. Die Paare wogten im Dreivierteltakt. Und dann, nachdem die Klänge verhallt waren, kündigte er eine Sensation an: das Debut seines Bruders Josef Strauß!

Ein wenig schüchtern kam er zwar heraus, der schlanke junge Mann, verbeugte sich kurz vor dem erwartungsvoll klatschenden Tanzpublikum.

Dann aber, schon nach den ersten Takten, hatte er die Kapelle im Griff, als hätte er es schon immer so gehalten und niemals anders. Sein ganzer Körper wurde vom Rhythmus gepackt, er lebte und bebte mit, riß die Kapelle hin zum Schwung, daß die Paare jauchzten im Walzertakt.

„Jetzt ist er glücklich - endlich", hörte die Strauß-Mutter Pepis Frau neben sich flüstern.

Und sie ergriff deren zitternde Hand und drückte sie voll dankbaren Mitgefühls.

An diesem Abend beim „Sperl“ wurde ein neuer Stern geboren. Ein Stern allerdings, dessen Licht nicht allzu lange leuchten sollte.

Doch davon ahnten sie nichts.

6. Pawlowsk

Die St.-Petersburg-Pawlowsker Bahn hatte Jean einen Vertrag für 18.000 gute Rubel geboten. Das war eine Menge Geld. Es handelte sich aber auch um einen Exklusivvertrag. Jean hatte sich verpflichten müssen, nirgendwo sonst im weiten Zarenreich, um welches Angebot auch immer, aufzutreten als nur in Pawlowsk, und dies während zweier Konzertsaisonen. Die waren in Pawlowsk im Sommer.

Die einzige Ausnahme, welche gestattet wurde, war eine eventuelle Berufung an den Hof Väterchens. Väterchen, das war Seine Majestät der Zar höchstpersönlich. Wenn etwa dieser geruhen sollte, Jean in einem seiner Paläste zu hören, dann hatten Herr Strauß und sein Orchester selbstverständlich zu gehorchen. Genau so, wie jeder Untertan auf dem Boden des heiligen Mütterchens Rußland ihm schließlich auch gehorchen mußte. Denn hätte er nicht, dann wäre womöglich Herr Strauß gar in Sibirien gelandet, und von etwaigen Konzerten in Sibirien hätte die St.-Petersburg-Pawlowsker Eisenbahngesellschaft nicht den geringsten Nutzen gehabt.

Um diesen Nutzen ging es aber. 18.000 Rubel sind, wie gesagt, eine hübsche Summe. Die zahlt ein Geschäftsmann nur dann, wenn er Hoffnung hat, im Gegenwert noch ein bißchen mehr als diesen Betrag wieder hereinzukriegen. Vielleicht sogar sehr viel mehr. Und außerordentlich viel mehr erhoffte man sich von dem Kontrakt mit Johann Strauß.

Denn der Dreivierteltakt aus Wien war längst in die großen Metropolen auch des Zarenreichs gedrungen. In Petersburg, Moskau, Kiew, bis hinunter auf die Krim in Odessa tanzte man Strauß-Walzer und Strauß-Polka. Ja, man spielte sogar Wiener Operetten, aber die waren damals noch nicht von Johann Strauß.

Der Name Strauß war durchaus bekannt, und diesen Mann nach Pawlowsk gebracht zu haben war nicht nur ein Verdienst, sondern zugleich eine Sensation. Und in Pawlowsk, nur in Pawlowsk sollte man diesen musikalischen Hexenmeister in Person und Aktion sehen und bewundern dürfen.

Pawlowsk wäre trotz seiner Heilquellen ein Dorf für Schweine und Gänse geblieben. Höchstens hin und wieder hätten sich mit der Hilfe von an Provisionen interessierten Ärzten oder Quacksalbern ein paar zahlende Gäste dorthin verirrt. Die Bahngesellschaft aber sah eine Chance für eine halbjährig zu führende Nebenlinie dorthin, wenn es gelang, aus dem Ort etwas zu machen. Sie finanzierte einen Kurpark samt Musikpavillon, ein Theater, eine Badeanstalt. Und machte sich dann ans Schienenverlegen und Einkassieren.

Der „Erlebnisurlaub" begann für die Fahrgäste bereits beim Einsteigen in den Waggon. Im Zug konnte man schmausen und trinken, Veranstaltungsprogramme und sogar Künstlerkarten von Persönlichkeiten, die es in Pawlowsk zu bewundern gab, kaufen. Ja, selbst die Eintrittskarten für die betreffenden Veranstaltungen wurden schon im Zug verkauft; nur ein kleiner Rest gelangte an die Abendkasse.

Die von der Eisenbahngesellschaft geschaffene kommerzielle Basis zog mit der Zeit eine gewisse Infrastruktur nach sich. Geschäftsleute, die mitnaschen wollten, gründeten in Pawlowsk Tee- und Kaffeestuben, Konditoreien, Zeitungskioske und ein Spielkasino, Blumengeschäfte, Maklerbüros, große und kleine Läden für Souvenirs, Galanteriewaren, Geschenkartikel bis hin zum Schmuck, alles dies gab es nach ein paar Jahren in Pawlowsk. Doch schon Anfang Oktober schlief das Leben ein und erwachte erst wieder mit den blättertreibenden Birken.

Dann dampfte und pfauchte auch wieder der erste Zug nach Pawlowsk. Und ein solcher brachte diesmal Johann Strauß und seine Musiker aus Wien und deren umfangreiches Gepäck mit, das vornehmlich aus den Musikinstrumenten, aber natürlich auch aus Garderobe und allem, was man sonst für einen längeren Aufenthalt nötig hat, bestand.

Es gab ein eigenes Gästehaus für die Engagierten, natürlich

auch schon Gasthöfe und kleine, aber hübsch ausgestattete Hotels für länger weilende Kurgäste. Strauß' Leute, die gedacht hatten, nach allem, was sie bisher über den Ort gehört hatten, in ein weltverlorenes Kaff versetzt zu werden, staunten über den Luxus auf kleinem Raum, der sich hier kundtat und soeben wieder für die Saison zu funktionieren begann.

„Fast wie am Semmering", konstatierte Amon angenehm überrascht.

„Bloß die Berge fehlen und der Nadelwald. Dafür gibt's hier Birken die Menge – und Ebene, Ebene, nichts als Ebene ..."

„Die Leute, die hierherkommen, stammen sicher aus der begüterten Schicht und lassen eine Menge Rubel hier", fand Jean.

„Dann ist das hier kein Kneipp, sondern ein Nepp-Kurort", lachte Amon verschmitzt.

Doch Jean wehrte ab. „Nenne mir einen einzigen Kurort, an dem der Gast *nicht* geneppt wird, ich kenne keinen, und wenn's ihn gäbe, würd' ich sofort hinfahren."

„Aber nicht, um dort aufzutreten", hakte Amon gleich beim Thema ein. „Denn wir sind ja auch nicht gerade billig ..."

„Das haben wir auch nicht nötig", behauptete Jean stolz. „Und im übrigen sind wir hier ja beinahe so gut wie Botschafter, Botschafter der Musik unserer Wiener Heimat, oder vielleicht nicht, mein guter alter Amon?"

Der „gute alte Amon" richtete sich wie die anderen Mitglieder der Strauß-Kapelle in seinem Quartier so gut als möglich ein, während sich Jean zur Kurdirektion begab, die eben auch dabei war, in die während des Winters muffig gewordenen Räume frische Luft einzulassen.

„Ah, Monsieur Strauß! Mein Name ist Poulindron."

Der Manager war zu Jeans Verblüffung ein Franzose.

„Das darf Sie nicht überraschen. Franzosen treffen Sie hier an allen Ecken und Enden. Französisch ist so ziemlich die einzige Sprache, welche die gehobene Schicht hier außer Russisch versteht. Fast alle jungen russischen Aristokraten haben französische Erzieher, Gouvernanten, Hauslehrer und was es sonst noch gibt gehabt. Und französische Köche gibt's hier auch jede Menge in den großen Familien, die das Sagen haben."

„Dann wollen die Leute wohl auch französische Musik hören?"

„Wenn Sie davon etwas in Ihrem Repertoire haben, etwa Offenbach, oder auch die leichten Opern von Auber - den Postillon von Lonjumeau etwa -"

„Wie, die ganze Oper?" staunte Jean.

„Natürlich nicht. Ein Potpourri, meine ich. Es ist dies die Lieblingsmusik von Großfürst Konstantin, dem Bruder des Zaren. Sie würden sich gleich unerhört beliebt machen, wenn Sie ihm den ‚Postillon' spielen."

„Zufällig habe ich die Noten der Ouvertüre ..."

„Superb! Das genügt, genügt vollständig. Nun wird Sie seine Hoheit in diesem Falle bitten - die Ouvertüre ist nämlich eine besondere Spezialität von ihm."

„Eine Spezialität des Großfürsten? Wieso?" staunte Jean immer mehr.

„Ja, wußten Sie nicht, daß er Cello spielt?" fragte nun der Manager, seinerseits erstaunt.

„Woher sollte ich, Monsieur. Ich bin vor einer halben Stunde hier angekommen!"

„Nun, der Großfürst ist nicht etwa ein Dilettant - er könnte sein Brot damit verdienen; er ist ausgebildet und hoch talentiert am Cello! Und das Cello ist nun einmal seine Leidenschaft. Er kommt eigens nach Pawlowsk, um sich mit ins Orchester zu setzen. In Petersburg selbst hat er dazu ja kaum Gelegenheit."

„Wie? Ich soll den Großfürsten, den Bruder des Zaren, in meinem Orchester mitspielen lassen?"

„Keine Angst, Monsieur Strauß, er verlangt keine Gage dafür", versicherte Monsieur Poulindron ernsthaft. „Und durch seine Mitwirkung wird Ihnen eine besondere Ehre zuteil, gewissermaßen eine Auszeichnung. Sie können mit einem oder mehreren Orden rechnen. Und seien Sie unbesorgt - falls seine Hoheit einmal zufälligerweise nicht disponiert sein sollte und ein wenig danebengreift, dann macht das nichts aus, nicht das geringste! Sie werden sehen, wie das Publikum applaudiert, schon wenn er sich ans Pult setzt ..."

„Hören Sie, man hat mich doch nicht etwa nach Pawlowsk engagiert, damit dieser Großfürst in meinem Orchester spielen kann?"

„Nicht unbedingt - er ist jedoch auch ein großer Verehrer von Strauß-Musik."

Reichlich verdattert kehrte Jean zu seinen Musikern zurück. „Wir haben einen Gast-Star", kündigte er an. „Der Bruder des Zaren wird bei uns als Cello-Virtuose auftreten ..."

Der Großfürst erwies sich jedoch den allgemeinen Befürchtungen zum Trotz als ein höchst jovialer dicker Herr mittleren Alters von betonter Freigebigkeit. Seine Freigebigkeit schien allerdings recht fatal zu sein. Er bestand darauf, quasi zur Einführung eine ganze Batterie Wodkaflaschen auffahren zu lassen, die er höchst eigenhändig an seine künftigen Kollegen aus Wien verteilte.

„Trinkt nur, Freunde und Musenbrüder! Schlagt ihnen die Hälse ab, ziert auch nicht, es ist genug davon vorhanden. Keine Angst, ich lasse noch nachkommen -"

Und er ging mit gutem Beispiel voran.

Bier oder auch den sogenannten „G'spritzten" waren die Musikanten aus Wien durchaus zu konsumieren gewohnt. Schließlich war das Strauß-Orchester im Grunde aus einer reinen Tanzkapelle entstanden und war ein solches gewissermaßen noch immer, wenngleich die sogenannten Kur- und Promenadenkonzerte auch Potpourris, Programm-Musik und dergleichen verlangten. Musikstücke, die nicht für den Tanz geschrieben waren. Die Ouvertüre zum „Postillon von Lonjumeau" war ein solches Musikstück, aber Jean brachte auch Rossini, Webers Oberon-Musik und dergleichen zu Gehör. Das waren Kompositionen, die klaren Kopf und Können verlangten. Und Wodka schien dem Jean kein geeignetes Mittel, diesen Zustand zu fördern.

Doch der Großfürst wurde zornig, als Jean ihm dies klarzumachen versuchte. Offenbar faßte er es als eine Beleidigung auf, wenn man seinen Wodka ausschlug.

„Dieser Bruder seiner Majestät will uns offenbar zu Alkoholikern machen“, überlegte Jean. „Aber wir müssen natürlich klaren Sinnes sein, wenn wir spielen. Es gibt nur einen Ausweg: jeder gießt, sobald er unbeobachtet ist, so viel als möglich von dem Zeug in die überall herumstehenden Buchsbaum- und Palmenkübel.“

„Und dann läßt der Dicke die nächste Fuhre Wodka kommen“, meinte Amon stirnrunzelnd.

„Dann wird es eben weiter so gemacht.“

„Da werden sich die Gärtner aber freuen. Wetten, daß das Grünzeug eingeht?“

„Na, vielleicht sind die Pflanzen hierzulande wodkafest“, hoffte Jean. „Möglicherweise waren andere Kollegen vor uns hier bereits in dem gleichen Dilemma, und die Botanik hat sich bereits an die großfürstlichen Bräuche gewöhnt ...“

An jenem Nachmittag, an welchem das erste, überall groß plakatierte Konzert des Johann-Strauß-Orchesters aus Wien stattfinden sollte, brachte das schnaufende Züglein schon Stunden vor Beginn die ersten Zuhörer an. Eine erstaunliche Menge Publikum, ganze Familien mit Kind, Kegel und Pudelhund, Sonnenschirm und Picknickkorb entquoll den Waggons und erging sich frohgemut auf den Wiesen. Nach den langen Wintermonaten wollte man die warme Sonne genießen. Die Jugend tollte lautstark, trieb große Reifen, schwang sich auf Schaukeln. Die ältere Generation füllte die Terrassen der Kaffeehäuser oder suchte schattige Bänke in den Alleen auf.

Doch da kam auch schon der zweite Zug, und der kleine, verspielt wirkende Bahnhof wurde zum Ausgangspunkt einer kleinen Völkerwanderung in den Ort.

„Es sieht ja fast so aus, als würde halb Sankt Petersburg hierher wallfahren“, fand Jean.

„Petersburg ist ja auch voll mit Plakaten und Inseraten in den

Blättern. Wir haben auch Journalisten eingeladen. Denen müssen Sie in der Pause Rede und Antwort stehen", erklärte der Manager.

„Wie? Presseleute wollen das Konzert hören, in welchem der Großfürst mit uns spielt?" entsetzte sich Jean.

„Sie schätzen Seine Hoheit völlig falsch ein, Sie werden sehen", meinte der Manager jedoch beruhigend. „Seine Anwesenheit wird dazu beitragen, daß Sie sogleich vom Publikum akzeptiert werden. Naturgemäß ist man sonst Ausländern gegenüber etwas reserviert."

„Es sei denn, sie wären Franzosen", ätzte Jean.

„So ist es, Monsieur Strauß", blieb der Manager jedoch gänzlich ungerührt. „Und seien Sie nicht ungehalten, wenn sich Seine Hoheit ein wenig verspätet. Warten Sie sein Kommen ab, man nimmt es Ihnen nicht übel!"

Das akademische Viertelstündchen, dachte Jean. „Auch das noch!" seufzte er und schickte sich darein.

Der Beginn des Promenadenkonzerts war für halb fünf Uhr nachmittags angekündigt. Zu diesem Zeitpunkt war in der unmittelbaren Umgebung des in einem hübschen Park errichteten Musikpavillons noch kaum jemand zu sehen. Der Dicke war natürlich auch noch nicht da.

Jean und seine Musikanten hielten sich brummelnd innerhalb des Pavillons auf, sie stellten die Notenständer auf, bereiteten ihre Instrumente vor. Jean blickte auf seine goldene Zwiebeluhr.

„Ich hab' geglaubt, nur in Wien ist man unpünktlich, aber die hier können's noch besser als wir."

Um halb fünf zeigten sich die ersten Neugierigen, belegten einige der bereitgestellten Stühle und umstanden neugierig den Pavillon.

„Was ist – fangen wir an?" meinte Amon. „Es ist doch überall so: sobald die Musik spielt, kommen die Leut'!"

„Aber wir sollen ausdrücklich auf den Großfürsten warten", erklärte Jean.

Als wäre dies ein Stichwort gewesen, brachten jetzt martialisch aussehende Bediente in Kosakentracht ein paar Kisten herbei, und einer von ihnen radebrechte auf deutsch: „Seine Kaiserliche Hoheit läßt bestellen, die Herren aus Wien mögen sich schon ein wenig stärken!"

„Hoffentlich werden die Palmen nicht besoffen davon", sagte Jean und begann mit der verordneten Prozedur. Er leerte gleich ein Viertel seiner Flasche weg, nachdem sich die Diener des Großfürsten verzogen hatten.

Amon jedoch meinte: „Ich möchte erst einmal einen Schluck nehmen. Ich bin neugierig, ob dieser auch so schmeckt wie der letztens." Gleich darauf verdrehte er den Blick nach oben und bekam einen fürchterlichen Hustenanfall. „Dieses Teufelszeug muß in der Hölle abgezapft worden sein", keuchte er.

Nun nahm auch Jean einen Schluck. „Vorzüglich, klar wie Wasser", stellte er fest. „Und das Aroma! Absolut diskret! Ein edler Tropfen!"

„Sie sind ein Kenner, Herr Strauß", klang es in diesem Augenblick wohlgefällig direkt hinter ihm.

Strauß drehte sich um. Der Großfürst stand hinter ihm und lächelte freundschaftlich.

„Sie können davon trinken, soviel Sie wollen, und werden stets einen klaren Kopf behalten", versicherte er. „Aber in der Pause müssen Sie essen. Und dafür ist auch gesorgt, selbstverständlich. Nun aber – ich freue mich von Herzen. Oh, Sie wundern sich über mein Deutsch? In unserer Familie spricht alles – oder fast alles – auch Deutsch. Nochmals, ich freue mich! Ich kenne alles, was Ihr Herr Vater komponiert hat, und Sie sind ja in seine Fußstapfen getreten, und mit Erfolg. Er wird Ihnen auch hier treu bleiben, Herr Strauß, ich bin sicher! – Womit wollen wir anfangen? – Ah, die Ouvertüre zum ‚Postillon'. Die höre ich gern ... Aber ich hoffe, Sie haben auch Neues, Eigenes mitgebracht? – Unbesorgt, ich spiele gut vom Blatt. – Nun, dann wollen wir unser Publikum nicht länger warten lassen!"

Zur Pause hatten die Mitglieder des Strauß-Orchesters alle

Scheu vor dem fremden Mann, welcher der Bruder des Zaren war, verloren. *Nach* der Pause aber hatten sie bereits das Gefühl, als ob er einer von ihnen wäre.

Und als am Schluß der Dicke den Meister umarmte und auf beide Wangen küßte, unter Tränen, versteht sich, waren sie alle ein Herz und eine Seele, was vielleicht auch ein wenig auf des Wodkas Konto ging. Das Publikum jedenfalls applaudierte wie rasend. Erst das schrille Pfeifen der Lokomotive des letzten Zuges nach Petersburg mahnte zur Heimkehr.

7. Auch Amor geigt mit

Der Jubel um Jean und seine Wiener Musiker war in Pawlowsk wahrhaft grenzenlos. Großfürst Konstantin wurde einer seiner begeistertsten Anhänger und versicherte ein- ums anderemal, bei Pawlowsk dürfe es nicht bleiben, vielmehr müsse die ganze Zarenfamilie in den Genuß von Strauß-Konzerten kommen.

Die Bahn machte gute Geschäfte, und alle waren hochzufrieden. Wo immer sich Jean blicken ließ, sah er nichts als freundliche Gesichter.

Schon nach einer Woche kam Geld von der Bahnverwaltung. In den überfüllten Zügen hatte man Künstlerfotos von Jean verkauft, das Stück um zwei Kopeken. Sie hatten reißenden Absatz gefunden, und Jean hatte auch schon Autogramme schreiben müssen, daß ihm die Finger weh taten.

Besonders die holde Weiblichkeit schien alle Standesunterschiede zu vergessen. Prinzessinnen und Fürstinnen umschwärmten ihn wie die Motten das Licht, und manch eine Dame warf ihm feurige Blicke zu, ungeachtet des Eheringes, den sie unter ihrem Spitzenhandschuh am Finger trug.

Dieses süße kleine, vertrackte Pawlowsk mit seinen lauschigen Winkeln, seinen nur von spärlichem Licht erhellten abendlichen Alleen, dem betäubenden Duft eines kurzen, aber intensiven Sommers erwies sich als ein gefährliches Pflaster. Der junge, fesche, unverheiratete Wiener wurde arg in Versuchung geführt. Man sandte ihm Lorbeerkränze und Blumen zu, aber auch ganze Geschenkkörbe fanden sich in seiner Garderobe und seiner Behausung ein, die bald einem botanischen Garten glich.

Natürlich bekamen auch die anderen von dem Segen was ab, besonders wenn er kulinarischer Natur war, und das war öfter der Fall.

„So gut ist es uns ja noch nirgendwo gegangen“, fand Amon. „Wer hätte das von den Russen gedacht? Ich glaube wirklich, die mögen uns. Und wir waren so skeptisch!“

Es bestand gar kein Zweifel, die Wiener waren wirklich Liebkind, und die Saison in Pawlowsk wurde ein ungeheurer Erfolg.

Mit Freude und Stolz las darüber die Strauß-Mutter in den Wiener Zeitungen. Man las darüber aber auch in London, Paris, Berlin und Budapest.

„Ein schönes Renommee", fand Pepi, der nun schon eine ganze Weile zu seiner eigenen und des Publikums vollster Zufriedenheit das zweite Orchester dirigierte. „Ist vielleicht gar wieder ein Brief vom Jean gekommen?"

„Ach, der Bub ist so schreibfaul", klagte die Strauß-Mutter. „Er schreibt mir viel zu selten! Alles muß ich aus den Zeitungen erfahren!"

„Na, er wird halt keine Zeit haben", verteidigte Pepi den Bruder.

Und der sich auch schon als ganzer Mann fühlende Edi, der Jüngste, erklärte mit Bestimmtheit: „Mama, ich fahr' auch nach Pawlowsk!"

Es stimmte, Jean hätte viel öfter nach Hause schreiben können. Aber es war nicht nur seine Arbeit, die ihn davon abhielt. Der „schöne Jean", wie man ihn bereits in der Pawlowsker Damenwelt titulierte, fing unbedachterweise an, hie und da allzu feurige Blicke zu erwidern.

Er ahnte nicht, daß er damit Gefahr für Leib und Leben heraufbeschwor. Denn sein Gehaben blieb den eifersüchtigen Blicken junger Herren aus adeligem Haus – die meisten von ihnen trugen noch dazu Offiziersuniform – nicht verborgen. Hinter mancher Stirn regte sich mehr oder minder heftige Eifersucht. Ahnungslos küßte Jean galant Damenhände, nahm Einladungen zum Tee an und spazierte gelegentlich gleich mit mehreren Damen am Arm durch die Alleen, wenn er Freizeit hatte. Daß dies unliebsame Folgen haben könnte, kam ihm dabei überhaupt nicht in den Sinn.

„Solange er drei links und drei rechts zur gleichen Zeit eingehängt hat, ist es nicht weiter schlimm", meinte der Großfürst zu Monsieur Poulindron, dem Manager. „Gefährlich wird es erst, falls es eine einzige sein sollte. Aber er ist ein erwachsener Mann und muß selbst wissen, was er tut. Lassen Sie ihn seine Freude haben!"

„Aber es sind Damen von Adel, die meisten von ihnen verlobt!"

„Mon dieu! Monsieur Strauß ist ein Mann von Geschmack, das hört man an seiner Musik. Er hat auch guten Geschmack bei Frauen. Es sind lauter Schönheiten, und er selbst ist ein gutaussehender junger Mann!"

Poulindron fand trotzdem: „Strauß ist fremd hier, er kennt nicht die hier geltenden strengen Sitten. Man müßte ihn warnen, es wäre doch zu schade, wenn ihm eines Tages jemand einen Säbel in den Leib rennen würde!"

„Dazu wird es nicht kommen, denn Pawlowsk wird für eine Weile auf Meister Strauß und sein Orchester verzichten müssen. Ich nehme ihn nämlich nach Zarskoje Selo mit, mein Bruder wünscht ihn zu hören. Wir spielen vor der Zarenfamilie!"

Er sagte „wir", denn er fühlte sich offenbar dem Strauß-Orchester zugehörig. Mehr zugehörig anscheinend als seiner Familie.

Und tatsächlich dachte er in manch stiller Stunde voll Bedauern darüber nach, daß es das Schicksal eigentlich, trotz allem Reichtum, der ihm zuteil geworden war, nicht allzugut mit ihm gemeint habe. Er hatte Künstlerblut in den Adern. „Viel lieber wäre ich so einer wie Strauß geworden, aber es hat eben nicht wollen sein!" dachte er seufzend.

Am Abend überbrachte der Großfürst persönlich die Einladung nach Zarskoje Selo, dem Sommerschloß des Zaren. Die Wiener waren gespannt.

Zarskoje Selo glich einer Festung! Hier in Rußland, in einem Reich, in dem kaum ein Romanow eines natürlichen Todes gestorben war, herrschten andere Sicherheitsvorschriften als am Hof zu Wien. Auch die Wiener Musiker mußten sich auf geheime Waffenverstecke, die es möglicherweise in ihren Anzügen geben konnte, abtasten lassen, bevor sie passieren durften. Und erst recht wurden die Koffer mit den Instrumenten genauestens in Augenschein genommen.

„Eine Formsache“, entschuldigte man sich, aber es steckte die blanke Furcht dahinter.

Nikolaus I., des regierenden Zaren Vorgänger, war gezwungen gewesen, mit drakonischer Strenge zu regieren. Als er 1825 an die Macht kam, verweigerten ihm die Dekabristen und verschiedene Truppenteile die Anerkennung. Blut floß, und noch mehr Blut floß während seiner ganzen Regierungszeit. In seiner Ära hatten Polizei und Militär das Sagen. Er führte Krieg mit Persien und der Türkei; und er half Österreich, den ungarischen Aufstand zu besiegen.

Ein Jahr, nachdem in Wien Kaiser Franz Joseph und seine Sisi zu Johann Strauß' „Myrthen-Klängen“ den Hochzeitswalzer tanzten, kam in Rußland Alexander II. an die Macht. Eine seiner ersten Maßnahmen war, die Leibeigenschaft abzuschaffen. Frischer Wind wehte durch das riesige Reich. Doch weder die Leibeigenen, die von nun an genötigt waren, für sich selbst zu sorgen, noch die Gutsherren, die durch dieses neue Gesetz ihre billigen Arbeitskräfte verloren, waren mit dem neuen, reformwilligen Zaren einverstanden.

Alexander war mit einer deutschen Prinzessin, Maria von Hessen, verheiratet. Sie war jetzt 32 Jahre alt. Der Großfürst hatte nicht zuviel gesagt, am Zarenhof konnte man Deutsch sprechen hören.

Die hessische Prinzessin war ein Friedensengel, und Alexander, in sie aufrichtig verliebt, hatte das Blutvergießen gleichermaßen satt, das die Völker Rußlands und der von diesem bekriegten Länder ins Unglück gestürzt hatte. Er beendete auch den Krieg auf der Krim. Dadurch zog er sich auch noch die Feindschaft der Militaristen und der Rüstungsspekulanten zu.

Die Geheimpolizei berichtete von Untergrundzirkeln, die Attentatspläne vorbereiteten. Alexander, ein Mann, der Ruhe und Frieden wollte, lebte gefährlich.

Aber bei dem Strauß-Konzert, das er im Kreise seiner Familie und Höflinge hören konnte, gelang es ihm, sich von den Anfeindungen zu entspannen.

„Sie müssen mich öfter besuchen, Meister Strauß", sagte der Zar gnädig.

„Zu dienen, Majestät."

Und dann war man wieder in Pawlowsk. Dort aber lebte Jean gefährlich.

„Der große Fehler", sagte er später einmal, „den ich damals gemacht habe, war: Ich habe meine Position nicht richtig eingeschätzt. Nicht in diesem ersten Jahr in Pawlowsk und schon gar nicht zwei Jahre darauf, bei der fatalen Geschichte mit Olga. Immerhin verdanke ich ihr eine schöne Polka-Mazur, ‚Der Kobold'. Na ja, sie haben mich nach meiner Heirat bald nicht mehr dorthin engagiert – war ja auch besser so. Bin ja doch nichts weiter als ein in der Welt umherziehender Musikant gewesen. Und Olga? Der Graf Smirnitzky, ihr Vater, muß mich reinweg für verrückt g'halten haben, als ich um ihre Hand ang'halten hab ..."

Jene erste Saison in Pawlowsk endete ziemlich stürmisch. Es gab Proteste, Anzeigen, zwei Duellforderungen und schließlich sogar die polizeiliche Ausweisung. Jean hätte vorzeitig abreisen müssen, hätte sich nicht Großfürst Konstantin persönlich ins Mittel gelegt. Der Großfürst war nicht nur seiner Leutseligkeit wegen beliebt, er war auch eine Respektsperson. Und vor allem war er der Bruder Seiner Majestät, des Zaren. Was der Großfürst sagte und befahl, hatte Gewicht, da mußte sogar die Polizei gehorchen. Und die Eifersucht einiger junger Herren, mochten diese auch noch so klangvolle Namen tragen, hatte gleich ganz zu schweigen.

Großfürst Konstantin regelte alles, sogar die Sache mit den beiden Duellen.

Jean hatte sich noch nie auf Säbel duelliert. Er hatte bisher nur seinen Fiedelbogen in der Hand gehabt. Und auf Pistolen? Nun, Schießen war auch nicht gerade seine Stärke. Er hielt es eher mit Knallfröschen, die er bei manchem Konzerte zum Gaudium der Tanzenden auf dem Parkett krachen ließ. Und alles nur zweier Mädchen wegen, mit denen er eben nur so ein bißchen Händchen gehalten und lieb getan hatte - in Wien würde man sagen: ein bisserl geschmust? Weiter war nichts gewesen, und sie hatten absolut ihren Spaß dabei gehabt und wären wohl auch für ein wenig mehr zu haben gewesen.

Der Großfürst löste den Knoten auf eine höchst einfache Weise.

„Werd' ich schon machen, lieber Freund, keine Sorge", tröstete er Strauß. „Aber müssen schon beim nächsten Mal vorsichtiger sein. Ich hab' ja durchaus Verständnis, aber die beiden Komtessen sind verlobt, verstehen Sie!"

„Das hat mir aber keine von ihnen verraten", verteidigte sich Jean. „Hätten s' halt den Mund aufg'macht - anders, als zum Küssen, mein' ich -, dann hätt' ich das Busserln halt bleiben lassen!"

Das wäre freilich in den Augen der beiden sich in ihrer Ehre gekränkt fühlenden, mit den Damen verlobten Grafensöhne kein Hinderungsgrund für ein Duell gewesen. Schließlich ging es um die Ehre.

Nur „die Ehre" konnte daher im gegenständlichen Fall ein Argument auch dafür liefern, das Duellieren bleiben zu lassen. Das wußte Großfürst Konstantin zum Unterschied von Herrn Strauß. „Meine Herren", erklärte er den beiden Grafensöhnen, „was fällt Ihnen ein! Sie wollen sich schlagen oder schießen mit diesem Wiener?"

„Gewiß, Kaiserliche Hoheit. Wir sind von ihm in unserer Ehre gekränkt, er ist der Ehre unserer Damen nahegetreten, er hat sie öffentlich bloßgestellt."

„Meine Braut hat er in der Birkenallee vor aller Augen geküßt -"

„- und meine ist gesehen worden, wie er mit ihr -"

„Ja, ja, schon gut", winkte der Großfürst ungeduldig ab. „Aber bedenken Sie doch, meine Herren, Sie machen sich ja lächerlich! Dieser Wiener ist doch gar nicht satisfaktionsfähig! Ein Mann aus den untersten Schichten, ein Musikantensohn und selbst auch nichts weiter als ein fahrender Musikant! Begabt, gewiß, sogar genial - aber ändert das was an seiner gesellschaftlichen Stellung? Seit wann duellieren sich Söhne von Grafen mit Wirtshausmusikanten? - Da muß ich ja lachen!"

Die beiden jungen Herren sahen sich verwundert an.

„Er spielt in Gaststätten, sagen Sie? Womöglich in gemeinen Kneipen?"

„So hat es sein Vater gemacht, und er auch. Nun spielt er freilich auch anderswo, auch mein Bruder, der Zar, hat ihn gehört. Er spielt ja fabelhaft. Aber er bleibt deswegen doch nur, was er eben ist. Ich spiele fabelhaft, aber ich bin Großfürst. Er spielt fabelhaft, aber was ist er? ein Nichts. Verstehen Sie? Wäre er ein Musikant und zugleich Graf, Fürst oder gar Großfürst, dann wäre die Sache klar. Aber er ist nichts, einfach nichts, ein gewöhnlicher Herr Strauß, nichts weiter. So einer ist nicht satisfaktionsfähig."

Irgendwie waren die beiden Kampfhähne nun selbst erleichtert.

„Aber wir haben ihm schon unsere Sekundanten geschickt", meinte einer der beiden verlegen.

„Ich habe die Visitenkarten gleich zurückgebracht", lachte der Großfürst und klopfte ihnen beiden auf die Schulter. „Die Sache ist erledigt."

Sie war es nicht. Die Eltern der beiden Damen verlangten, die Wiener Musiker hätten Pawlowsk zu verlassen. Das aber wäre der St. Petersburg-Pawlowsker Eisenbahngesellschaft gar nicht recht gewesen; und so waren es denn die beiden sich involviert fühlenden Familien, welche unter Protest den schönen Kurort verließen.

Natürlich wurde Jean für die Damenwelt durch diese Affäre nur noch interessanter. Von nun an aber war er vorsichtig. Zumindest in diesem und im nächsten Jahr.

In der dritten Pawlowsker Saison aber war alles ganz anders. Denn da sprach sein Herz mit. Olga!

8. Ein verliebter Musikant

Vor Olga kam Elise.

Die Zeit zwischen den beiden Sommersaisonen in Pawlowsk gehörte vor allem der Ballsaison in Wien. Jean war dreiunddreißig, in einem Alter also, in welchem andere Männer bereits verheiratet waren, eine eigene Familie besaßen - doch Jeans Familie, das waren seine unmittelbaren Angehörigen. Zählte man auch noch seine Musiker hinzu, dann konnte man von einer Großfamilie sprechen.

Wieder in Wien, hatte Jean zu seiner Freude erfahren, daß sein Bruder Josef nun ernsthaft daran dachte, seiner eigentlichen, ihm wie den anderen beiden Brüdern im Blut liegenden musikalischen Berufung nachzugeben. Er besuchte fleißig Unterrichtsstunden beim Professor für Harmonielehre, Franz Dolleschal, und ließ sich auch in Kompositionslehre unterweisen. Das natürliche Talent, bereits bewiesen durch praktische Erfahrung, benötigte ja doch auch einen theoretischen Unterbau.

„Gratuliere, Pepi, das ist ein vernünftiger Entschluß. Und du wirst ihn nicht bereuen!"

Die nächste Gratulation erging von Verleger Haslinger an Jean.

„Hören S', Meister, so viele Bestellungen waren überhaupt noch net da. Ich komm' ja überhaupt nimmer nach mit dem Notendrucken. Und wissen S', was? Die meisten Aufträg' kommen direkt aus Rußland! Stell'n S' Ihnen vor, sogar die Kapell'n in Sibirien woll'n auf einmal nix anderes mehr spielen als Polka und Walzer, kommt mir vor... Ich glaub' fast, Meister Jean, Sie sind der einzige Wiener, der imstand' ist, für die Asiaten zu komponier'n!"

„Na, in Pawlowsk bin ich keinem einzigen Asiaten begegnet", lachte Jean. „Aber in Sibirien - na ja, gottlob bin ich dort net hin'kommen."

Einen neuen Mann gab es im Team von Meister Strauß.

Einen, der zusehends an Wichtigkeit gewann: Leibrock hieß er, und fast hätte man meinen mögen: Nomen est omen.

Herr Leibrock war eigentlich eine Errungenschaft von Mama Strauß. Eines Tages hatte sie mit Herrn Haslinger darüber geplauscht, daß ihre beiden Söhne, Jean und Pepi – und bald würde ja wohl auch noch der nun bereits recht flügge gewordene Edi dazugehören – einen Koordinator brauchen würden. Dem Jean wachse ja reinweg die Arbeit über den Kopf. Da gab es Korrespondenzen zu erledigen, Vertragsangelegenheiten, Termine mit Journalisten, Veranstaltern, aber auch Behörden, kurzum –

„Einen Sekretär brauchen S'", faßte Carl Haslinger, der nicht schwer von Begriff war, zusammen. „Na sehen S', Frau Strauß, das ist eine recht g'scheite Idee. Ich hab' ja auch so ein Faktotum. Und ich wüßt' sogar jemanden, einen jungen Mann zwar, aber sehr g'scheit und anstellig. Und verläßlich. Der sucht was, wo er sich was verdienen könnt'. Fast hätt' ich ihn ja schon selbst aufg'nommen, aber im Augenblick bin ich mit meinem Personal komplett. Aber ich hab' seine Adress' und schick' ihn in die Taborstraße. Jö, wird sich der Bursch aber g'freuen! Und ich bin g'wiß, der Herr Jean wird mit ihm recht zufrieden sein!"

Herr Ferdinand Leibrock, kurz Ferdl, manchmal aber auch Leibrock, je nach Laune, gerufen, trat seinen Job schon sehr bald an. Pepi hatte ihn vonnöten. Da mußten ja auch noch eine Menge anderer Verpflichtungen abgewickelt werden, die sich aus seiner früheren beruflichen Tätigkeit ergaben. Und nun kamen auch noch die neuen Agenden hinzu. Ferdl Leibrock hatte vom ersten Tag an alle Hände voll zu tun, und da er im übrigen nicht nur anstellig, sondern auch noch nicht auf den Mund gefallen war, gelang ihm dies zur allgemeinen Zufriedenheit schon bald recht gut.

Aber er sah doch mit einem gewissen Bangen dem großen Moment entgegen, zu welchem er dem berühmten Meister nach dessen Rückkunft aus Rußland vorgestellt werden sollte.

„Na ja, ein bisserl schmal ist er halt noch, der Ferdl", stellte

Jean fest. „Aber er wachst sich g'wiß noch ein bissl aus mit der Zeit!"

Ferdl versprach, sich in dieser Hinsicht die größte Mühe zu geben.

Eine Ballnacht kam, ab welcher Ferdl Leibrock noch eine zusätzliche und noch dazu eine Menge Geschick erfordernde Aufgabe zu erfüllen hatte: die des Postillon d' amour.

Es war jene Nacht, in der Elise in Jeans Leben trat, ein duftigzauberhaftes Wiener Mädel aus bürgerlichem Haus. Sie hatte keine Augen für ihre Tänzer, sondern verschlang förmlich mit ihren Glutaugen den feschen Jean.

Und wie das nun mit Blicken so ist, sie haben magnetische Anziehungskraft. Jean schaute zurück und lächelte. Sie lächelte wieder, und ihr Fächer sagte nur allzu deutlich, was dieses Lächeln besagen wollte.

Er traf sie am Ausgang des Sofienbadsaales in einer Jännernacht, deren Kälte sie beide nicht spürten. Sie gefiel ihm auf Anhieb, und daß er ihr gefallen hatte, darüber bestand von Anfang an nicht der geringste Zweifel.

Er brachte sie mit seiner Kutsche bis vor die Tür des elterlichen Hauses auf der Landstraßer Hauptstraße, dort, wo das Viertel der gutsituierten Kaufleute an jenes der Aristokraten grenzte. Erst hier wurde ihr klar, was sie getan hatte: sie hatte ihren Beinahe-Verlobten und die ihr von den Eltern mitgegebene Anstandsdame versetzt. Sie würde sich ausreden müssen, daß sie sie im Gewühl des Balles verloren habe.

Von da an sahen sie einander öfter, bis zum Frühjahr hin, einmal sogar in Gegenwart von Mama Strauß. Leibrock arrangierte die geheimen Stelldicheins, von denen Elises Eltern nichts wissen durften. Hingegen schien der Verlobte in spe zu ahnen, was in dem kleinen Herzchen seiner Erkorenen vor sich ging. Er hatte zwar keine Duellforderung parat – man war ja schließlich nicht in Pawlowsk –, aber die von ihm erwartete „Erklärung" blieb aus. Gekränkt zog er sich von Elise zurück.

Dann kam ein schwerer Abschied vor Antritt der dritten

Pawlowsker Saison, mit Tränen und Liebesschwüren. Und dem Versprechen, bald zu schreiben, das kaum gehalten wurde. Jean hatte das Briefeschreiben schon immer gehaßt.

Jean fuhr nach Rußland mit einer, wie er glaubte, großen Liebe im Herzen, ohne zu ahnen, daß ihm in Pawlowsk eine noch größere begegnen würde.

Daß er ungeachtet der Proteste Pepis den ihm unentbehrlich gewordenen Ferdl Leibrock mitnahm, erwies sich schließlich im Hinblick darauf als ein wahrer Segen. Als Postillon d'amour hatte Ferdl schon in Wien eine gewisse Routine erworben. In Pawlowsk aber entwickelte er in dieser Eigenschaft bewundernswerte Perfektion.

Ein Nachmittagstee bei der Fürstin Dolgorukin. Jean war – als Glanzpunkt eines Damenkränzchens – dazu eingeladen. Man erwartete von ihm, daß er vom Wiener Hof, den er ja kannte, erzählen werde. Aufmerksam lauschten ihm die russischen Damen. Er hatte eine eigene Dolmetscherin zur Verfügung: die junge, fragile, dunkeläugige Komtesse Olga Smirnitzky. Ihr Deutsch war so entzückend wie sie selbst, und manchmal flocht sie auch offenbar eigene Kommentare ein, die von den Damen amüsiert belächelt wurden.

Jean erzählte von Kaiser Franz Joseph und seiner Sisi. Schon daß die Ehe des österreichischen Herrscherpaares eine echte Liebesheirat sei, wollte man fast nicht glauben.

„Ich bin enthusiasmiert", stellte die Fürstin fest. „Ach, wie entzückend!"

„Und Er selbst, Meister Strauß? Wie steht es um Sein Herz? Hat Er eine grand amour in Wien zurückgelassen?"

„So halb und halb", beichtete er. „Aber die schönen Damen von Pawlowsk lassen mich das beinahe vergessen!"

Wieder übersetzte Olga auf eine höchst eigenwillige Weise, und die Damen begannen ihre Fächer zu schlagen und kicherten amüsiert.

„Was haben S' gesagt, werte Komtesse?" wollte Jean sich vergewissern. „Hoffentlich nix Schlimmes!"

„Ich habe gesagt, Sie sind der Casanova von Wien", erklärte Olga schelmisch.

„Um Himmels willen", rief Jean erbleichend. „Sagen S' nur nicht: auch der von Pawlowsk!"

Das übersetzte Olga wörtlich, und da sie den Grund für diesen Ausruf erriet, plauderte sie auch gleich munter drauflos: Vor zwei Jahren habe Großfürst Konstantin persönlich in Monsieur Strauß' Herzensangelegenheiten intervenieren müssen!"

Zumindest die Nennung des Großfürsten hatte Jean mitgekriegt. „Ach nein, Komtesse, das hätten S' nicht sagen dürfen", ärgerte er sich.

Sie aber machte große, spöttische Rehaugen, so daß sein Herz bei dem Anblick fast stehenblieb.

„Ah", lispelte sie spitz, „Monsieur haben anscheinend gar keinen Dolmetscher nötig!"

Den brauchte er bald wirklich nicht. Er begriff auch ohne jede Übersetzung schon beim nächsten Zusammentreffen, daß er der Komtesse gefiel. Ihr Fächer machte ihm Avancen. Und seine Blicke blieben dem Fächer die Antwort nicht schuldig.

Es war natürlich völlig absurd. Olga wohnte für die Dauer der Kur, die ihre Mutter gebrauchte, mit dieser zusammen in Pawlowsk. Der gräfliche Herr Papa war auf dem Gut geblieben, wurde jedoch kurz vor dem Ende der Kur erwartet.

„Er will uns hier abholen und heimbringen", erklärte Olga. „Aber bis dahin ist Zeit ..."

Zeit für ein Abenteuer? Olga bezauberte ihn. Sie war wahrhaftig ein kleiner, neckischer Kobold und hatte Launen. Jean erschien sie als Traumfrau schlechthin – aber unerreichbar. Er hatte hier in Pawlowsk bereits seine Lektion gelernt. Die Tatsache, daß er in den Augen dieser Aristokraten ein Niemand war, hatte ihn letztendlich vor üblen Scherereien und vielleicht sogar vor mehr bewahrt.

Aber er hatte seinen Stolz. Er war zwar ein Niemand, aber einer, nach dessen Geige Kaiser, Könige und letztlich auch der

Zar samt Zarin getanzt hatten. Auch er war ein Aristokrat – ein Aristokrat in seinem ureigenen Walzer-Reich.

Auch für Olga hatte der Standesunterschied offenbar keine Bedeutung. Dennoch war es schwer, sich unbeachtet zu treffen. Mama Smirnitzky ließ ihre wohlbehütete Tochter nicht gern aus den Augen. War Olga zu einem Spaziergang oder irgendwelchen Besorgungen unterwegs, bekam sie eine Promeneuse mit.

Diese Begleiterin war zugleich auch ihre Zofe und hieß Pauline. In Preußen geboren, hatte sie Olga zu einem gut Teil ihrer deutschen Konversation verholfen.

War Olga Smirnitzky fast täglich zur selben Stunde in den Kurgärten anzutreffen, so zog es bald auch Jean zur gleichen Zeit in diese Anlagen. Hatte Olga ihre Pauline mit, so war Jean gelegentlich von Amon, häufiger aber von Ferdl Leibrock begleitet. Oft genügte ein wie zufälliges Aneinander-Vorbeigehen, ein kurzer, halb von Olgas Sonnenschirm verdeckter Blick, ein gelispelter Gruß von beiden Seiten, weil man einander ja schließlich kannte, um den beiden jungen Menschen einen Tag voll Freude herbeizuzaubern.

Doch mit der Zeit genügte dies nicht mehr. Da mußten nun eben Pauline und Leibrock herhalten.

Daß dieser Jean dabei hilfreich sein würde, stand von Anfang an außer Zweifel. Bei Pauline war man nicht so sicher; doch sie war kein Muffel und hatte nichts dagegen einzuwenden, gelegentlich in einem bestimmten hohlen Baum ein unauffälliges kleines Briefchen zu finden oder gar Konfekt von Meister Strauß.

Wie jubelte Olga aber insgeheim, wenn sie erst den Deckel einer Konfektschachtel öffnete und ein paar liebe Zeilen darin fand! Es dauerte nicht lange, dann brachte auch Leibrock kleine Liebesboten an Jean nach Hause: im Wäldchen gepflückte Blumen, ein kleines, von Olga verfaßtes Gedicht, eine lederne Tabatière, in der sich eine Haarlocke befand.

„Ich bin verliebt wie ein Primaner“, schrieb Jean heim, „und bitte Frau Mutter inständigst, die Sache mit Elise ins reine zu bringen. Ohne dies könnte ich Olga nicht mehr in die Augen schauen!"

So kam es denn, daß man von dem geheimgehaltenen Verhältnis in Wien eher erfuhr als in Pawlowsk.

„Wie, der Jean ist in eine Russin verliebt, noch dazu in eine Grafentochter?" staunte Pepi. „Am End' will er sie gar heiraten! Was sagst du dazu, Mama!"

„Sie muß ein sehr liebes Mädchen sein", meinte Mama Strauß, „nach der Art, wie er sie in seinen Briefen immer beschreibt."

Und sie fühlte dabei einen leisen Stich von mütterlicher Eifersucht in ihrem Herzen.

Wie auch in den Vorjahren häuften sich in Jeans Künstlergarderobe die Gunstbeweise des Pawlowsker Publikums vor allem in Gestalt von Blumen. Manche davon warf er unter großem Applaus ins Publikum. Ein bevorzugtes Ziel solcher Würfe war der Tisch, an welchem Olga und ihre Mutter saßen. Jean begleitete einen solchen Blumengruß jedesmal mit einer artigen Verbeugung. Die Gräfin war aufs höchste entzückt – bis ihr der Verdacht kam, daß die Blumen nicht ihr, sondern der Tochter galten.

Pauline ließ Strauß wissen, Olgas Mutter habe Verdacht geschöpft, er möge den Tisch nicht so sehr bevorzugen, da man sonst fürchte, „ins Gerede" zu kommen.

„Ich muß Olga unbedingt sprechen", drängte er die Zofe.

„Ausgeschlossen, Monsieur Strauß, das würde die Sache nur noch schlimmer machen!"

„Aber auch die Komtesse hat sicher den Wunsch, sie schreibt es ja selbst, Briefe sind kein Ersatz für eine Aussprache, die unumgänglich notwendig ist!"

„Kommen Sie morgen um sechs Uhr früh an die Hinterseite unseres Hotels. Um diese Zeit schläft alles. Ich werde die Komtesse zeitgerecht wecken."

„Um diese Zeit?" Jean griff sich an den Kopf. „Du lieber

Himmel, auch ich schlafe da noch. Wir Musiker kommen ja kaum vor Mitternacht ins Bett!"

„Wenn es gar so unumgänglich nötig ist, dann muß es Ihnen das Opfer wert sein", versetzte Pauline spitz.

So trafen denn am folgenden Morgen zwei unausgeschlafene Verliebte unter Paulines diskreter Aufsicht an der Hinterseite des kleinen Hotels, in welchem die Smirnitzkys logierten, zusammen. Pauline war aber weniger eine Sittenwächterin, vielmehr stand sie Schmiere, damit ihre beiden Schützlinge nicht entdeckt würden.

Olga und Jean fielen einander um den Hals. Endlich gab es auch einen Kuß aus tiefster Seele, einen Kuß, der nicht enden wollte.

„Olga", bekannte Jean, „du weißt, daß es in Wien ein Mädchen gibt, das sich Hoffnungen macht. Aber du gehst mir über alles, ich kann keine andere mehr lieben, seit ich dich kenne. Ich habe meiner Mutter geschrieben – von dir und wegen Elise ... Wenn zwei Menschen einander so lieben wie du und ich, dann darf es keine Hindernisse geben. Ich werde mit deinem Vater sprechen!"

„Das willst du wirklich wagen?" rief Olga entzückt. „Oh, Jean, auch ich muß dir ein Geständnis machen. Es gibt auch in meinem Leben jemand ... Die Eltern haben mich einem hohen kaiserlichen Beamten versprochen, dem Grafen ..."

„Still, Olga. Davon will ich nichts wissen. Schon deine Formulierung läßt erkennen, daß dein Herz nicht beteiligt ist."

„Mein Herz gehört nur dir, Jean, das weißt du", gestand sie errötend.

„Mein kleiner, süßer Kobold – bist du deshalb in letzter Zeit so still?"

„Ich denke an den Abschied, Jean. Papa hat geschrieben, er kommt übermorgen nach Pawlowsk."

„Um so besser", rief Jean entschlossen. „Dann brauchen wir wenigstens nicht länger warten. Ich spreche mit ihm. Ich bin kein Niemand“, betonte er, „wenn auch nicht von Adel. *Noch* nicht. Aber da ich in meines Kaisers Gunst stehe, ist dies vielleicht eines Tages möglich.“

Da lachte Olga. „Unser Adel“, erklärte sie, „geht auf Peter den Großen zurück!“

„Dann eben meiner auf Kaiser Franz Joseph“, ließ er sich nicht aus der Ruhe bringen. „Falls ich je erhoben werde …“

„'Rausg'schmissen hat er mich, richtig 'rausgeschmissen! G'rad, daß er mir nicht einen Tritt in den Hintern versetzt hat, wie der Zahlmeister des Salzburger Erzbischofs dem Wolfgang Amadee ... Ach, es hat Tränen gegeben bei Olga, wir waren beide todunglücklich, aber was hätt' ich tun können?! Sie sind noch am folgenden Morgen, zwei Tag' früher als geplant, von Pawlowsk abgereist. Wir haben einander nicht einmal sehen können. Bloß die Paulin' hat dem Leibrock noch einen Brief von ihr zugesteckt. Da, ihr könnt' ihn lesen!"

„Geliebter Jean!
Die herrlichen Stunden, die mir beschieden waren mit dir, dem edlen Menschen und großen Künstler, werden nie aus meiner Erinnerung entschwinden.
Vergiß deinen Kobold, der nie aufhören wird, dein Andenken hochzuhalten.
Olga"

Die Tinte war an manchen Stellen ein wenig verschwommen, wahrscheinlich hatten Tränen das Papier benetzt, das noch immer den schwachen Duft eines exotisch wirkenden, hier unbekannten Parfums verströmte.

„Nun, hast' dich zwischen zwei Sesseln gesetzt", sagte Pepi. „Die Elise hat sich aus Trotz mit dem Sohn von einem reichen Seidenhändler verlobt. Ist für sie ohnedies besser. Und was hättest du denn mit deiner Grafentochter ang'fangen, Jean? Was du brauchst, ist eine Frau, die deinen Haushalt, den du hoffentlich einmal haben wirst, und der wahrscheinlich genauso verworren sein wird wie der vom Papa, zusammenhalt', so gut es geht. Glaubst du denn, daß dein Grafentöchterl dazu imstand' gewesen wär?"

„Nun, sie hätt' ja nicht selber abwaschen müssen", wehrte Jean ab. „Und eine Wäscherin hätten wir uns g'wiß auch leisten können."

„Ja, der Herr Strauß will hoch hinaus", brummte Pepi. „Ich

für meinen Teil find's ganz g'scheit, daß es so gekommen ist. Der Graf hat recht g'habt, das wär' nix g'wesen mit euch beiden. Am Anfang ist die Lieb', die laßt einen gar manches vergessen. Später aber hat anderes seine Bedeutung – nicht zuletzt der gefüllte Geldbeutel."

„Nun, was den anlangt, so brauchen wir uns net zu beklagen. Die Firma Strauß verdient nicht schlecht. Vielleicht hast du aber recht, Pepi, es bleibt uns beiden, mir und der Olga, ja doch nichts anderes übrig, als zu vergessen. Aber ich bild' mir ein, es müßt' ‚von Strauß' heißen. Wär' doch nicht übel, net wahr? Stell dir bloß vor, wie sich das auf den Plakaten ausnehmen tät' und auf meiner Visitkarte?"

„Geh, bist g'scheit? Sagt doch ohnedies ein jeder Kellner und jeder Fiaker ‚Herr von Strauß' zu dir."

„Die sagen ja auch ‚Herr von Haslinger', oder womöglich gar ‚Herr von Leibrock'. Eine Unsitte ist das hier in Wien. Nein, ich mein' es ernst, Pepi. Es stünd' uns zu, schon im Hinblick auf unseren Vater selig."

„Da schau doch erst einmal, daß du zum Titel ‚Hofballmusikdirektor' kommst. Du bist zwar einer, aber ohne Titel. Es gibt bis heut' kein Ernennungsdekret."

„Ja, das stimmt", wunderte sich Jean. „Ist vielleicht nur eine Formsach'. Schließlich dirigier' ich ja bei Hof. Vielleicht haben die Herren Beamten in der k. k. Hofkanzlei bloß darauf vergessen."

„Fragst halt einmal nach", meinte Pepi. „Wenn du mich fragst, die haben *nicht* darauf vergessen."

„Das glaubst du wirklich?"

„Aber wieso denn, Pepi, aus welchem Grund? Du kannst dir net vorstellen, wie lieb und nett die Erzherzogin Sophie zu mir ist und wie freundlich die Kaiserin ..."

„Und unser Kaiser?" forschte Josef.

„Nun, der gibt sich ein bissl ernst, aber das macht er bei jedem. Ich glaub', man hat ihm g'sagt, daß er auf Respekt aus sein soll. Dabei ist er ein lieber Kerl. Bald wie der Edi."

„Weißt du, was, Jean? Mach doch die Probe aufs Exempel. Die Freundlichkeit von den hohen Herrschaften hat gar nix zu sagen. Auf die kommt's nämlich gar net an. Da sitzen andere Leut, in weit tieferen Etagen, von denen keiner weiß, daß sie in manchen Dingen gar überm Kaiser stehen. Von denen kommt auf seinen Schreibtisch, was er unterschreibt. Darfst net vergessen, Jean: Du hast einmal die Marseillaise g'spielt. Und bist mit den Studenten gegangen. Die Herren, die ich mein', die kramen bloß in ein paar alten Akten nach und finden das heraus. Die haben nichts vergessen, gar nichts!"

„Aber das ist doch längst vergeben und vorbei", meinte Jean optimistisch.

Sein Bruder Josef hingegen blieb bei seiner Ansicht. Und tatsächlich wurde Jeans Gesuch um Verleihung des Titels „Hofballmusikdirektor" abgewiesen.

„Nun hast du es gar schriftlich", triumphierte Josef. „Siehst, ich hab' recht behalten!"

„Ich kann's noch immer nicht glauben!" empörte sich Jean. „Ich werd' mich bei Seiner Majestät persönlich beschweren!"

„Damit würdest du dich nur unbeliebt machen", gab Pepi zu bedenken. „Wie lautet denn die Begründung?"

„Wegen meines Rufes", stieß Jean, noch mehr empört als vorhin, hervor. „Als ob ich goldene Uhren gestohlen hätt'!"

„Das wär' vergleichsweise harmlos gegen die Marseillaise", lächelte Pepi fein.

Jean unterließ es, um eine Audienz beim Kaiser anzusuchen. Der hatte im übrigen mehr zu tun, als sich um einen titelsüchtigen Musikdirektor zu kümmern. Er hatte eine schöne, junge Kaiserin, aber eine weit weniger schöne Residenzstadt. Die wollte er, jung und unternehmend, wie er war, von Grund auf umkrempeln, modernisieren und verschönern. Wien sollte eine der schönsten Städte Europas werden!

Aber dazu mußten erst einmal die altmodischen, längst überflüssig gewordenen Befestigungswerke fallen. Sie umschlossen noch immer die Innenstadt als ein wehrhafter, aber schon funktionslos gewordener Ring. Diese Mauern und Vorwerke schnürten die Innenstadt förmlich ab, als müsse sie ersticken hinter den dicken alten Mauern. Und sie trennten Wien von seinen Vorstädten, die immer näher an den Stadtkern heranrückten und nach allen Himmelsrichtungen auch ins freie Land wuchsen.

Wer an einem schönen sonnigen Sonntag mit dem Stellwagen hinaus zum Heurigen fuhr oder gar mit Kind und Kegel den Kahlenberg erstieg und von dort oben hinabschaute auf das silberne Band der Donau, die Weingärten und darunter das sich immer mehr ausbreitende Häusermeer mit dem alten, lieben Stephansturm als Mittelpunkt, der konnte dem Kaiser nur recht geben.

Die Basteien mußten fallen. An ihrer Stelle sollte ein Prachtboulevard errichtet werden, mit Palästen, öffentlichen Bauten und einem Opernhaus. Vorher aber würde die Stadt zu einer gigantischen Baustelle werden.

Als erstes traten zur Verwirklichung dieser Pläne, an denen sich die namhaftesten Architekten beteiligten, die Männer mit der Spitzhacke in Aktion.

Da mußten sich freilich gar viele Wiener von einer liebgewordenen Ansicht, einem lauschigen Winkel, einem Rendezvousplatz am Glacis, von Gärten, alten Häusern und Stammlokalen trennen. Es konnte nicht abgehen ohne Opfer, das sah jedermann ein. Und man fügte sich dem allerhöchsten Ratschluß und vertraute auf die Weisheit Seiner Apostolischen Majestät.

Jean, auf Aktualität bedacht wie immer, bereitete ein außergewöhnliches musikalisches Ereignis vor, von dem ganz Wien reden sollte.

Der „schöne Edi", wie der jüngste der drei Strauß-Brüder bereits genannt wurde, war nun auch schon vierundzwanzig Jahre alt geworden und hatte beim guten alten Amon, dem Doyen der Strauß-Kapelle, perfekt gelernt, was ein „echter Strauß" auf dem Konzertpodium brauchte.

Edi hatte es nicht so schwer gehabt wie sein ältester Bruder

Jean, und er hatte auch keine inneren Kämpfe zu bestehen brauchen wie Josef. Von der Mutter in allem unterstützt und gefördert, ebenso von Jean, der sogar große Hoffnungen in ihn setzte, hatte seine Laufbahn gleichsam als eine gerade Straße sich vor den Blicken des hoffnungsvollen jungen Mannes aufgetan. Nun war er „reif fürs Publikum“, wie Jean und Pepi einhellig befanden.

„Endlich“, meinte Edi dazu. „Ich hab's ja schon kaum mehr ausgehalten!“

Er hatte natürlich schon - unerkannt - oft in einem der beiden Orchester mitmusiziert. Aber jetzt sollte er direkt vors Rampenlicht, als geigenspielender Dirigent einer eigenen - der nun dreigeteilten - Strauß-Kapelle.

„Du mußt das so sehen, Haslinger“, erklärte Jean seinem Verleger, mit dem er inzwischen per Du geworden war, „ein gutgehendes Geschäft eröffnet, wenn der Unternehmer ein g'scheiter Mann ist, Filialen. Das Strauß-Orchester ist ein florierendes Unternehmen. Jetzt hat's zwei Filialen und zwei G'schäftsführer: meine beiden Brüder Pepi und Edi. Und das Geld kommt in einen Topf!“

„G'scheit, g'scheit, lieber Jean“, pflichtete ihm Haslinger bei. „Ihr werdet noch einmal steinreich enden, das seh' ich schon. Na, und den Titel kriegst du schon noch. Ich tät' mich hinter Ihre Majestät die Kaiserin stecken. Ist denn net ihr Herr Papa, der Herzog Max, ein ganz b'sonderer Verehrer vom Walzer? Der Herr Herzog laßt sich's sogar in seinem Privatzirkus in München vorspielen, wenn dort die Pferd g'ritten werden vor seinen Gästen. Nix wie Strauß kriegt man zu hören, hab' ich mir sagen lassen. Jedenfalls bestellt er eine Menge Noten bei mir!“

Jean wandte sich, neue Hoffnung schöpfend, an eine der Hofdamen Sisis. Über deren Vermittlung flatterte ihm dann ein Empfehlungsschreiben des Herzogs Max in Bayern ins Haus. Nun glaubte Jean zumindest in bezug auf die Verleihung des Titels eines Hofball-Musikdirektors alle Schwierigkeiten aus dem Weg geräumt zu haben, und machte sich in bester Hoffnung und Laune an die Komposition seiner übermütigen „Demolierer-Polka“.

In dieser Polka konnte man die Männer mit der Spitzhacke förmlich an der Arbeit an den Basteien hören; da rumpelte und krachte es nur so, als hätte Jean all die Töne eingefangen, die die Wiener in der Nähe der gewaltigen Baugruben rund um die Innenstadt tagtäglich hören konnten. Die „Demolierer-Polka“ wurde ein Riesenspaß und ein Hörgenuß - ohne den Staub, versteht sich, der bei den Basteien aufgewirbelt wurde.

Dazu komponierte er für das Monsterkonzert auch noch einen „Rausschmeißergalopp“, als Schlußpunkt des Programms. Bei jenem Super-Konzert würden drei Strauß-Kapellen abwechselnd spielen. Auf dem Programmzettel würden vierzehn Walzer, zehn Quadrillen und achtzehn Polkas stehen! Den „Rausschmeißer“ aber sollten alle drei Kapellen gemeinsam zu Gehör bringen, und alle drei Sträuße sollten dirigieren!

Wenn das kein Ereignis werden würde ...

Das Monsterkonzert sollte im Dianabadsaal stattfinden. Haslingers Kartenverkauf nahm ungeahnte Formen an. Man riß sich förmlich um die Billetts, schon nach wenigen Tagen war die Veranstaltung ausverkauft.

Hatte Pepi vor seinem ersten öffentlichen Auftreten doch einiges an Lampenfieber zu bestehen gehabt, so zeigte Edi keine Spur davon, vielmehr fieberte er dem Konzertabend förmlich entgegen.

„Des Himmels Segen sei mit dir, Bub“, wünschte ihm die Mutter und machte ihm das Kreuzzeichen auf die Stirn. Und gleich darauf kam der alte Amon und machte es ihr nach.

„Ihr macht ihn ja noch künstlich nervös“, wandte Jean ein.

„Aber keine Red’“, versicherte Edi unternehmend. „Vielen Dank, Mutter. Und auch Ihnen, lieber Amon. Was ich kann, hab’ ich bei Ihnen gelernt und verdank’ es Ihnen.“

„Und deinem Vater, von dem du’s Talent geerbt hast“, ergänzte die Strauß-Mutter gerührt.

„Wirst uns schon keine Schand' machen", meinte Amon zuversichtlich.

„Wie könnt' ich denn? - Ist doch alles gut einstudiert und geprobt", wunderte sich Edi. „Ich glaub', ihr habt alle mehr Lampenfieber als ich!"

Er ging aufs Podium hinaus, als hätte er dies schon immer so getan. Verbeugte sich elegant. War mit seinen jungen Jahren eine tadellose Figur da oben.

„Wer ist jetzt wohl der Feschere von den dreien?" fragte sich die Damenwelt insgeheim, „der Jean mit seinem feschen Schnurrbart, der liebe, ein bisserl verträumte Josef oder der junge, kecke Eduard?"

Das war eine Preisfrage, die in den Wiener Damenzirkeln gar bald diskutiert wurde ... Eines stand jedenfalls bereits fest: Der „fesche Edi" würde Furore machen!

Der Abend war - natürlich - ein Riesenerfolg. Die Straßen waren voll mit Fahrzeugen, die Herren Polizisten hatten alle Hände voll zu tun, um den Verkehr zu lenken.

Hätte es für eine Mutter etwas Schöneres geben können als den Triumph ihrer drei Söhne?

„Das muß gefeiert werden!" rief Jean erschöpft, aber glücklich. „Schampus muß her! Anstoßen müssen wir auf unseren Edi!"

Allen dreien klebte das Frackhemd am Leibe von der Hitze im Saal, der Anstrengung des Spielens und des Dirigierens. Aber alle drei waren sie glücklich.

„Beten möcht' ich", sagte jedoch die Strauß-Mutter. „Und dem Herrgott danken dafür, daß er mich das hat noch erleben lassen!"

Dem Pepi fiel seine junge Frau um den Hals, und dann küßte sie auch die Schwiegermutter. Deren Haar war grau geworden, doch ihre Augen waren lebhaft geblieben.

„Morgen ist Sonntag", meinte Jean. „Da gehen wir alle drei zur Mess', meinetwegen. Aber heut und jetzt ist mir nach was anderem zumut'."

„Wie du meinst, Jean. Aber unseren Herrgott solltest du net vergessen. Du brauchst seinen Segen, und du hast ihn ja auch, sonst hättest du keinen Erfolg. Ohne ihn geht gar nichts auf der Welt, merkt euch das, ihr drei, und werdet nicht übermütig!"

Und damit Jean nicht übermütig wurde, lehnte die Hofkanzlei bald darauf - und in überraschend kurzer Zeit - auch das zweite Gesuch Jeans um Verleihung des Hofballmusikdirektor-Titels ab, und das trotz des beigefügten Empfehlungsschreibens des Vaters der Kaiserin!

Inzwischen, ließ man in der Begründung wissen, habe sich nach Ansicht der zuständigen beamteten Kanzlei, leider keine Änderung in der Bewertung von Herrn Johann Strauß' bisherigem Lebenswandel ergeben ...

Jean las es, ließ den Brief sinken, und seine Stirnadern schwollen gefährlich an.

„Da möcht' man doch gleich -", knurrte er.

Den Rest ließ er unausgesprochen.

10. Jetty

Sie war die Tochter eines Goldschmieds aus der Leopoldstadt in Wien. Ihr richtiger Name war Henrietta Carolina Josepha Chalupetzky, doch sie nahm, als sie sich die Welt der Opernbühne erschloß, den Mädchennamen ihrer Mutter an und nannte sich Henriette Treffz.

Sie wurde eine berühmte Sängerin. Die Königin von Sachsen hatte sie einst ausbilden lassen. Mit 21 Jahren stand „Jetty“ auf der Bühne der Dresdner Königlichen Oper. In Leipzig nahm sich Mendelssohn-Bartholdy ihrer an, und in der Folge, als sie bereits in Wien am Theater in der Josefstadt und im Theater an der Wien auftrat und sang, auch Hector Berlioz, der einer ihrer glühenden Bewunderer wurde. Sie hatte Können und viel Charisma, war eine Vollblut-Künstlerin und verdiente Bewunderung.

In Wien war sie geboren, nach Wien war sie zurückgekehrt. Hier fühlte sie sich heimisch und wohl, obwohl ihr London zu Füßen gelegen hatte. Ja, in London hatte man sie sogar mit Jenny Lindt verglichen, der „Schwedischen Nachtigall“.

An der Themse hätte sie bleiben können, man hätte sie gern dort behalten. Sie hatte Wien verlassen, um Karriere zu machen. Familienbande reichten bis ins Badische. Henriette Treffz war eine Enkelin jener Mannheimer Buchhändlerstochter Margareta Schwan, in die sich einst Friedrich von Schiller verliebt hatte ...

Margareta Schwan wurde nachgesagt, sie sei ebenso schön wie geistreich gewesen. Beides schien sich auf ihre Enkelin Jetty vererbt zu haben. Jetty war schön, begabt, geistreich – eine vollendete Dame. Sie war für die „große Gesellschaft“ geschaffen, in der sie sich ja auch bewegte, als sie, auf der Höhe ihrer Karriere stehend, vom Theater Abschied nahm.

„Es kann nicht mehr weiter aufwärts gehen, nur noch abwärts“, erkannte sie klaren Blicks. Noch war sie jung und schön und noch immer gut bei Stimme. Aber es war ein kluger Entschluß - denn auch für Jetty Treffz blieben die Jahre nicht stehen.

Der millionenschwere Moritz Ritter von Todesco, der für sich und seinen Bruder Eduard Mitte der sechziger Jahre ein imposantes Stadtpalais in der Kärntnerstraße, direkt gegenüber dem neuen Opernhaus, erbauen ließ, jetzt aber noch auf der Kärntnerstraße nahe dem Stephansplatz wohnte, hatte schon lange der schönen Jetty Gunstbeweise gezollt: Blumen, Einladungen, Soupers, Geschenke, die mit der Zeit immer kostbarer wurden. Nach anfänglichem Zögern hatte sie sich seine Verehrung gefallen lassen. Schließlich machte er ihr begreiflich, daß sie es nicht nötig habe, sich für Gage Abend für Abend dem Publikum zu präsentieren, er wolle sie für sich alleine haben.

Todesco war ein Mann, in dessen prächtigem und gastfreundlichem Salon so ziemlich alles verkehrte, was in der Wiener Gesellschaft Namen und Rang hatte. Jetty wurde Gastgeberin in Todescos prunkvollem Haus, sie wurde seine Lebensgefährtin. Und die Mutter seiner Kinder.

Warum das Paar nicht heiratete, blieb kein Geheimnis. Jetty hätte zur mosaischen Religion übertreten müssen oder der Baron zum Katholizismus. Beide wollten nicht konvertieren. So blieben sie ein Paar ohne Trauschein, und die Gesellschaft akzeptierte mit der Zeit das illegitime Verhältnis, über das anfangs offen die Nase gerümpft worden war.

Immerhin war Jettys ältester Sohn schon im zehnten Lebensjahr, als sich alles änderte. Da trat nämlich der „schöne Jean“ in ihr Leben und war von dieser nunmehr in voller Reife stehenden Frau ebenso fasziniert wie der Baron, dessen Gast er war. Und Jetty hätte nicht Weib sein müssen, wenn es nicht auch bei ihr „gefunkt“ hätte.

Jean und Jetty hatten darüber hinaus eines gemeinsam: sie waren beide Künstlernaturen. Jetty konnte das noch immer nicht verleugnen, sie war nicht nur grande Dame, sondern immer noch voll sprühenden künstlerischen Temperaments, das nach Publikum verlangte. Wenn sie in Todescos Palais vor Gästen sang, dann erwachte in ihr häufig genug wieder die Sehnsucht nach dem Rampenlicht, dessen Zauber sie nun schon lange entbehrte. Theater kannte sie nur noch aus der Perspektive der Loge ihres Lebensgefährten. Da saß sie an seiner Seite, schmuckbehangen und kostbar gekleidet zwar, und beneidete dennoch alle jene auf der Bühne, denen der Beifall des Publikums zuteil wurde. Einst war sie deren Kollegin gewesen, hatte sich wie sie, vom Beifall überschüttet, vor dem Vorhang verneigen dürfen, hatte das Lampenfieber vor jeder Premiere gespürt, die harte Arbeit der Proben kennengelernt, aber auch Triumph genossen. Das war nun vorbei, sie war in einen ruhigen Hafen eingekehrt und mehrfache Mutter geworden. Sie hätte allen Grund gehabt, mit ihrem Schicksal zufrieden zu sein.

Der Baron hatte eines Tages auch Johann Strauß in seinen Salon eingeladen, vielleicht aus echtem Interesse, vielleicht aber auch nur deshalb, um mit einer Berühmtheit mehr zu prunken. Hätte er geahnt, was daraus werden würde, hätte er wohl darauf verzichtet.

Unter den Gästen befand sich auch der damals berühmte französische Geigenvirtuose Henri Vieuxtemps. Todesco bat den Künstler, seinen Gästen doch eine Kostprobe seines Könnens zu gewähren, und lud im gleichen Atemzug Jean ein, den Meister am Flügel zu begleiten.

Da kann man schwer nein sagen, es wäre pure Unhöflichkeit gewesen, zumal Todescos Gäste mit Vorschußapplaus nicht geizten.

So nahm denn Jean mit einem heimlichen Seufzer am Flügel Platz, und der Virtuose ließ sich eine Geige reichen. Beiden war nicht ganz wohl in ihrer Haut, sie hatten nie vorher miteinander gearbeitet, es war quasi ein Balanceakt ohne Netz, noch dazu vor Leuten, die von Musik etwas verstanden.

Einzig und allein Jetty schien zu ahnen, was in den beiden Künstlern vorging, die sich insgeheim als Opfer von Todescos

Geltungssucht sahen. Sie machten gute Miene zu diesem Spiel, und als sie es glücklich hinter sich gebracht hatten, trat Jetty an den Flügel.

„Es war wundervoll“, sagte sie. „Und ich bitte sie um Entschuldigung, ich weiß nicht, wie ich Ihnen danken soll.“

Die beiden konnten sich ihrem Charme nicht entziehen. Und als die Zuhörer nun durch Zurufe baten, Meister Strauß möge doch etwas Eigenes spielen, begann er am Klavier zu improvisieren. „Ihnen zuliebe, Madame“, flüsterte er vielsagend.

Sie dankte ihm mit einem Lächeln.

Als eine Viertelstunde später die Hauskapelle des Barons das weitere Vergnügungsprogramm des geselligen Abends bestritt, lag Jetty in Jeans Armen. Er versuchte etwas, was er bisher noch nie getan hatte: Walzer zu tanzen.

Zu seinem grenzenlosen Entsetzen trat er ihr dabei auf die Füße, beide lachten, er verhedderte sich vollends, gab es schließlich auf, und sie setzten sich nebeneinander hin und tranken auf den Schreck hinauf Champagner.

„Ist es denn die Möglichkeit, Meister?“ fragte sie ungläubig.

„Leider, ich muß es gestehen, und ich hoffe, es ist nicht allzu vielen Leuten aufgefallen: Ich bin Nichttänzer!“

„Johann Strauß ein Nichttänzer?“

Er nickte beschämt. „Ich komme ja gar nicht dazu, selber zu tanzen“, sagte er entschuldigend. „Madame, ich hätte wissen müssen, daß das schiefgehen wird“, klagte er zerknirscht.

Er hatte ganz einfach den Wunsch gehabt, diese schöne Frau im Arm zu halten.

„Niemand kann das glauben“, fuhr er fort, „aber es ist leider so! Ich bin eben ungeschickt. Zum Unterschied von meinem Bruder Edi. Der kann's, und wie! Und auch der Pepi, versteht sich. Aber ich, ausgerechnet ich, muß mit zwei linken Füßen auf die Welt gekommen sein!“

Jetty lachte herzlich, er fiel in ihr Lachen ein, sie wechselten Blicke, erzählten einander aus ihrem Leben. Bald wußte sie mehr über ihn als eine Menge anderer Leute, und doch hatten sie einander eben erst kennengelernt.

Als er Abschied nahm, versprach er Jetty wiederzukommen. Und schon beim nächsten Jour stellte er sich wieder ein. Das verwunderte zunächst noch niemand, auch nicht den Baron. Wer hier einmal zu Gast gewesen war, der kam immer wieder, bei Todesco fühlte man sich wohl, der Baron hielt ein offenes Haus.

Es waren auch wirklich interessante Leute, die hier verkehrten. Da gab es eine ältere Dame, die einmal eine Weltberühmtheit gewesen war: die Tänzerin Fanny Elßler, die in der Seilerstätte wohnte. Sie genoß die Abende bei Todesco. Da war der Dichter Bauernfeld, dessen Dramen man sogar am Burgtheater spielte und den viele für einen zweiten Grillparzer hielten. Und da war der gefürchtete Kritiker Eduard Hanslick. Er schaute manchmal noch am späten Abend vorbei, wenn andere Gäste schon aufbrachen. Er kam dann meist von einem Konzert oder aus der Oper und erzählte den Verbliebenen brühwarm von seinen Eindrücken. Da konnte man gleich bei einem schnell noch genehmigten Glas Wein erfahren, ob man was versäumt hatte.

Nun wurde eben auch Meister Johann Strauß Stammgast in der Kärntnerstraße. Da die Hausfrau - obwohl man es ihr kaum anmerkte - um etliches an Jahren älter sein mußte als der Meister und man obendrein wußte, daß sie und Todesco gemeinsame Kinder hatten, schöpfte anfangs kein Mensch Verdacht.

Aber nur anfangs.

„Er ist ein amüsanter Mensch, dieser Strauß, nicht wahr, meine liebe Jetty?" fragte der Baron eines Tages, nachdem alle Gäste gegangen waren.

Sie hatte sich an diesem Abend besonders um Strauß gekümmert, die zwischen den beiden hin- und hergehende Welle von Sympathie war ihm nicht entgangen, er spürte, daß da etwas im Gange war.

„Ja, das ist er“, bestätigte sie.

„Du unterhältst dich gerne mit ihm, nicht wahr?“

„Du etwa nicht?“

„Eigentlich sagt er mir nicht allzu viel“, meinte er, nicht ohne leise Eifersucht zu empfinden. „Aber er ist ein berühmter Mann, *sehr* berühmt sogar.“

„Und mit Berühmtheiten umgibst du dich gern“, meinte sie nicht ohne Ironie. „Ich war einmal auch eine von deinen Berühmtheiten.“

Er spürte den Stachel in diesen Worten.

„Aber zwischen uns beiden war es doch wohl Liebe“, meinte er. „Und ist es noch immer, hoffe ich.“

„Ja, es war Liebe“, sagte sie eher gleichgültig. „Und die Zeit ist darüber hinweggegangen ...“

Ja, die Zeit änderte vieles. Todesco mußte das in seinem eigenen Haus erfahren. Vor seinen Augen entspann sich, was er anfangs nur für eine Laune seiner kapriziösen Daseinsgefährtin gehalten hatte.

Am liebsten hätte er Strauß das Haus verboten, doch das hätte ja wohl zu einem Skandal geführt. Aber ein Skandal wurde sowieso daraus, als die beiden ihre Gefühle füreinander nicht mehr verbargen. Unter diesen Umständen konnte kein Geheimnis bleiben, was hier vorging. Bald pfiffen es die Spatzen von den Dächern Wiens. Johann Strauß hatte sich verliebt.

„Und dabei“, zog der Tratsch die Runde durch sämtliche Kaffeehäuser Wiens, „ist sie doch die Geliebte von diesem Todesco!“

„Was heißt Geliebte? Einen Haufen Kinder soll sie von ihm haben!“

„Und sie ist auch um sieben Jahre älter als der Strauß!“

„Nicht möglich! Sieben Jahre?“

Der Tratsch blieb nicht auf die oberen Gesellschaftsschichten beschränkt. Selbst in den „Beiseln“, den kleinen Vorstadtgaststätten, sprach man davon.

Als es so weit gekommen war, wurde Todesco klar, daß es nötig wurde, Konsequenzen zu ziehen. Er sah sich lächerlich gemacht, Jetty hatte ihm in aller Öffentlichkeit Hörner aufgesetzt.

Was blieb einem Mann in seiner Position anderes übrig, als sich mit dem Gegner zu duellieren? Todesco kannte in diesem Punkt keine Bedenken bezüglich des Standesunterschiedes. Aber vorher mußte er noch mit Jetty ein ernstes Wort reden.

Doch sie kam ihm zuvor.

„Du willst eine Aussprache haben", sagte sie eines Nachmittags zu ihm. „Ich weiß, ich bin es dir schuldig. Nun, ich will nicht damit hinterm Berg halten, du sollst die volle Wahrheit wissen. Johann Strauß und ich, wir lieben uns."

„Jetty!" entfuhr es ihm. „Jetty, überlege, was du sagst. Deine Worte können dein ganzes Leben verändern!"

„Das sollen sie auch", erklärte sie mit Bestimmtheit. „Es ist uns beiden, Jean und mir, ernster, als du denkst. Das ist keine Liebelei, kein oberflächliches Spiel, das ist mehr. Herr Strauß hat gestern abend um meine Hand angehalten."

„Wie –?" staunte der Baron fassungslos.

„Er will mich heiraten", ergänzte sie. „Etwas, was du ja nie wolltest. Und ich habe ja gesagt. Ich will nicht mehr deine Geliebte bleiben. Ich werde Frau Strauß sein."

Er fiel aus allen Wolken. Sie hatte sich wohl all die Jahre nach einer Legalisierung ihrer Beziehung gesehnt. Er aber war stets der Meinung gewesen, es sei ohnedies alles zwischen ihnen in bester Ordnung.

Tausend Gedanken gingen ihm in diesem Augenblick durch den Kopf. Schließlich faßte er sie alle in einem einzigen Wort zusammen.

„Verzeih."

Sie nickte bloß.

Seine so festgefügt scheinende Welt wankte unter seinen Füßen. Schließlich aber ermannte er sich. Er wollte sich wenigstens jetzt als ein Gentleman erweisen.

„Gut“, sagte er und nickte. „Ich weiß nicht, ob richtig ist, was du tust. Ich jedenfalls lege euch beiden nichts in den Weg. Werdet, wenn ihr es könnt, glücklich. Aber eines sollst du wissen, Jetty: Ich liebe dich noch immer. Mein Haus wird dir stets offenstehen, und niemals wird dir meine Hilfe verweigert werden, wenn du sie brauchst!“

11. Heimliche Hochzeit

Carl Haslinger kam ganz außer Atem auf dem Stephansplatz an. Er war die wenigen Schritte von seinem Gewölbe am Graben bis hierher fast gerannt. An seinen gestreiften Hosen rauchten noch die frisch gebügelten Falten. Der weiße Kragen, der Schlips wollten nicht richtig sitzen. Alles an dem rundlichen kleinen Mann, der sich auch äußerlich zu einem rechten Ebenbild seines Vaters entwickelt hatte, wirkte an diesem Morgen irgendwie improvisiert.

In seinen Händen hielt er das Telegramm. Vor dem Dom blieb er schnaufend stehen und überflog noch einmal den Text, als wolle er sich noch ein letztes Mal davon überzeugen, daß es mit dem Inhalt auch seine Richtigkeit habe.

Halblaut las er ihn sich selbst vor, mit einem Gemisch aus Ärger, Lachlust und Bestürzung:

Willst Du Notentandler um sieben Uhr früh in St. Stephan mein Beistand sein?

Jean

Der „Notentandler" wollte natürlich. Aber um sieben Uhr früh? Kein vernünftiger Mensch heiratete um diese Stunde!

Carl Haslinger blickte sich um. Der Platz vor der Domkirche war fast menschenleer. Keine Wagenauffahrt, keine Journalisten – und dabei wäre doch gerade diese Hochzeit ein Fressen für die Leute gewesen!

„Niemand da, kein Mensch außer mir!" stellte Haslinger fest. „Ob er mich etwa zum Narren gehalten hat, der Jean? Das würd' ich ihm aber heimzahlen, mich aus Jux zu mitternächtlicher Stund' aus den Federn zu holen!"

Kaum konnte er ein Gähnen unterdrücken. Ihm war nach weichen Daunen zumute und sonst nach gar nichts!

Drüben vor dem Portal stand einsam ein bescheidener Fiaker.

„Wenn ich nicht als alter Wiener genau wüßte, daß das hier die Stephanskirche ist, würd' ich meinen, ich wär' zur falschen

Hochzeit unterwegs", brummte Haslinger. Aber halt, dort stand ja wahrhaftig der Edi. Also war es wahr, ein Irrtum nicht mehr möglich.

Der fesche Edi stand tatsächlich vor dem Eingang, wo er, von drinnen kommend, aufgetaucht war, und schaute sich nach allen Seiten suchend um.

Haslinger nahm einen neuen Anlauf, stolperte weiter und rief außer Atem: „Servus, Edi! Soll das ein Witz sein vom Jean, oder meint er's wahrhaftig ernst?"

Der Edi grinste flüchtig und unterdrückte ebenfalls ein Gähnen. „Witz ist gut", brummte er. „Blutiger Ernst ist das, nix wie blutiger Ernst."

„Ja, ja", seufzte Haslinger. „Ich seh' mich schon am Hochaltar stehen und hör' schon den Chor ‚Nun ist das Lamm geschlachtet' singen ..."

„Mit'm Chor ist es nix, und deinen Bratenfrack hättest dir sparen können", ginste der Edi. „Wir sind alle ganz g'wöhnlich im Straßeng'wand. Auch Braut und Bräutigam. Und mach den Mund zu, Haslinger, es is' auch nix mit'm Hochaltar. Die zwei heiraten ganz bescheiden und still in einer Seitenkapell'n."

Da ging dem Haslinger endlich ein Licht auf.

„Nein so was, der Jean! Der hat offenbar ganz Wien reinlegen wollen. Eine lange Nasen dreht er den Adabeis und den Herren von der Presse. Stimmt's?"

Plötzlich wurde Edi gesprächig.

„Ich denk', es hat in der letzten Zeit genug Gerede gegeben. Und die Jetty hätt' sich ja lächerlich g'macht, wenn sie in Weiß hätt' vor den Altar treten wollen. Da hätten sich die Leut erst recht das Maul zerrissen: Die ‚junge Braut' mit ihrem Kindersegen! Bei jeder Kranzeljungfer hätten's hämisch g'fragt: Ist das vielleicht eine Tochter von ihr? Am allerliebsten hätten's womöglich gar den Baron Todesco als Trauzeugen g'sehn ..."

„Wie die Wiener halt eben sind", pflichtete ihm Haslinger bei und ließ sich vom Edi ins Kirchenschiff schieben. Trotzdem machte er unwillkürlich eine enttäuschte Miene, als er in das kühle Halbdunkel gelangte, in dem nichts zu hören war als das leise Knistern brennender Kerzen vor einem Marienaltar.

„Wer ist aber nun wirklich der Trauzeuge von ihr?“ fragte er schließlich gespannt.

„Von der Jetty? Der Primar Scholz“, bekam er zur Antwort.

„Nicht einmal von einem Aufgebot hat man was g’hört oder g’lesen“, brummelte Haslinger.

Der Edi erklärte ihm diesen Mangel mit einem einzigen geflüsterten Wort: „Dispens ...!“

Und dann sah er sie endlich, die kleine Gesellschaft, die sich hier zu dem feierlichen Akt zusammengefunden hatte: die Strauß-Mutter mit ihren drei Buben, von denen einer mehr strahlte als die wenigen Kerzen auf dem Seitenaltar. Und da auch noch der Primararzt Dr. Scholz als Beistand der Braut – und die Braut selber.

Da kam auch schon Jean auf ihn zu, begrüßte ihn erfreut, drückte ihm glücklich die Hand.

„Dank’ dir schön, Karl. Bist ja doch ein rechter Freund ...!“

„... und ein Notentandler“, ergänzte der Haslinger halb gerührt, halb gekränkt. Und hatte auf einmal nur noch Augen für die Braut.

Da stand Jetty, anmutig und so schön, wie eine Frau von vierundvierzig Jahren nicht mehr sein dürfte. Mit ihrem einfachen Brautbukett im Arm und in ihrem schlichten Straßenkleid wirkte sie dennoch festlich und feierlich, und wenn man den Bräutigam anschaute, war gar nicht zu merken, daß sie älter war als er.

Das Glück muß sie verjüngt haben, dachte Haslinger und verbeugte sich und küßte der Braut die Hand.

Und dann erschein auch schon der Priester, um die Trauung vorzunehmen.

Jetty schritt an der Seite ihres Beistands vor den Altar, mit hocherhobenem Haupt, als trüge sie Brautkrone und Schleier.

Haslinger bekam plötzlich ein merkwürdiges Würgen im Hals und blickte, als erwarte er Hilfe von dort, die Strauß-Mutter an, die hinter ihm stehengeblieben war, während er mit Jean nach vorne schritt.

Es trennten sie nur wenige Schritte von ihm. Und mit Staunen gewahrte er ein eigentümliches, kaltes Flimmern in ihrem Blick. Sie war eine tapfere Frau, die von ganz Wien verehrt wurde. Doch das Flimmern, was hatte das wohl zu bedeuten?

Es konnte vom Kerzenschimmer kommen. Anna Strauß konnte doch wohl keine Feindschaft gegen die Frau empfinden, die ihr Sohn sich erwählt hatte. Da sie ihn über alles liebte, konnte sie doch nichts anderes wünschen als sein Glück!

Aber wußte sie auch, daß diese Heirat für Jean das Glück seines Lebens war?

Anna Strauß, geborene Streim, Gastwirtstochter aus dem Lichtental, war rechtschaffen und einfach ihrem Charakter und Wesen nach. Ihre häusliche, aufs Praktische ausgerichtete kleine Welt war nicht die Welt von Jetty Treffz. Sie war in ihrer einfachen kleinen Welt mit den Jahren und dem Erfolg ihrer Söhne weit über sich hinausgewachsen. War sie weise genug, zu erkennen, daß Jean gleichsam nach den Sternen griff, als er Jetty um ihr Jawort bat? Welche Mutter wäre wohl imstande gewesen, anzuerkennen, daß die Frau, die ihr Sohn liebte, ihm in manchem überlegen war? Noch dazu die Mutter eines Johann Strauß, vor dessen Genie eine Welt zu Füßen lag?

Konnte sie in diesem Augenblick vergessen, daß Jetty jenseits der Vierzig und die Geliebte eines Mannes von Stand gewesen war, von dem sie Kinder hatte - uneheliche Kinder, denn anders hätte sie sie wohl ja nicht bezeichnen mögen?

Natürlich wußte sie mehr über Jetty. Es war ihr nicht unbekannt, daß diese berühmt gewesen war, eine gefeierte Sängerin mit einem dementsprechenden Verehrerflor. Womöglich hatte sie schon immer einen leichten Lebenswandel geführt. Die „deutsche Nachtigall“, wie die Presse sie genannt hatte, war vielleicht allzugern schwach geworden gegenüber stürmisch bezeugter Kunstverehrung. Und den Herrn von Todesco? Diesen alten Esel hatte sie vermutlich nur ausgenutzt. War man erst über die Jahre der Jugend hinaus, brauchte man schließlich ein sicheres Dach über dem Kopf und einen reichen ständigen Freund ...

Aber hatte sie nicht alles das aufgegeben für Jean? Hatte sie ihn nicht aufgegeben, den sicheren Hafen, Schmuck und Geld, ja womöglich die Aussicht auf eine Millionenerbschaft?

„Ja ...!"

Und noch einmal: „Ja!"

So hallte es aus Jettys und Jeans Mund durch den Dom.

Als der Priester dem Paar seinen Segen erteilte, erwachte die Strauß-Mutter wie aus einer Art Betäubung. Und sie wußte: nun würde es eine zweite Frau in der Strauß-Familie geben, denn die von Josef zählte wohl nicht. Sie hatte ihren eigenen Haushalt, in dem sie mit Pepi lebte.

Jean aber nahm seine Jetty mit in die alte Wohnung in der Taborstraße. Und Jetty war eine Frau, mit der man würde rechnen müssen.

Die Trauungszeremonie war zu Ende. Jean hatte es plötzlich eilig. Womöglich kamen ein paar unerwartete Kirchenbesucher, die auf die Frühmesse warteten, dahinter, wer hier geheiratet hatte!

Jetty aber nahm mit stillem Lächeln die Glückwünsche entgegen, drückte versonnen einige wenige Hände. Hatte sie sich als junges, hoffnungsvolles Mädchen so ihre Hochzeit vorgestellt?

„Dank' euch schön, dank' euch allen zusammen!"

Jean sagte es viel zu laut und jedenfalls zu hastig. Er schob die kleine Schar förmlich nach draußen.

„Wohin geht's jetzt?" fragte Haslinger, den sein Magen daran erinnerte, daß er noch gar nicht zum Frückstücken gekommen war.

„Zu uns natürlich", erklärte die Strauß-Mutter. „Der Edi hat schon alles organisiert. Daheim ist daheim – ein Restaurant brauchen wir net!"

So ging es denn unter Peitschengeknall mit drei Gespannen

über die Brücke in die Leopoldstadt hinüber, ins Hirschenhaus. Dort gingen Herrn Haslinger förmlich die Augen über. Denn die gute Waber-Tant', eines der besten Stücke in der Strauß-Familie, und die Strauß-Mutter selbst hatten für eine Tafel gesorgt, die sich buchstäblich bog.

„So eine Hochzeit ist halt etwas Schönes", taute Haslinger nun endgültig auf und ließ sich hocherfreut nieder.

„Gar zu oft werd' ich dir aber die Freud' nicht machen", versicherte Jean lachend mit einem Seitenblick auf Jetty.

„Das wär' ein wahres Glück, Herr Kompositeur. So ein Notentandler wie ich hat's nämlich gar net gern, wenn ihn die Post um fünf in der Herrgottsfrüh aus den Federn läut'!"

Er und Doktor Schober gingen nach einer knappen Stunde. Die Strauß-Mutter und die Waber-Tant' begannen geschäftig abzutragen. Das Haus wurde zur Muschel, die eine Familie umschloß. Nun gehört ein glitzernder Fremdkörper, einer Perle gleich, mit dazu: Jetty ...

Irgendwie standen sie alle ein bißchen verlegen herum, die Braut, der Bräutigam, die Brüder, die Schwägerin. Jetty lächelte tapfer, sie war es von der Bühne her gewohnt, angestarrt zu werden. Doch hier und heute war das etwas anderes.

Schließlich brach Edi das Eis. „Jetzt wär' ich gern ein Mäuserl im Haslinger-Gewölb'. Die G'sichter von den Leuten möcht' ich gern sehen, denen der Haslinger jetzt brühwarm die Neuigkeit erzählt!"

Da lachten sie alle. Doch Jetty meinte: „Wozu steh' ich hier? Hab' ich nicht jetzt Pflichten?"

Entschlossen schob sie sich eine fürwitzige Haarsträhne aus der Stirn und huschte anmutig nach nebenan in die Küche. Als sie durch die sauber in Weiß lackierte Tür nach nebenan in die kleine Küche lief, wo es Regale, blankpolierte Pfannen und einen Herd aus den Tagen des Biedermeier gab, wirkte sie, ohne es zu wollen, wie eine Fehlbesetzung in einem bürgerlichen Vorstadtlustspiel.

Nun stand sie in der Strauß-Mutter ureigenstem Reich.

Deren Herrschaft hatte in diesen vier Wänden die Regentschaft von Kaiser Franz und Kaiser Ferdinand überdauert, und Franz Joseph, der nun in Schönbrunn residierte, war auch kein Jüngling mehr.

Dem silberweißen Haar der Strauß-Mutter entströmte ein zarter Lavendelduft, und die Brosche aus alten Tagen, die über der weißen Schürze an ihrem Kleid glitzerte, hatte schon den Glanz der Bälle im „Odeon" gesehen, von dem kein Stein mehr stand.

Plötzlich fühlte Jetty ein Würgen in der Kehle aufsteigen. „Mutter", preßte sie hervor und lag im nächsten Augenblick an deren Wange.

Die Tränen quollen unaufhaltsam, Jetty schämte sich ihrer nicht, und sie empfand es als eine Wohltat und Erlösung, als sie plötzlich spürte, wie die Hand der Strauß-Mutter scheu, als berühre sie zerbrechliches Gut, über ihr Haar strich.

„Jetty", vernahm sie ihre Stimme, „nun hast du die Verantwortung für meinen Jean. Du hast sehr viel Macht über ihn, ich weiß es. Vielleicht glaubst du, ich bin eine dumme, alte Frau ..."

„O nein", versicherte Jetty unter Tränen, „ich ..."

„Jetty – ich habe zumindest die Erfahrung des Alters, und ich kenne meinen Sohn, der so viel von seinem Vater hat, nicht nur sein musikalisches Talent. Diesen seinen Vater habe ich nicht zu halten vermocht. Du mußt es besser machen als ich."

Sie standen so nah aneinander, daß jede vermeinte, den pochenden Herzschlag der anderen zu verspüren.

„Mein Leben an der Seite von Jeans Vater war nicht leicht", erinnerte sich die Strauß-Mutter. „Nie war mein Schani daheim, nie war er für seine Familie da. Im Grunde war ich schon froh, wenn er überhaupt in Wien war und ich gewußt hab': heute nacht spielt er beim ‚Dommayer', und morgen im ‚Odeon' oder ‚Tivoli'. Wenn er dann am frühen Morgen übernächtig heimgekommen ist, hab' ich von ihm oft nichts gehört als nachher sein Schnarchen. Das war die Musi', die er für mich übrigg'lassen hat. Aber ich hab' gewußt, was für einen Mann ich geheiratet hab'. Und auch, was für ein Talent ihm der Herrgott gegeben hat."

Plötzlich überkam die Strauß-Mutter das Schluchzen.

„Ich hab' alles auf mich g'nommen, deswegen", fuhr sie fort. „Dieses Talent war sein Segen und sein Fluch, er hat net aus seiner Haut können. Und ich hab' ja begriffen, weshalb er net haben wollte, daß auch der Jean Geige spielen lernt und daß er ein Musiker wird. Aber, Jetty, was hätt' ich als seine Mutter denn tun sollen? Wenn's nun einmal dring'steckt ist in ihm wie eine Krankheit - genauso wie in seinem Vater?!"

„Mama", versuchte Jetty ihre Schwiegermutter nach diesem Geständnis ihrer enttäuschten Liebe zu trösten, „Mama, auch ein Johann Strauß ist nur ein Mann!"

Aber die Strauß-Mutter schüttelte heftig den Kopf. „Da irrst du dich, Jetty", erklärte sie. „Ein Strauß ist nicht einfach ein Mann, der ist eine Institution. Wie viele Madeln haben mich beneidet um ihn! Auf dem Markt, bei den Standeln haben's getuschelt: Da schau her, das ist die Frau vom Johann Strauß! Die hat's gut, hat einen Mann, der viel Geld verdient und stets lustig ist! - Ach, Jetty, lustig war der Schani oft nur auf'm Podium, und das Geld war alleweil gleich wieder weg. Aber die Brust hat er voller Orden g'habt! Dabei hat's dem Herrn Hofballdirektor mitunter net vorn und hinten gelangt für ein neues G'wand. - Ja, wie so eine Berühmtheit aus der Näh' ausschaut, weiß nur, wer mit ihr verheirat' ist ..."

Und Jetty stand erst am Anfang ihrer Ehe.

Dritter Teil

1. Ein neues Leben

Die Tür ging auf und die drei Strauß-Brüder traten ein. Sahen die Waber-Tant', die Mutter und Jetty beisammenstehen. Als die drei eintraten, wandten sich die Frauen wie ertappte Sünderinnen um.

„Was wird da getuschelt?“ fragte Jean mißtrauisch.

„Nichts, was dich etwas anginge, mein Göttergatte“, antwortete Jetty schnippisch.

„Na“, brummte der schöne Edi und machte seine „Erfahrungen“ geltend, „wenn Frauen so beisammen stehen wie ihr drei, dann müssen wir Männer auf der Hut sein.“

„Das hat immer unser Vater g'sagt“, nickte Jean.

„Und der mußt' es ja wissen“, meinte die Waber-Tant' voll Ironie, biß sich aber gleich darauf auf die Lippen. Sie hatte ja der Schwester nicht weh tun wollen mit ihrer dummen Bemerkung.

„Wir haben nur g'rad über den Jean geredet“, gab die Strauß-Mutter zu. „Daß sich der Jean jetzt wird ein bißl anstrengen müssen.“

„Anstrengen? – Ah, da schau her“, staunte Jean, ohne recht zu begreifen, aber seine Augen blitzten wie feurige Kohlen.

„Na ja, Bruderherz“, klopfte Edi seinem Bruder mitleidsvoll auf die Schulter, „jetzt ist's halt vorbei mit dem Flanieren, das wird's sein, was man hier meint.“

Und der Josef nickte verstehend und lächelte fein. „Die Jetty wird ihn schon zurechtbiegen, unseren Jean!“

Nun glaubte auch der Jean den Zweck dieser geheimen Damen-Konferenz zu erkennen. „Ich glaub' gar, da ist gegen mich eine Verschwörung im Gang“, fuhr er auf.

Jetty aber lachte ihn liebevoll an. „Ja“, gab sie zu, „so etwas Ähnliches – aber eine Verschwörung zu deinem Besten!“

„Zu *eurem* Besten“, ergänzte die Strauß-Mutter, und auch ihr Blick ruhte voll Zärtlichkeit auf ihrem Sohn.

Doch der war noch immer aufgebracht. „Da hört sich doch

alles auf – eine Verschwörung! Ist euch vielleicht etwas an mir nicht recht?"

Da fiel ihm Jetty um den Hals und küßte ihn. „Ach, Jean", lachte sie, „an dir ist mir doch alles recht!"

„Das will ich auch hoffen", brummelte er, wieder versöhnt.

Die Waber-Tant' aber gab ihrer Schwester einen heimlichen Stoß. Die Gelegenheit schien ihr günstig.

„Kommt mit nach nebenan", sagte daraufhin die Mutter. „Setzt euch ein bißl ins Zimmer, ihr beiden. Ich hab' was für euch, das will ich euch geben."

„Das klingt ja richtig geheimnisvoll", fand Jean.

„Wirst schon sehen", versetzte die Waber-Tant' vieldeutig, aber es war ihr dabei anzumerken, daß sie sich riesig freute.

„Gleich, gleich! Jean und Jetty, geht ins Wohnzimmer und setzt euch schon an den Tisch. Ich muß nur ein bißl kramen, aber ich hab's gleich!" vertröstete die Strauß-Mutter den neugierigen Sohn.

„Na, und wir zwei?" fragte der neugierige Edi und deutete auf Josef und sich. „Wir zwei haben dabei nix verloren? Dann gehen wir halt."

„Ihr könnt ruhig dabeisein", sagte die Waber-Tant', nachdem die Strauß-Mutter nebenan im Kabinett verschwunden war.

Während sich die kleine Gesellschaft in das „schöne Zimmer" begab und sich dort an den Tisch setzte, an dem meist wichtige Besprechungen – auch mit Mitgliedern der Musikkapelle – stattzufinden pflegten, konnte man durch die offene Türe hören, wie die Strauß-Mutter bereits in den schier unergründlichen Tiefen einer ihrer vielen Schubladen kramte. Jean hielt Jettys Hand. Hier gab es etwas, was sie gemeinsam betraf – zum erstenmal in ihrer jungen Ehe.

Nun hatte die Strauß-Mutter offenbar gefunden, was sie suchte. Es war wohl sehr gut versteckt gewesen. Als sie mit geheimnisvoller Miene ins Zimmer trat, hatte sie eine kleine Schatulle in den Händen. Jean, der schon danach greifen wollte, zog im letzten Moment seine Hand zurück.

Die Mutter öffnete wortlos den Deckel. Jetty warf einen vorsichtigen Blick auf den Inhalt und traute ihren Augen nicht. Die Strauß-Mutter entnahm der Schatulle ein Bündel Banknoten.

„Es sind sechzigtausend Gulden", erklärte sie. „Die Mitgift von meinem Jean."

„... und unser Hochzeitsgeschenk", fügte die Waber-Tant' ergänzend hinzu.

Jean und Jetty waren sprachlos. Die beiden Brüder blieben ehrfürchtig still. Einen solchen Haufen Geld hatten sie noch nie gesehen, am allerwenigsten in diesem Haus.

Endlich rang sich Jean zu der Frage durch: „Mama, wo um alles in der Welt hast du das viele Geld bloß her?"

„G'stohlen haben wir's nicht, die Waber-Tant' und ich", war die Antwort.

Die Waber-Tant' hatte seit langem auf diesen Moment gewartet. Jetzt mußte auch sie sich setzen. Jeans Miene war allzu köstlich, die Tränen traten ihr in die alten Augen vor Vergnügen.

„Seht nur, wie er dreinschaut, der Jean", lachte sie. „Ja, das kommt davon, wenn man einen Geizkragen zur Tante hat!"

Jetty blickte verständnislos von einem zum anderen. Jean aber ging ein Licht auf.

„Wollt ihr etwa damit sagen, daß ...?"

„Das und nix anderes, Lausbub", versetzte die Strauß-Mutter, nun gleichfalls lachend.

Und jetzt wußten auch Edi und Josef, was los war.

„Das ist dem Jean sein eigenes Geld!" rief Edi als erster.

„Genau so ist's", erklärte die Waber-Tant' verschmitzt, richtete sich wieder zur vollen Höhe auf und stemmte resolut die Hände in die Hüften. „Das ist Geld, das sich bestimmt verleppert hätt', wenn ich nicht g'wesen wär'. Ich hab' zu meiner Schwester g'sagt: Anna, sei g'scheit, streich' von jeder Gage was ein und leg's zur Seite. Der Tag wird kommen, an dem der Jean es brauchen kann."

Jetzt konnte er nicht anders, er wollte der Mutter und deren

Schwester gerührt die Hände küssen. Aber die beiden konnten das nicht leiden. Die Strauß-Mutter schob das Geld zu einem Bündel zusammen, tat dieses wieder in die Schatulle zurück und drückte diese Jetty in die Hand.

Die beiden Frauen wechselten einen Blick des Einverständnisses, und Jetty verstand den Auftrag, der ihr zuteil geworden war. Nun war *sie* Jeans Sachwalterin, mit allen Rechten und Pflichten. Und die Strauß-Mutter las in Jettys Augen ein stilles Versprechen.

„So, das ist jetzt erledigt", sagte Anna Strauß aufatmend. „Ich bin froh darüber. Ja – ich bin eigentlich überhaupt recht froh!"

Jettys Verhalten hatte sie beruhigt und für die neue Schwiegertochter eingenommen, nun war sie mit Jeans Schritt einigermaßen versöhnt.

Nur Jean schüttelte leise den Kopf und schien ein Haar in der Suppe gefunden zu haben. „Oft war's so knapp, und ich hab' geglaubt, es ist kein Kreuzer mehr im Haus. Und in Wahrheit ..."

„Dir ist auch gar nix recht", stellte Edi fest. „Bist vielleicht gar bös' darüber? Jetzt hast eine fesche Frau und einen Batzen Geld. Bruder, du bist der reichste von uns allen!"

„Ja, wirklich, der Edi hat recht", pflichtete Josef bei. Seine zartbesaitete Seele empfand Jeans Glück fast wie ein eigenes.

„Wirst sehen, Pepi", scherzte Eduard, „bald sind wir dem Jean gar net mehr fein genug. Nächstens wird er uns auf der Straße gar nimmer grüßen!"

„Du bist wohl net g'scheit?" fuhr Jean seinen jüngsten Bruder an. Es klang, als würde er sich wirklich über Edi ärgern. Dann aber lachte er, als er Edis betretene Miene sah. Er faßte Jetty um die Taille und rief: „Er hat recht, der Edi! Ich hab's geschafft! Und ich hab' vor allem Jetty! Und was das Geld anbelangt, so ist's wohl bei ihr in guten Händen. Ein Glück nur, daß der Haslinger davon nix weiß."

„Der Haslinger?" fragte Pepi naiv. „Warum?"

Edi klärte Pepi sogleich auf: „Weil der Notentandler ihm dann gleich für den nächsten Walzer weniger auszahlen tät'!"

Nun konnte Jean daran denken, einen eigenen Hausstand zu gründen. In dem lieben alten Hirschenhaus konnten Mutter und Eduard, der Jüngste, verbleiben, für Jetty und sich aber mußte eine andere Bleibe gefunden werden. Eine, die Jettys würdig war, eine auch, mit der Jean selbst repräsentieren, um nicht zu sagen: renommieren konnte. Wenn ihm auch der Titel „Hofball-Musikdirektor" vorerst noch vorenthalten wurde – und unter diesen Umständen an Adel gar nicht zu denken war –, so war er doch immerhin eine Weltberühmtheit.

Wer Geld hatte und Renommee suchte, der ließ sich in der Umgebung des Kaisers nieder. Er dokumentierte damit auch zugleich nicht nur seine Sympathie zum Hof, sondern vor allem, daß er bei Hof aus und ein ging und infolgedessen schon aus praktischen Gründen in der Nähe der Hofburg oder des Schlosses Schönbrunn wohnen mußte.

„Eine schöne Villa in Hietzing müßt' man kaufen oder selbst bauen lassen", meinte er zu Jetty.

„Du willst wohl die Sechzigtausend gleich wieder loswerden?" wehrte sie ab. „Deine Mutter hat recht, Jean, und auch deine Tante. Du verstehst es nicht, deinen Reichtum zusammenzuhalten. Aber die Mutter hat mir das Geld anvertraut, und so leicht geb' ich nichts davon aus!"

„Aber Jetty, wir brauchen doch ein anständiges Nest für uns zwei!"

Ein Nest für sie beide, das war freilich eine Verlockung. Und sie sagte sich ja selber, daß es auf die Dauer nicht gutgehen konnte, wenn sie hier im Hirschenhaus blieben.

Eine neue Ära im Leben von Meister Strauß – und als sichtbares Zeichen dafür die neue, eigene Häuslichkeit!

In Ahnlehung an die übliche Praxis der gehobenen bürgerlichen Kreise entschied man sich für zwei Domizile, eines in der Stadt, das andere in der Vorstadt. In der Praterstraße Nr. 54 bezog man eine Stadtwohnung.

Nicht weit entfernt von jener Stätte, in der Jean seine Laufbahn begonnen hatte, dem Kasino Dommayer, und in Sichtweite des Schönbrunner Schloßparks, stand eine Villa, die ihm und Henriette gefiel. Die Verkaufsverhandlungen wurden abgeschlossen, der Umzug fand statt. Hier wollte Jean nun fortan leben und schaffen.

„Du solltest dich aufs Komponieren konzentrieren“, riet ihm Jetty. „Den täglichen Kleinkram und vor allem das ewige Dirigieren solltest du bis auf wenige Ausnahmen deinen Brüdern überlassen. Du brauchst Zeit, die du dem Schöpferischen widmen kannst.“

Das war ein Ratschlag, den Jean befolgte. Sein bisher so rastlos gewesenes Dasein mündete nun an Jettys Seite in ein geruhsameres Leben in geborgener Häuslichkeit. Ab 1864 dirigierte Jean nur noch selten und nur zu besonderen Anlässen. Während Pepi und Edi die beiden Strauß-Kapellen - offiziell war es eine einzige - bei Bällen und Konzerten dirigierten, zog sich Jean in seine vier Wände zurück und komponierte.

Vielleicht weil man in der Hofburg jetzt andere Sorgen hatte, aber vielleicht auch, weil man von seiner Loyalität überzeugt war, hatte Jean endlich mit seinem dritten Gesuch um die Verleihung des Titels „Hofball-Musikdirektor“ Glück.

„Siehst es, Jetty, das kommt daher, daß wir jetzt Seiner Majestät Nachbarn sind“, spöttelte er.

Und Jean legte besonderen Ehrgeiz in seine Arbeit. Was er schrieb, gewann mehr und mehr an Niveau. Seine Walzer wurden zum reinen Hörgenuß, zu schade fast, um getanzt zu werden. Als Dirigent rückte Edi hingegen immer mehr in den Vordergrund. Josef war weit weniger robust als seine beiden Brüder und zeigte sich den Anstrengungen der Konzertarbeit nicht im gleiche Maße gewachsen wie Eduard. Doch da Jean ausfiel, gab es auch für ihn manchmal keine Schonung, und Pepi kehrte häufig völlig erschöpft und ausgepumpt heim, wo ihn seine Frau umsorgte, während sie zugleich um seine Gesundheit zu fürchten begann.

„Du mußt mehr auf dich schauen, Pepi. Jean spielt jetzt den feinen Herren.“

„Er ist der begabteste, und wir brauchen seine Musik. Er komponiert bis spät in der Nacht, schafft auf seine Weise."

„Und du! Komponierst du nicht auch wunderschön? Du solltest das nicht vernachlässigen. Ehrlich, mir g'fallen deine Sachen besser als seine."

Da lachte er und küßte sie. „Weil du meine Frau bist, gefallen's dir so gut", meinte er. „Frag die Jetty. Die schwört sicher mehr auf die Walzer vom Jean."

Das war zu vermuten. Doch Jetty wollte mit ihrem Jean höher hinaus, sie war schließlich Bühnenkünstlerin gewesen. Wien war nicht nur eine tanzende Stadt. Wien war auch eine Theater-Metropole! Da waren unter anderen das traditions- und ruhmreiche „Theater an der Wien", das „Carl-Theater" in der Leopoldstadt, das Stadttheater, das Fürst-Theater im Prater. An allen diesen Häusern wurde auch Operette gespielt, von denen viele aus Paris kamen und von Offenbach stammten. Aber auch Franz von Suppé und später Carl Millöcker hatten Premieren und Serienaufführungen und verdienten Erfolg damit. Warum eigentlich hatte Jean noch nie versucht, eine Operette zu schreiben? Die Wiener gingen gern ins Theater. Das Theater ließ sie manches vergessen, etwa die Niederlagen Österreichs 1859 bei Solferino und – gegen die Preußen-Armee – 1866 bei Königgrätz. 1859 und 1866 – das waren schwarze Jahre in Österreichs Geschichte und schwarze Jahre auch für das Kaiserhaus. 1864 hatte Österreich noch an Preußens Seite in Schleswig-Holstein gekämpft, um den Dänen die beiden Herzogtümer abzujagen. Als Mitglied des Deutschen Bundes war es zur Teilnahme an diesem Krieg verpflichtet. Die Österreicher erfochten den Sieg, doch Preußen fürchtete Österreichs Vorherrschaft und verbündete sich mit Italien, das eine Vereinigung aller seiner Gebiete auch mit jenen, die österreichische Provinzen waren, erreichen wollte. Preußen besetzte das unter österreichischer Verwaltung stehende Holstein, und während die Italiener Österreich von Süden her angriffen, marschierten auch die Preußen im Norden los.

Bei Custoza besiegte das österreichische Heer die Italiener, und General Tegetthoff erfocht einen glänzenden Seesieg bei Lissa; doch gegen die Preußen ging der Kampf bei Königgrätz verloren, und dort fiel die Entscheidung. Der 3. Juli 1866 war der schwarze Tag für General Benedek; die veralteten österreichischen Gewehre vermochten gegen die Feuerkraft der Zündnadelgewehre der Preußen nichts auszurichten. Der Krieg ging aus Geldmangel beim Heeresbudget verloren.

Diese Sparsamkeit kostete Österreich Venetien und Schleswig-Holstein, und von nun an hatten nur die Hohenzollern im Deutschen Bund das Sagen. Österreich trat aus dem Bund aus.

Aber die Wiener wollten vergessen; sie tanzten und gingen ins Theater. 1859 war in Solferino viel Blut geflossen, die ganze Lombardei war verlorengegangen. Über die blutgetränkten Schlachtfelder schreitend, hatte damals der Schweizer Henri Dunant den Entschluß gefaßt, eine Organisation zu gründen, die dem Elend der Verletzten von Kriegen und dem Schicksal der Gefangenen eine wirksame Hilfe werden könne. So entstand das „Rote Kreuz". Doch dem in schweren Stürmen schwankenden Schiff der Monarchie konnte es keine Hilfe bringen. Auch in Ungarn regte sich der Nationalismus wieder, und Sisi war es, die dem bedrängten Kaiser in den Ohren lag, doch mit den Ungarn einen Ausgleichs-Vertrag abzuschließen.

Ungeachtet dieses Niedergangs des Reiches strebte Jean neuen Höhepunkten seiner Karriere zu.

2. Unruhige Zeiten

Nun war Österreich-Ungarn eine k. u. k. Monarchie, war „kaiserlich und königlich", letzteres auf Ungarn und Österreich bezogen. Im Prinzip bestand die „Doppelmonarchie" nun aus *zwei* selbständigen Staaten, die in der Außenpolitik, der Finanz- und der Armeeverwaltung, aber auch durch die Person des Herrschers miteinander verbunden waren. Was natürlich in Prag Proteste auslöste. Es hätte nach Ansicht der Slawenvölker deren Zurücksetzung den Ungarn gegenüber nicht geben dürfen.

Jean war zweiundvierzig Jahre alt, Jetty stand schon im fünfzigsten Lebensjahr, als der Walzer „An der schönen blauen Donau" entstand und bei seiner Uraufführung am 15. Februar 1867 in Dianabadsaal beim Publikum bloß Gelächter und Kopfschütteln hervorrief. Der Walzer, dem Wiener Männergesang-Verein zum Vortrag übergeben, scheiterte an dem gesungenen Text.

Groß war Jeans Enttäuschung.

„Texte", mahnte ihn Jetty, „haben mehr Bedeutung, als du glaubst. Musik allein ist nicht alles."

Doch Jean, der Komponist, hielt sie für zweitrangig und sollte doch sehr bald die Macht der Librettisten kennenlernen.

Der Presseclub „Concordia" bestellte für seinen traditionellen Ball einen Walzer. Wie überrascht war Jean, als er zu hören bekam, daß dieses Musikstück in Konkurrenz zu einer zweiten Novität treten sollte, einem Walzer, den Offenbach beigesteuert hatte. Hatte Jean seinen Walzer „Morgenblätter" betitelt, so tat ihm der Franzose es offenbar zufleiß, denn er hatte seinen Walzer tatsächlich „Abendblätter" genannt!

Nun, Offenbach war ein Spaßvogel und hoffte, auch der Wiener Meister werde Spaß verstehen. Anfangs sah es nicht so aus. Nachdem die „Abendblätter" im überfüllten Ballsaal von den Tanzpaaren mehr akklamiert worden waren als sein eigenes Opus, gestand aber Jean ein: „Sehr schön, Meister Offenbach –

ich glaub' gar, heut' abend sind Sie der Sieger. Wollen S' mich und Jetty, solange Sie noch in Wien sind, nicht in unserer Villa besuchen?"

Offenbach war nach Wien gekommen, um einer Premiere beizuwohnen. Er nahm die Einladung dankend an.

„Meister Strauß, es wird mir ein besonderes Vergnügen sein, Madame und Ihnen meine Aufwartung zu machen", versicherte der bewegliche, zarte, kleine Mann galant. Im übrigen war Frankreich nur seine Wahlheimat, seine Muttersprache war Deutsch.

Strauß auf dem Walzerparkett besiegt! Dem kleinen Spitzbart in den Endvierzigern, der Mühe hatte, seine runden Brillengläser auf der schmalen langen Nase zu balancieren, hatte man mehr zugejubelt als ihm!

„Gönn es ihm. Und zahl es ihm heim! Er hat dich auf deinem ureigensten Gebiet geschlagen, dem Walzer. Nun schlag du ihn wieder! Schreib eine Operette! Das kannst du nämlich auch", drängte Jetty.

Strauß saß in sich gekehrt neben ihr auf dem Weg heim nach Hietzing. „Die ‚Abendblätter' waren wirklich gut", sagte er schließlich fair, als er Jetty aus dem Wagen half.

„Ich bin gespannt auf seinen Besuch", meinte Jetty.

Offenbach hielt Wort und kam am folgenden Nachmittag. Er lebte in Paris keineswegs prunkvoll und hatte erst seit zehn Jahren Erfolg. Und wie Strauß Walzer um Walzer schrieb, komponierte er Operette um Operette. Auf dem Fließband gewissermaßen.

Er staunte über den Luxus, der Strauß umgab. Doch zuerst hätte er beinahe einen Kampf mit den beiden Doggen zu bestehen gehabt, die den Garten der Strauß-Villa als ihr ureigenstes Revier betrachteten und nur dann nicht zu finden waren, wenn Jean, ihr Herr, mit ihnen einen Rundgang machte.

Aber schon war das Dienstmädchen Ida zur Stelle, rief die beiden Hunde zurück und ließ den Komponisten eintreten, der bereits Angst um seine gestreiften Hosen gehabt hatte.

„Entschuldigen Sie, Monsieur, herzlich willkommen in unserem Haus“, begrüßte ihn gleich darauf Jetty.

„Die beiden da draußen haben mich auch schon begrüßt“, stöhnte Meister Jacques. „Ich fürchte, Madame, sie haben den schönen Blumenstrauß lädiert ...“

„Hauptsache, Sie, Monsieur, sind noch ganz!“

„Das hoffe ich zumindest“, meinte Meister Jacques. „Oh, aber prächtig haben Sie's hier!“

Jetty geleitete den offen seine Bewunderung ausdrückenden Gast über die teppichbelegte Treppe in die „Beletage“. Hier oben, in seinem Studierzimmer, wollte Jean seinen Gast empfangen. Daß er ihn ausgerechnet hier erwartete, hing damit zusammen, daß er in ihm einen Kollegen sah.

„Oh“, staunte Meister Jacques neuerlich, als er eintrat und Jean, ihm die Hände entgegenstreckend, ihn begrüßte. „Also, bei mir in Paris schaut es nicht so komfortabel aus, Meister Strauß, das können Sie mir glauben!“

„Nun, das hat meine Frau Jetty alles so arrangiert. Ich selbst hätt' vielleicht auch nicht das Talent dazu“, erklärte Jean.

Die Wände des Arbeitszimmers waren in dunklem, schwerem Rot tapeziert. An den Wänden hingen Spiegel in prunkvollen Rahmen und Bilder prominenter Leute, mit denen Strauß in Verkehr stand. Und außerdem zierten diese Wände auch noch Lorbeerkränze, alle reich geschmückt mit Bändern, in Gold und Silber auf nachgedunkelter Seide beschriftet. Tatsächlich hatte Jetty dies alles mit eigener Hand und gutem Geschmack so eingerichtet.

Jean folgte den bewundernden Blicken seines Besuchers und wurde nun doch etwas verlegen. „Nicht wahr, bei mir schaut's aus wie bei einem Opernsänger“, meinte er entschuldigend. „Der bin ich zwar nicht, aber meine Frau ist halt eine g'wesen, und das kann sie nicht verleugnen.“

In einer Fensternische stand Jeans Schreibtisch, darauf ein Berg von mit Noten beschriebenen Blättern.

„Hier schreib' ich“, erklärte Jean.

„Und ich habe zum Schreiben einen Bauchladen", gestand Meister Jacques. „Ja, lachen Sie nicht. Ich habe gelesen, eure Kaiserin Maria Theresia hat auch so etwas gehabt ... Ein Schreibpult samt Tintenfaß schnallte sie sich um und erledigte darauf ihre Akten, wenn sie drüben im Schloßpark von Schönbrunn frische Luft schnappte. Sie hatte eben wenig Zeit, und mir geht es genauso. Ich habe mir ein solches transportables Pult machen lassen, das nehme ich überall mit, ich sitze damit in Paris in der Droschke, das Pult auf den Knien, und schreibe. Ich sitze in der Eisenbahn und komponiere. Und da ich viel unterwegs bin, ist das sehr praktisch."

Jean lachte. „Eine gute Idee. Können Sie sich denn da überhaupt konzentrieren?"

„Aber gewiß doch - ich sehe und höre sonst nichts, höre nur, was in mir klingt, Meister Strauß. Es geht doch wohl Ihnen ebenso."

„Setzen wir uns nebenan zu einem Glas Wein zusammen? - Mein Allerheiligstes kennen Sie ja jetzt."

„Auf Revanche, falls Sie nach Paris kommen. Bloß, umsehen dürfen Sie sich bei mir nicht. Ich bin eben Junggeselle, bei mir fehlt die ordnende Hand."

Jetty hatte nebenan schon alles zu einem Plausch vorbereitet. Sie war gespannt auf den Gast.

Der erzählte freimütig: „Angefangen hat's bei mir mit einer kleinen Holzbude an den Champs-Élysées, die hat vorher einem Mann namens Lacaze gehört. Er war Illusionist und hat sie als Zaubertheater betrieben, mit allerlei magischem Firlefanz und so ... Und ich habe daraus das ‚Bouffes Parisiens' gemacht. Ein Mini-Theater, mehr nicht, eine kleine Singspiel-Bude. War aber von Anfang an immer gesteckt voll." Und dann fragte er plötzlich unverblümt: „Strauß, wann schreiben eigentlich Sie Ihre erste Operette?"

Als er nach einer guten Stunde gegangen war, zeigte sich Jetty enthusiasmiert. „Siehst du, er sagt dasselbe wie ich!" rief sie und umarmte Jean.

Der aber meinte: „Ich hätte nicht gedacht, daß er dieses Thema anschneiden würde."

„Aber siehst du, nun ist es bereits ein Thema", blieb sie beharrlich.

„Und ein Thema wird es wohl auch bleiben", fand Jean. „Ich trau' mir so was nicht zu. Ich glaube, ich kann das nicht, eine ganze Operett'n schreiben. Einen Walzer, zehn Walzer, meinetwegen hundert, das ja, aber eine ganze Operett'n?"

„Und wie wär's mit einer Walzer-Operette?" gab sie nicht nach. „Das ist doch auch nichts anderes als eine Reihe von Musiknummern und dazwischen Text."

„Ja, und woher nehmen wir den Text? Du hast doch gehört, was er vorhin gesagt hat: er braucht zuerst ein vernünftiges Libretto, dann kommt die Musik fast von selbst. Hat er doch gesagt, oder nicht?"

„Nun", sagte sie, „dann muß man eben so ein Libretto finden. Ach, Jean, ich sehe schon die großen, bunten Plakate vor mir: ‚Operette von Johann Strauß'!"

„Und ich", lachte er skeptisch, „hör' die Leut' in der Vorstellung trampeln und pfeifen, und die Kritiken möcht' ich erst gar nicht lesen müssen. Nein, Jetty, damit fang' ich erst gar net an. Ich möcht' mich net blamieren, verstehst du? Ich bleib' lieber bei meinen Walzern, Polkas und Galopps. Ist wo ein Text dabei, hab' ich schon kein Glück, das haben wir beim Donauwalzer gesehen ..."

Jetty erkannte an seiner beharrlichen Weigerung, daß er sich tatsächlich nicht zutraute, brauchbare Musik fürs Theater zu schreiben. Doch sie war überzeugt davon, daß Jean auch das schaffen, ja darin vielleicht sogar erst sein eigentliches Metier, seine wahre Berufung finden würde. Offenbachs Bemerkung, mochte sie nun ernst gemeint gewesen sein oder nicht, hatte sie in dieser Auffassung noch bestärkt.

Ich muß einen Weg finden, ihn dazu zu bringen, sagte sie sich. Aber in einem Punkt haben alle beide recht – zunächst ist ein Libretto vonnöten ...

Vorerst allerdings schien „das Thema" auf Eis gelegt. Doch wer Jetty gut genug kannte, wußte, daß das nur scheinbar der Fall war. Sie war eine Frau von starkem Willen und gab ein einmal gefaßtes Vorhaben so bald nicht auf.

Inzwischen sollte es wieder der Walzer sein, mit dem Jean Furore machte. Und noch dazu einer, der in Wien schmählich durchgefallen war: der Donauwalzer.

In Paris waren damals Fürst Richard Metternich und seine Gattin Pauline Gesandte am Hofe Napoleons III. Dieser und seine schöne Frau Eugénie hatten zu den Metternichs ein Nahverhältnis. Das kam nicht von ungefähr. Napoleon III. sah in Österreich-Ungarn einen natürlichen Verbündeten gegen Preußen, das in Europa nach der Vorherrschaft streben zu wollen schien. Und nach der Katastrophe von Königgrätz schien diese Konstellation geradezu eine logische Folge der preußischen Politik, fühlte sich doch auch Frankreich durch die Hohenzollern bedroht. Pauline Metternich war die ideale Diplomatengattin. Sie führte in der österreichischen Gesandtschaft ein großes Haus, ihre geselligen Veranstaltungen waren manchmal Tagesgespräch. Immer wieder fand sie neue Attraktionen, mit denen sie ihre Gäste überraschte. Und sehr oft präsentierte sie diese auch dem Kaiser und der Kaiserin.

Eine ihrer Sensationen besonderer Art war das britische Medium Dunglas-Home. Dieser berühmte Sensitive produzierte in den Räumen der Österreichisch-Ungarischen Gesandtschaft unglaubliche Phänomene. Ein Blumenstrauß wanderte aus einer Vase wie von unsichtbaren Händen getragen durch den ganzen Musiksalon und fiel auf den Schoß der Gastgeberin nieder; Musikinstrumente spielten von selbst; Möbel wanderten durch den Raum. In Versailles jedoch, wohin das Gesandtenpaar Mr. Home mitnahm, produzierte er sogar eine Teilmaterialisation: eine aus dem Nichts herauswachsende Hand ergriff einen Federkiel und schrieb eine Grußbotschaft des großen Korsen Napoléon Bonaparte mit dessen eigener Handschrift!

Nun sollte aber im Jahre 1867 in Paris die Weltausstellung

stattfinden, und hierzu wollte Pauline mit einer ganz besonderen Überraschung aufwarten. Sie sollte den Österreich-Pavillon auf dem Weltausstellungsgelände betreuen und überhaupt für Österreich-Ungarn Sympathiewerbung machen. Und es gab außer der Weltausstellung selbst noch einen zweiten Anlaß: Nach der Ratifizierung der Ausgleichs-Verträge sollte im Juni in Budapest die feierliche Krönung von Sisi und Franz Joseph stattfinden.

Die rührige Pauline kannte in Paris so ziemlich jeden, der irgendwie Rang, Namen und Einfluß hatte, unter anderen auch den Comte d'Osmond, einen begeisterten Wagner-Anhänger, der nicht vergessen hatte, wie sehr sich die Fürstin in Paris für den Komponisten eingesetzt hatte. Natürlich konnte man nicht Wagner im Österreich-Pavillon auftreten lassen, er war schließlich kein Österreicher. „Aber", meinte der Graf, „hat nicht der Meister in aller Bescheidenheit gesagt, der musikalischste Schädel dieses Jahrhunderts wäre nicht er, sondern Johann Strauß?"

„Wie ist es nur möglich, daß ich nicht selbst auf diese Idee gekommen bin?!" rief Pauline.

Sie war jung, zwar nicht nach dem geltenden Zeitgeschmack schön zu nennen, aber rassig. Sie hatte Geist und Temperament, und Kaiserin Eugénie, die sich ihre Freundin nannte, schätzte das an der Fürstin ganz besonders.

„Der Kaiser hätte in Frankreich keine bessere diplomatische Vertretung finden können als Sie", versicherte Eugénie. „Er soll uns seinen Hofball-Musikdirektor schicken, der Einfall ist glänzend! Ich bin sicher, Monsieur Strauß wird Eindruck machen!"

Nachdem Pauline Metternich nun sozusagen mit dem „allerhöchsten Wunsch" der Kaiserin aufwarten konnte, dessen Nichtbeachtung wohl einem Affront gleichgekommen wäre, erfolgte denn auch prompt durch die Hofburg in Wien das Engagement für Strauß und seine Kapelle.

„Zur Weltausstellung nach Paris!" rief Jetty entzückt. „Ach, Jean, das ist wahrhaftig ein Traum!"

„Und eine Strapaze sondergleichen“, brummelte Jean. „Ich bin eigentlich schon recht lang nicht mehr auf so einer Tour gewesen. Freilich, das kann man net absagen.“

„Nein, das kannst du unmöglich! Du fühlst dich ja ohnedies geschmeichelt über diese Ehre, das merk’ ich dir an. Und überhaupt - bei der Gelegenheit können wir ja gleich dem Herrn Offenbach unseren Gegenbesuch abstatten!“

Sie freute sich auf Paris! Und sie kaufte für sich und Jean eine Menge Kleinigkeiten ein, die sie auf der Reise und in Paris nötig zu haben glaubte. Jeans scharlachfarbene Hofballmusikdirektors-Livree mußte noch schnell in die Reinigung. Die Garderobe wurde für große Gelegenheiten ergänzt; denn sicher würde man ja auch in Versailles vorgestellt werden.

Nun kamen auch noch die Journalisten in die Hietzinger Villa. Die Berichte über die Königskrönung in Budapest und die dramatische Situation der österreichischen Freischärler in Mexiko, die für Maximilian - Franz Josephs jüngeren Bruder - und gegen die von den USA unterstützten Truppen des Benito Juarez kämpften, lieferten zwar nach wie vor die Schlagzeilen, doch daneben gab es ein weiteres großes Thema:

Johann Strauß zur Weltausstellung unterwegs nach Paris!

3. An der Seine

„Bernadette Soubirous? - Oh, sie muß jetzt etwa zweiundzwanzig Jahre alt sein. Sie befindet sich in Nevers, im Kloster Sainte Gildarde, Madame Strauß. Eine interessante Person, diese Schwester Bernadette. Ihre Majestät hat selbst von dem Lourdes-Wasser für den erkrankten Kronprinzen Gebrauch machen lassen."

„Und?" fragte Jetty gespannt.

„Ihre Majestät schwört, daß es das Wasser war, das den Knaben heilte."

Jean schüttelte den Kopf. „Verzeihen Sie, Durchlaucht, daß meine neugierige Gattin Sie mit diesen Geschichten inkommodiert. Wir müssen gewiß jetzt über anderes reden als über dieses Mädchen, das angeblich die Heilige Jungfrau gesehen haben will."

„Nun", lächelte die Fürstin Metternich, „niemand ist gezwungen, daran zu glauben, daß es wirklich so ist. Die Geistlichkeit hat jedenfalls gut daran getan, dieses Mädchen aus Lourdes im Kloster vor der Öffentlichkeit abzuschirmen. Die erregten Gemüter haben sich ja auch beruhigt - aber still ist es um die Geschichte keinesfalls geworden. Ich habe dieses Lourdes, wie es Ende der fünfziger Jahre war, nicht gekannt. Ich habe mir sagen lassen, daß es dort keine Hysteriewelle gegeben hat. Heute ist jedenfalls der Ort nicht wiederzuerkennen."

„Haben Sie diese Schwester Bernadette jemals persönlich gesehen, mit ihr gesprochen, sie befragt?"

„Nein, Madame Strauß. Aber ich gestehe, es würde mich reizen, jedoch weiß ich nicht, ob mir der Bischof die Erlaubnis geben würde. Und deshalb will ich es erst gar nicht versuchen. Man würde vielleicht gar auf den Einfall kommen, ich könnte versuchen, das Wundermädchen von Lourdes auf einer meiner Gesellschaften zu präsentieren. Das liegt mir gänzlich fern, man macht dergleichen nicht mit heiligen Dingen."

„Aber die Kirche hat ja noch gar nichts bestätigt. Vielleicht ist diese Bernadette bloß sensitiv begabt, wie Ihr Mr. Dunglas-Home."

„Mr. Home ist gläubiger Katholik und ist sogar beim Papst in Rom gewesen. Der hat ihm geraten, den Spiritismus aufzugeben, es würde sonst noch ein schlimmes Ende nehmen mit ihm. Daß Bernadette Soubirous in gewissem Sinn sensitiv ist, mag stimmen, Madame Strauß. Aber sie ist - oder war - es gewiß nicht in der Art von Mr. Home."

„Verzeihen Sie, Durchlaucht - aber das ist alles so unerhört interessant. Und wenn man nun einmal in Paris ist, dann will man doch - "

„Aber gewiß doch, Madame Strauß, ich verstehe vollkommen", lächelte die junge Fürstin.

„Und in Mexiko - ?"

„Der Kaiser ist gefangen, man hält ihn in Queretaro fest. Der amerikanische Botschafter behauptet, es bestünde keine Gefahr für ihn, der Prozeß, der ihm gemacht werden soll, sei nur eine Formsache. Aber mein Mann glaubt nicht daran. Immerhin, die ‚Novara' kreuzt in der Bucht von Mexiko, für alle Fälle. Sie ist bereit, den Kaiser an Bord zu nehmen, falls man ihn freiläßt oder eine Flucht gelingt."

„Wie schrecklich. Dieser Juarez wird es doch nicht wagen, den Bruder des Kaisers von Österreich einkerkern oder gar töten zu lassen!"

„Das hofft auch Nepoleon, und vor allem hofft es Eugénie."

„Die beiden hätten dieses unselige Abenteuer nie in die Wege leiten sollen. Juarez hat die Unterstützung der Vereinigten Staaten. Wie hätte sich Maximilian gegen ihn halten sollen, nachdem Frankreich sein Militär aus Mexiko abgezogen hatte?" brummte Jean.

„Aber in der gegenwärtigen Lage braucht der Kaiser seine Soldaten hier in Europa. Er muß damit rechnen, daß Preußen nach Österreich nun auch Frankreich bedroht. Mein Mann sieht in diesem Punkt düstere Zeiten kommen", bekannte die Fürstin. „Nehmen Sie noch Tee?"

Man saß im Salon der Österreichischen Gesandtschaft. Pauline Metternich hatte eine Menge Fragen beantwortet. Jetty wollte so vieles wissen, und die Fürstin plauderte so interessant und gescheit. Dabei war man noch gar nicht zum eigentlichen Thema vorgestoßen.

Jean wurde bei diesem Damengeplauder allmählich unruhig. Er wollte endlich zur Sache kommen, und Pauline begriff das sofort.

„Wir geben ein Fest hier in der Botschaft", erklärte sie. „Die Majestäten werden kommen, ebenso der Prinz von Wales, der Kronprinz von Italien und Kronprinz Friedrich von Preußen. – Ja, das läßt sich leider nicht vermeiden, wir müssen ihn einladen, es wäre sonst ein Affront, den gerade in dieser Situation mit den Hohenzollern niemand eingehen möchte. Natürlich kommt auch der Comte d' Osmond. Aber ich habe auch Monsieur de Villemessant geladen, er ist der Herausgeber des ‚Figaro', eines der einflußreichsten Blätter der Stadt. Er hat schon angekündigt, nach Ihren ersten Konzerten im Pavillon eine Strauß-Soiriee in den Räumen des ‚Figaro' abhalten zu wollen. Schlagen Sie ihm das um Himmels willen nicht ab, Monsieur Strauß. Haben Sie den ‚Figaro' für sich, haben Sie halb Paris für sich."

„Ich werd' mich hüten, es mir mit ihm zu verscherzen", lächelte Jean. „Vielleicht komponier' ich ihm sogar etwas für seine Soiree."

„Das wäre das Klügste, was Sie tun könnten!"

Das Orchester war gut untergebracht, das Ehepaar Strauß wohnte in einem guten Hotel, hätte aber auch im Gästehaus der Botschaft Quartier nehmen können.

Zunächst einmal ließ sich Jetty Pariser Luft um die Nase wehen. Sie wäre gerne mit Jean über die Boulevards spaziert, doch Jean war mit Proben beschäftigt.

Der Herausgeber des ‚Figaro' hatte sich bereits gemeldet, und ebenso der Comte d' Osmond. Mit beiden hatte Jean lange Gespräche geführt, bei welchen es sich auch um das Konzertprogramm drehte. Im österreichischen Pavillon war täglich ein Nachmittagskonzert vorgesehen. Jean wollte bei diesen Gelegenheiten nicht nur seine eigenen Kompositionen spielen, sondern auch Potpourris aus Opern, Konzertstücke, Märsche und anderes mehr zu Gehör bringen. Der Graf machte sich für Wagner stark, dessen Musik auch erklingen sollte.

Die Weltausstellung hatte eine Unmenge Besucher aus aller Herren Ländern nach Paris gelockt. Alle Hotels und Quartiere waren ausgebucht. Die Menschen drängten sich auf den Straßen, in den Lokalen, Theatern und Cafés. Auf dem Ausstellungsgelände selbst herrschte am Tag der Eröffnung ein mörderisches Gedränge.

Der „Figaro" heizte das Interesse für den österreichischen Pavillon und die Strauß-Musik an. Er brachte überaus österreichfreundliche Artikel, die zum Teil von Pauline Metternich initiiert waren, die sich als vorzügliche Vertreterin der österreichischen Interessen erwies.

Das entsprach ganz der Linie der französischen Außenpolitik, die eine Allianz mit Österreich gegen Preußen anstrebte – eine Idee, die zu einem gewissen Grad das Werk von Pauline Metternich und Kaiserein Eugénie war.

Die Ausstellung, an der sich 42000 Aussteller aus aller Welt und allen Nationen beteiligten, war enorm. Nicht minder enorm war das Drumherum. In allen Botschaften und Gesandtschaften wurden Bälle gegeben und Feste gefeiert, täglich kamen neuen Fürstlichkeiten, Monarchen und Potentaten an, um die Ausstellung zu besuchen und den Pavillon ihres eigenen Landes mit ihrem Besuch auszuzeichnen. Der Zar kam angereist, der König von Preußen, und das österreichische Kaiserpaar war als eines der letzten angesagt. Infolge der Festlichkeiten in Budapest, die sich dort an die Krönungsfeierlichkeiten anschlossen, war an einen früheren Besuch nicht zu denken.

Da Napoleon III. und seine schöne Eugénie fortwährend repräsentieren mußten, hatten sie für die Dauer der Schau ihren Wohnsitz in die Tuilerien verlegt. Die Ausstellung selbst fand auf dem Marsfeld statt, auf dem zahllose eigens hierfür geschaffene Hallen, Paläste und Kioske alle Herrlichkeiten dieser Welt zur Schau boten. Paris war wie im Rausch – trotz der angespannten internationalen Lage sah es sich selbst als einen friedlichen Mittelpunkt. Hier konnte man alle Sorgen und Nöte vergessen.

Meister Offenbach – den zu besuchen Jean leider keine Gelegenheit fand – war mit der Operette „Die Großherzogin von Gerolstein" wieder ein genialer Wurf gelungen. Aber schon bereitete der „Figaro" seinen Strauß-Abend vor. Als hätte Monsieur Villemessant eine Ahnung des Kommenden gehabt, war der Termin vorverlegt worden.

Jean war des Programms für diesen Abend wegen in einer gewissen Verlegenheit. Er hatte tatsächlich für Villemessant eine „Figaro-Polka" komponiert, doch er wünschte sich noch einen besonderen Höhepunkt, zumindest etwas für Paris Neues, fand aber nicht Zeit noch Muße für eine neue Komposition.

Der Termin rückte heran. Infolge des täglichen Spielens auf dem Marsfeldgelände hätte es auch kaum sehr viel Zeit gegeben, eine größere Komposition mit dem Orchester neu einzustudieren.

„Ich weiß wirklich nicht, was ich machen soll", gestand Jean eines Abends seiner Jetty. „Und diese vielen Einladungen, man kommt kaum zum Umziehen, geschweige denn zu einem Bummel durch die Stadt. Die Tage in Paris gehen vorüber, und ich habe kaum etwas von der Stadt gesehen."

„Armer Jean!" meinte Jetty bedauernd. „Nun, ich bin schon durch die Stadt gewandert und habe mir eine Menge angeschaut. Aber die vielen Leute, die Hitze – ich bin schon ganz schlapp."

„Ja, die Hitze, die macht auch, daß mir nichts einfällt."

„Aber mir fällt etwas ein: Wie wär's mit dem Donauwalzer?"

„Mit dem Donauwalzer? Wer soll denn den hier singen? Es gibt doch keinen französischen Text!"

„*Niemand* soll ihn singen, Jean! Laß ihn doch einfach erklingen, so schön, wie er ist! Diese Musik braucht gar keinen Text, man hört ja heraus, was du sagen willst!“

Jean überlegte. „Vielleicht hast du recht“, meinte er. „Die Noten haben wir hier, und in Paris kennt den Walzer kein Mensch. Wenn er den Parisern auch nicht g'fallt, kann man eben nichts machen.“

„Er wird ihnen gefallen, du wirst sehen! Glaub mir, es lag nur am Text!“

„Ich riskier's. Ich hab' ja auch keine andere Wahl. Vielleicht ist das wirklich die Lösung!“

Sie war es. Die „Figaro-Polka“ wurde begeistert beklatscht, doch der Erfolg der „Blauen Donau“ war ungeheuer und übertraf alle Erwartungen. Es war, als wäre dieser wienerischste Walzer Jeans erst in Paris wirklich aus der Taufe gehoben worden.

„Strauß! Bravo Strauß! Bravo, bravissimo!“

Der Jubel wollte kein Ende nehmen, und Jetty erlebte ihn leuchtenden Auges mit. Nach diesem Abend, noch erfüllt vom Glück dieser Stunde seines bisher größten Pariser Erfolges, nahm er sie dankbar in seine Arme.

„Du bringst mir Glück, Jetty“, sagte er leise. „Ein guter Stern hat dich mir über den Weg geführt.“

„Dann vertrau auch weiter deinem guten Stern“, gab sie zurück. „Mach es wie Offenbach – schreib den Wienern eine Operette!“

„Fängst du schon wieder damit an, Jetty! Läßt du mir nicht einmal hier in Paris meine Ruh'? Nicht einmal an diesem Abend und in diesem Augenblick?“

„G'rad jetzt nicht, Jean, g'rad nicht hier in Paris, wo der Offenbach wieder einen so großen Erfolg hat mit einer Operette ...“

„... und ich mit einem Walzer!“

„Den du genausogut auch mit einer Operette haben könntest. Vielleicht nicht g'rad in Paris, aber in Wien!“

Er seufzte – und küßte sie.

„Weißt du, was, Jetty?“ sagte er. „Wir wollen jetzt nicht streiten, wir haben was viel Besseres zu tun!“

„Uns abzubusseln, gelt, Jean?“

„Hast es erraten“, lachte er.

Sie waren unbeschreiblich glücklich. Hier in Paris hatte der Walzer „An der schönen blauen Donau“ seinen ganzen unbeschreiblichen Zauber enthüllt. Hier, an der Seine, rauschten die Donauwellen, tanzten die Donauweibchen ihren mystischen Reigen, entfaltete sich der ganze Frohsinn Wiens. Konnte es etwas Größeres, Schöneres von Jeans Erfindung geben als diesen Walzer? Jetty glaubte fest daran.

In Paris aber nahm die Weltausstellung einen anderen Verlauf als geplant.

Die Diplomaten schienen das Interesse an der Ausstellung plötzlich verloren zu haben. Zwischen den Tuilerien und den Botschaften und Gesandtschaften herrschte mit einem Male ein reger diplomatischer Verkehr. Schließlich hieß es sogar, der Besuch des österreichischen Kaiserpaares sei abgesagt.

Auch in der österreichischen Botschaft herrschte reges Kommen und Gehen, Depeschen wurden abgesandt und empfangen. Der Botschafter, Fürst Metternich, amtierte mit tiefernster, eisiger Miene. Die Fürstin suchte ein ums andere Mal ihre kaiserliche Freundin Eugénie auf. Sie wirkte verstört, wenn sie wiederkam. Obwohl sie mit Puder und Schminke nicht sparte, merkte man ihr an, daß sie sogar geweint haben mußte.

Kein Zweifel, die Rechnung, die die beiden Frauen zum Wohle ihrer Länder aufgestellt hatten, war durch die Ereignisse in Mexiko zunichte gemacht. Es würde kein österreichisch-französisches Bündnis geben.

„Madame de Pompadour war in den Augen Maria Theresias vielleicht nur eine Königsmaitresse, aber in jenen Tagen war sie die wahre Mutter Frankreichs. Die Franzosen wissen vielleicht heute noch nicht, was sie ihr alles zu verdanken haben. Eines aber geht aus dem erhaltenen Briefwechsel zwischen ihr und Maria Theresia hervor: Beide Frauen wollten damals schon, daß sich Frankreich und Österreich zur Allianz zusammenfänden", versuchte die Fürstin Jetty zu erklären, als diese Ende Juli bei ihr vorsprach, um mit ihr die Abreisevorbereitungen ihres Mannes und des Orchesters zu besprechen. „Kaiserin Eugénie", fuhr sie fort „und ich möchten es wieder versuchen, und aus dem gleichen Grund. Wir haben in Preußen einen gemeinsamen Feind. Und wir sind einander, was unsere Mentalität betrifft, viel näher als den Preußen. Und was ist das heutige Österreich-Ungarn im Grunde? Kein nationales Gebilde, es ist eine Idee, eine europäische Idee."

Die diplomatischen Kontakte hatten zum Ziel, das Leben des in einem Schauprozeß zum Tode verurteilten Kaisers Maximilian von Mexiko doch noch zu retten. Maximilian selbst bat nicht um sein Leben, sondern um das seiner Generäle Miramon und Mejia, die mit ihm gemeinsam zum Tode verurteilt worden waren. Mejias Frau hatte kurz zuvor entbunden.

Doch der siegreiche Benito Juarez ließ keine Gnade walten.

Am 30. Juni erschienen Kaiserin Eugénie und Kaiser Napoleon III., wie im Programm vorgesehen, auf dem Marsfeld. Die Kaiserin verlieh die zahlreichen goldenen und silbernen Ehrenmedaillen für die Preisträger unter den Ausstellern und die preiszukrönenden Produkte. Sie hielt tapfer durch bis zum letzten Augenblick. Doch als sie, in die Tuilerien zurückgekehrt, aus derKarosse steigen wollte, brach sie zusammen. Napoleon III. folgte ihr gebeugt, schweigsam und mit verschlossener Miene, während man seine Gattin über die Treppen in das Innere des Schlosses trug, wo sie erst wieder zur Besinnung gebracht werden konnte.

Wenige Sunden zuvor hatte das Kaiserpaar die Depesche erhalten, in der mitgeteilt wurde, Maximilian von Mexiko sei am 19. Juni 1867 erschossen worden. Die Leiche des Füsilierten werde auf dem österreichischen Hochseesegler „Novara" in die Heimat überführt ...

„Erzherzog Max", wie man den charmanten Bruder des Kaisers in Wien nannte, war in Österreich sehr beliebt gewesen.

Sein Schicksal ging auch den Mitgliedern des Strauß-Orchesters, es ging auch Jean und Jetty nahe.

Bedrückt trat man die Weiterreise nach England an, wohin Jean von König Eduard VII. zur Mitwirkung bei den im Covent Garden Opera House stattfindenden Promenaden-Konzert eingeladen worden war.

4. Unheil

In den folgenden Jahren gestaltete sich das Familienleben Jeans recht harmonisch, wenn man davon absieht, daß es gelegentlich zu Meinungsverschiedenheiten und mehr oder minder ernsthaften Verstimmungen zwischen den drei Brüdern kam.

„Muß es denn tatsächlich so weit kommen, daß ich mich bei manchen Leuten mit ‚Ich bin der Bruder von Eduard Strauß' bekannt machen muß?"

In der Hietzinger Villa war wieder einmal so ein Streit im Gange. Die drei Strauß-Brüder lagen einander in den Haaren. Es ging um die Einteilung von Konzerten, aber auch darum, daß im Laufe der Zeit derjenige von den dreien, der nunmehr am meisten in der Öffentlichkeit in Erscheinung trat – und das war Eduard – verständlicherweise dem Publikum bekannter geworden war als Johann, der sich in sein Hietzinger Refugium zurückzog, oder auch Josef, der häufiger Erkrankungen wegen nur bedingt einsatzfähig war.

„Der Josef fallt ja immer gleich in Ohnmacht, und du bist überhaupt nimmer für's Dirigieren", verteidigte sich Eduard. „Ich allein mach' schon bald fast die ganze Arbeit. Drum kennen mich halt die Leut'. Hör einmal, Jean, wie alt mußt du eigentlich werden, bis du das einsiehst? Es ist nicht mein Ehrgeiz, dich auszustechen, ich bin doch net dein Feind! Abgesehen davon, kann ich schon bald selbst nicht mehr zu einer freien Minute kommen. Ich glaub', wir müssen noch den Fahrbach engagieren, damit er uns aushilft."

„Josef müßte zu einer Kur und sich einmal gründlich untersuchen lassen", fand Jetty.

Doch der lockenköpfige Josef, dessen vergeistigtes Gesicht entfernt an Franz Liszt erinnerte, schüttelte den Kopf. „Ich war schon immer ein bisserl schwach beisammen", erklärte er . „Ich fühl' mich ja normalerweise ganz wohl – ein bißl Kopfweh hab' ich halt gelegentlich, dann machte mir meine Karolin' kalte Umschläge, und dann geht's wieder vorbei."

„Und schöne Walzer schreibt er“, lobte Johann. „Erinnerst d’ dich noch an seinen allerersten? ‚Die Ersten werden die Letzten sein’ hat er g’heißen, aber den Leuten hat er so gut g’fallen, daß er der letzte nicht ’blieben ist.“

„Unser Pepi ist ein Universalgenie“, lobte Edi gutmütig. „Schon in der Schul’ hat er von uns dreien die besten Zeugnisse g’habt. Da hat’s nix ’geben als lauter ‚sehr gut‘ und ein ‚gut‘ hat sich nur hin und wieder einmal hineinverirrt. Darunter aber gab’s gar nix beim Pepi. Na, und was sein Studium als Ingenieur und dann auch noch an der Akademie der Bildenden Künste angeht: mit Auszeichnung, kann ich nur sagen!“

„Geh, Edi“, genierte sich Josef über soviel Lob aus des Bruders Mund.

„Na, ist’s vielleicht net wahr? Und ein Theaterstückl hat er auch noch g’schrieben.“

„Davon weiß ich ja gar nichts“, gestand Jetty interessiert.

„Ein Drama, das nie aufg’führt worden ist“, gab der Pepi lachend zu. „Ein Stück über den Marquis Rober, einen Vorfahren unserer Mutter.“

„Wie, ihr habt einen adeligen Vorfahren?“ staunte Jetty. „Der Jean hat mir bisher davon nichts erzählt!“

„Aber die Frau Mutter hat’s uns allen g’sagt. Er soll ein spanischer Grande in Diensten des Herzogs von Alba gewesen sein“, sagte Josef, und Edi und Jean nickten zustimmend.

„Darum wär’ der Jean auch so gern wieder im Adelsstand – er stünd’ uns zu, glaub’ ich“, fand Eduard. „Aber wir können’s ja nicht beweisen. Außer dem, was uns die Frau Mutter erzählt hat, wissen wir nichts.“

„Aber es muß doch irgendwelche Papiere geben“, meinte Jetty. „Die Sache interessiert mich sehr; ich werde mit Mutter reden. Und notfalls muß man eben Ahnenforschung betreiben!“

„Mir tut nur leid, daß keiner meine Erfindung hat haben wollen“, lenkte Josef vom Thema ab. „Eine Straßenkehrmaschine … Die Herrn Beamten haben keinen Blick für die Zukunft. Und eines Tages kommt man ohne so einen Apparat ganz sicher nicht mehr aus. Wenn Wien erst zwei Millionen Einwohner haben wird!"

„Zwei Millionen! Er ist schon immer ein bißl ein Träumer gewesen, unser Josef", lächelte der praktisch denkende Edi nachsichtig. „Brauchst ja nur seine Musik zu hören. Da hörst sie richtig zwitschern, seine ‚Dorfschwalben aus Österreich'!"

Pepi ärgerte sich über diese, wie er meinte, Kritik an seinem Walzer.

„Na, ja" sagte er, „schließlich hab' ich ursprünglich ja was anderes g'lernt. Mich hat halt auch die Technik interessiert und das Zeichnen. Was die Musik anbetrifft, so hab' ich halt alles vom alten Amon, und vom Professor Dolleschal ..."

„Ich weiß, von dem hast du auch noch ein Zeugnis mit Auszeichnung", stichelte Edi. „Du wirst doch net etwa glauben, daß uns deine ‚Dorfschwalben' net g'fallen? Die und die ‚Blaue Donau' spiel' ich am allerliebsten, du Tepp."

„Jetzt hört schon auf, ihr beiden", mengte sich Jean in diese brüderliche Auseinandersetzung ein. „Wie ist das nun mit Warschau?"

„Na ja, ich fahr' hin. Schließlich habe ich doch das ‚Schweizertal' gepachtet", sagte Josef.

„Bis zum einundzwanzigsten September für dreitausend Rubel", nickte Eduard. „Ich bin sicher: wenn's nur eine halbwegs gute Saison wird, wird's ein gutes Geschäft."

„Und ich", erklärte Jetty, „hab' was ganz anderes vor. Ich werd' mit der Mutter reden. Ich möcht' gern wissen, wie das mit eurem spanischen Ahnherrn ist und was da dahintersteckt."

Am nächsten Tag, es war Mitte Februar, machte sie sich von Hietzing auf in die Taborstraße, wo Edi noch immer mit seiner Mutter im „Hirschenhaus" wohnte. Das Haus Taborstrasse Nr. 17 hatte sie seit der Übersiedlung nach Hietzing nur noch zu besonderen familiären Anlässen betreten, welche die drei Brüder gemeinsam in ihrem Elternhaus zu feiern pflegten.

Die Strauß-Mutter war nun neunundsechzig Jahre alt geworden. Seit sie sich davon überzeugt hatte, daß ihr Jean bei Jetty

„in guten Händen“ war, hatte sie ihr Vorurteil gegen die „vornehme Schwiegertocher“ fallengelassen. Eine unsichtbare Trennwand zwischen der einfachen Gastwirtstochter und der weltgewandten Nachfahrin der Margarete Schwan blieb doch bestehen. Anders hingegen war das Verhältnis zwischen Jetty und der Waber-Tant'. Deren resolute Denkart kannte keine solchen störenden Hindernisse zwischenmenschlicher Beziehungen. Sie hätte, wie sie mitunter betonte, im Bedarfsfall sogar dem Kaiser ihre Meinung gesagt.

Es herrschte dichter Schneefall, als Jetty aus dem Fiaker stieg und die Treppen zur Strauß-Wohnung emporlief. Seltsamerweise fand sie die Wohnungstür nur angelehnt vor. Aus den Zimmern klangen mehrere Stimmen, darunter die Eduards.

Überrascht trat sie ein und stieß mit einem Mann zusammen, der mit ernster Miene eben im Gehen begriffen war und seinen Mantel zuknöpfte. Er ergriff seine Tasche, warf einen fragenden Blick auf Jetty, grüßte dann aber kurz und entfernte sich eilig.

Dann hörte sie von nebenan ein heftiges Schluchzen, und kurz darauf erschien Eduard.

„Edi, - was ist los? Ist etwas mit Mutter?“ fragte Jetty.

Edi starrte sie bleich an. „Daß du g'rad jetzt kommst“, preßte er schließlich hervor.

„Edi, was ist mit Mama?!“

„Sie ist tot“, antwortete er fast tonlos. „Ein Schlaganfall. Der Doktor hat ihr nicht mehr helfen können. Die Waber-Tant' ist bei ihr. Willst reingehen? - Verständigst halt den Jean, gelt, ich informier' den Josef. Und muß auch noch an eine Menge anderer Sachen denken. Das bleibt alles an mir hängen, die Sach' mit der Beerdigung und so.“

„Aber der Jean wird dir doch helfen ...“

„Da noch eher der Josef“, prophezeite Eduard.

Der Mutter der drei Strauß-Söhne wurde von den Wienern eine fast ehrfürchtige Bewunderung entgegengebracht. Sie hatte drei Kaiser auf deren Thron erlebt und drei geniale Söhne geboren. Die Zeitungen brachten Nachrufe, und nicht nur die Bälle, bei welchen die Strauß-Kapellen aufspielen sollten, auch andere Veranstaltungen wurden abgesagt.

In diesen Tagen schloß sich Jean in sein Arbeitszimmer ein und war nicht einmal zu den Mahlzeiten zum Herauskommen zu bewegen. Er verbat sich jedes Wort über den Tod seiner Mutter, so als ob er diesen gar nicht wahrhaben wolle. Als ihn Jetty daran erinnern wollte, daß er doch wohl an der Beerdigung werde teilnehmen müssen, kam es beinahe zu einem Eklat. Von da an wagte Jetty kein Wort mehr darüber zu verlieren. Sie ging allein hin, Jean blieb den ganzen Tag unsichtbar. Eine unabsehbare Menschenmenge folgte dem Sarg, und die Verwunderung über das Fernbleiben des Sohnes Johann war allgemein – außer bei seinen Brüdern.

„Du kennst ihn noch zuwenig, deinen Jean", erklärte ihr Eduard. „Du darfst mit ihm über nix reden, was mit dem Sterben zu tun hat. Ich glaub', er halt' das nicht aus, daran denken zu müssen, daß er eines Tages selbst wird ins Gras beißen müssen. Das war schon immer so. Er ist noch bei keinem Begräbnis g'wesen, selbst dann nicht, wenn's einer von seinen besten Freunden war."

„Aber doch nicht bei seiner Mutter – !"

Heimgekehrt, hörte Jetty, daß Jean an seinem Harmonium saß und beim Komponieren war, als wäre nichts gewesen. Er versuchte gewaltsam den Tod seiner Mutter zu verdrängen und betrat auch nie mehr das „Hirschenhaus", das ihn an ihre Existenz erinnert hätte.

In seinen Kompositionen entfernte sich Jean in jener Zeit immer mehr von der Tanzmusik. „Frühlingstimmen" und die „Geschichten aus dem Wienerwald" nahmen bereits symphonischen Charakter an. Nur von der Idee, Musik fürs Theater zu schreiben, wollte er noch immer nichts wissen.

Im April brach Josef nach Warschau auf. Es war ein schmerzlicher Abschied. Pepi nahm zwar seine Karoline mit, aber er schied von Wien in einem merkwürdigen Zustand, so, als ahne er, daß er seine Vaterstadt als ein vom Tode Gezeichneter wiedersehen würde.

Josef Strauß hatte das Etablissement „Schweizertal" von dessen Besitzer Wlodowsky für die Sommersaison gepachtet. Für das erste Auftreten mußte alles vorbereitet werden. Es galt, Plakate drucken zu lassen, den Vorverkauf, die Inserate zu organisieren – eine ganze Menge Vorarbeit war zu leisten, bevor Josef den Dirigentenstab zum erstenmal würde heben können.

Das Publikumsinteresse, einmal wachgerufen, ließ das Beste hoffen. Des klugen Edi Prognose, daß man trotz der hohen Lokalpacht mit einem schönen Erlös würde rechnen dürfen, schien sich zu bewahrheiten.

Doch dann kam die Katastrophe ...

Die Brüder hatten untereinander einen Gesellschaftsvertrag abgeschlossen, wonach Orchestermitglieder aus der Wiener Stammkapelle für Auslandsgastspiele nicht abgezogen werden dürften. Die nun für Warschau vorgesehenen Musiker waren jedoch nicht zur Gänze angereist. Es fehlten sieben Instrumentalisten. Edi bekam ein Telegramm mit einem Hilferuf aus Warschau und schickte sofort Ersatz. Die neuen Musiker kamen sogar rechtzeitig an, so daß man termingerecht beginnen konnte, jedoch stellte sich heraus, daß die Qualität dieser Ersatzleute zu wünschen übrig ließ.

Der ohnedies zartbesaitete Pepi regte sich schon bei den Proben über seinen Konzertmeister auf. Dennoch gingen die ersten drei Veranstaltungen glatt über die Bühne, wenn auch Pepi danach stets mit den Nerven am Ende war.

Doch dann kam der vierte Abend. Der Saal war ausverkauft, es war an den Kassen buchstäblich zu einer Prügelei um Restkarten gekommen. Nervöse Spannung hing über dem Saal, die zum Teil politische Ursachen hatte. Denn die Raufer an der Kasse waren russische Offiziere gewesen. Zwei der Herren waren dann sogar noch mit einem Billeteur namens Stroucz handgreiflich geworden, der sich weigerte, sie ohne Billetts in den Saal einzulassen. Die Russen sahen darin einen Affront, und der arme Teufel bekam eins mit der flachen Klinge über den Schädel gehauen, worauf er blutüberströmt und um Hilfe rufend zusammenbrach.

Darauf ergiffen die beiden Übeltäter vor der Volkswut die Flucht. Doch die Aufregung war groß und griff auf den ganzen Saal über. Die Nachricht nahm ihren Weg bis in die Musikergarderobe, und das Orchester erschien auf dem Podium reichlich nervös. Die Leute hatten ein flaues Gefühl im Magen, daß „noch etwas passieren" könnte.

Tatsächlich war Warschau nach der Niederschlagung des polnischen Aufstandes vor sieben Jahren von den Truppen des Zaren besetzt worden. Überall in der Stadt zeigten sich russische Soldaten, und Pepi merkte schon, als er eintraf, daß hier eine Stimmung herrschte wie auf einem Pulverfaß. Dazu kamen noch laufend die Nachrichten vom Deutsch-Französischen Kriegsschauplatz. Napoleon III. hatte mit seinen Befürchtungen eines bevorstehenden Konflikts recht behalten.

Pepi kam mit dem Orchester an diesem Abend nur bis zum letzten Programmpunkt vor der Pause, seinem Potpourri „Musikalisches Feuilleton". Als sie die Stelle aus Meyerbeers Oper „Die Hugenotten" spielten, brachte der Primgeiger das Orchester aus dem Takt. Verzweifelt bemühte sich Josef, den Schmiß zu verhüten, noch war das totale Chaos für das Publikum nicht zu hören, doch Pepi sah es voraus. Schwindel packte ihn, eine Ohnmacht erlöste ihn aus der Situation, er stürzte vom Podium über vier Stufen in den Saal hinab und blieb mit blutiggeschlagenem Schädel liegen.

Entsetzt hatten die Zuhörer das Geschehen mitverfolgt. Das Konzert wurde abgebrochen. Man trug den Verletzten auf einer Bahre aus dem Haus und brachte ihn ins Hotel. Dort konstatierte der Arzt eine Gehirnerschütterung und fand es für ausgeschlossen, daß Pepi seine Tätigkeit in absehbarer Zeit werde fortsetzen können.

In Wien fiel Edi aus allen Wolken, als er das Telegramm aus

Warschau erhielt. Die Waber-Tant' machte sich sofort erbötig, den Neffen heimzuholen.

„Das Lintscherl ist ja bei ihm, wir beide werden's schon zuwege bringen. Was macht uns doch der Josef immer für Sorgen!"

Das Lintscherl - die Karoline - konnte freilich beim Transport des Kranken helfen, aber was wurde aus dem Orchester und dem Pachtvertrag für das „Schweizertal" ...?!

Da erschien am nächsten Tag bereits in einer Wiener Zeitung die Meldung:

Josef Strauß in Warschau
von Russen erschlagen

Was war geschehen? Vom „Schweizertal" ausgehend, hatte sich eine wahre Gerüchtelawine verbreitet. Sensationsjournalisten hatten zwei Ereignisse miteinander vermengt, wozu auch eine Namensähnlichkeit beigetragen haben mochte: Der von den Russen attackierte Billeteur Stroucz und Josef Strauß waren zu einer Person verschmolzen, was um so leichter war, weil man auch den ersteren mit blutigem Kopf aus dem Haus getragen hatte.

„Ich muß sofort nach Warschau!" entschied Edi.

„Ich fahre mit", erklärte die Waber-Tant' entschlossen.

Und noch eine dritte fuhr mit: Strauß-Schwester Anna. Johann mußte in der Zwischenzeit, ob er nun wollte oder nicht, in Wien zum Taktstock greifen.

Noch ahnte man nicht das Ausmaß der Katastrophe. Allein, in Warschau zeigte sich schon, in welch schlimmer Verfassung der Pepi war.

„Schön, daß ihr gekommen seid", seufzte er. „Mich hat's erwischt... So ein Pech, gerade jetzt, wo wir im ‚Schweizertal' so ein gutes Geschäft machen könnten."

„Ich werd' dirigieren, mach dir deswegen keine Sorgen", beruhigte Edi den Bruder. „Schau nur zu, daß du gut heimkommst nach Wien!"

„Dafür werden wir schon sorgen, net war, Pepi?" erklärte die

Waber-Tant' und ergriff unverzüglich alle erforderlichen Maßnahmen.

Während Edi versuchte, Klarheit über die Vorgänge jenes unglückseligen Nachmittags zu gewinnen, und, als er diese hatte, daranging, nicht nur die Konzerte im „Schweizergarten" wiederaufzunehmen, sondern auch die öffentliche Meinung zu korrigieren, die immer noch darauf beharrte, sein Bruder sei das Opfer eines Angriffs von Besatzern geworden, brachten die drei Frauen den todkranken Pepi nach Wien.

Hier erkannten die Ärzte endlich die wahre Ursache seiner häufigen Ohnmachtsanfälle. Er starb in Lintscherls Armen, erst dreiundvierzig Jahre alt, an einem Gehirntumor.

Wieder fehlte Jean beim Begräbnis. Er wollte nicht einmal, daß Jetty hingehe. Vielmehr reiste er, noch bevor man Josef nach Wien brachte, nach Warschau, um dort bis zum Eintreffen des Ersatzdirigenten Carlberg die Konzerte zu dirigieren, während sich Eduard wieder in Wien einfand, um hier alles in die Hand zu nehmen.

Die Ärzte wollten den Schädel von Josefs Leichnam genauer untersuchen. Die Trepanation sollte helfen, genaueren Aufschuß über den Tumor zu gewinnen. Doch Lintscherl weigerte sich energisch. „Ich lass' es nicht zu, daß an dem armen Pepi noch weiter herumgeschnitten wird", erklärte sie. „Er soll seinen Frieden haben, der Arme!"

Auch Eduard betrieb das Begräbnis nunmehr mit Eile. Johann, der es vorgezogen hatte, in Warschau zu bleiben, anstatt dabeizusein, würde es wohl in der polnischen Hauptstadt nicht lange aushalten. Dann würde er selbst wieder hinmüssen, denn auch Carlberg war keine Dauerlösung.

Karolines Weigerung, Josefs Leiche für weitere Untersuchungen freizugeben, erschien im Zusammenhang mit dem eiligst angesetzten Begräbnis einigen Leuten höchst verdächtig, um so mehr, als es bisher nicht gelungen war, die Falschmeldung aus Warschau ausreichend zu dementieren. Ein Flugblatt tauchte in Wien auf und machte die Runde. Darin wurde von einem Mann namens Wimmer behauptet, er wisse aus sicherer Quelle, in Wien werde überhaupt nur eine Wachspuppe aufgebahrt und ein leerer Sarg in die Erde gesenkt. Der Leichnam von Josef Strauß, der einem Mordanschlag zum Opfer gefallen sei, liege schon längst in einem geheimen Grab in Warschau.

Das Flugblatt machte Sensation. Waren es wirklich russische Offiziere oder gar Agenten gewesen, die den Musiker auf dem Gewissen hatten? Man sprach von enormen Summen Schweigegeldes, die die Familie Strauß von der russischen Regierung ausbezahlt erhalten habe. Als sich dann auch noch herumsprach, Josef Strauß habe keinerlei Kompositionen, ja nicht einmal Notizen von Einfällen hinterlassen, nahm die Gerüchtewelle eine neue Wendung: Die Brüder Strauß, Johann und Eduard, hätten womöglich selbst den begabten Bruder auf dem Gewissen oder zumindest seinen Nachlaß geplündert, um dessen Werke als die ihren auszugeben.

Es war gar nicht so einfach, diesem Unsinn wirkungsvoll zu begegnen. Der österreichische Generalkonsul in Warschau, Ritter von Brenner, und der Sektionschef im Außenministerium, Freiherr von Hoffmann, mußten um eine Sachverhaltsdarstellung bemüht werden.

Doch im Jahre 1904 tauchten in Boulevard- und Skandalblättchen Artikel auf, die sich mit dem „Rätseltod von Warschau“ befaßten und geheimnisvolle Andeutungen machten, es könne doch nicht so ohne weiteres mit der offiziellen Version der Todesursache und des Sterbens von Josef Strauß seine Richtigkeit haben.

Indessen nahm das „Unternehmen Schweizertal“ aller widrigen Umstände zum Trotz ein glückliches und gewinnbringendes Ende. Das war auf die Bemühungen Karolines zurückzuführen. Josefs Witwe entpuppte sich plötzlich als tüchtige Unternehmerin. Bisher hatte sie wie auch Josef alle geschäftlichen Belange dem ohnedies überbürdeten Edi überlassen. Nun aber zeigte sich in der Not eine neue Tugend.

Sie kannte Philip Fahrbach, der selbst ein genialer Komponist und Kapellmeister war. Fahrbach, um zehn Jahre älter als Johann, hätte sich auf seinen Lorbeeren und seinem wohlverdienten Vermögen getrost zur Ruhe setzen können. Doch Vollblutkünstler, der er war, zog es ihn immer wieder vors Publikum. Mit ihm traf Karoline eine Vereinbarung, wonach er die restliche Saison im Warschauer „Schweizertal“ übernahm. Nachdem das letzte Konzert verklungen war, ergab die Endabrechung – nach Abzug aller Spesen – noch immer einen Reingewinn von 14.000 Gulden. Die Strauß-Brüder waren sich darin einig, davon keinen Heller für sich behalten zu wollen. Sie betrachteten diese Summe als Lintscherls Erbe.

Jean schrieb in diesem Sommer kaum eine Note. Jetty indessen war rührig, verlor aber kein Wort auch nur zu irgend jemandem über den Plan, den sie sich zurechtgelegt hatte, um ihren Mann dazu zu bringen, Operetten zu schreiben.

Maximilian Steiner war einer der fähigsten Theatermanager, die Wien damals aufzuweisen hatte. Er hatte seine Finger in allem und jedem, was mit Theater zu tun hatte. Unter Direktor Strampfer war er als Theatersekretär zur Seele des Theaters an der Wien geworden, und als solcher stets auf der Suche nach zugkräftigen Stars und nicht minder zugkräftigen Novitäten.

Daneben war Herr Steiner auch sonst kein Kostverächter, was manche Damen seines Ensembles zu spüren bekamen. Es lag an deren Temperament und Einstellung, ob sie dies nun als Vergnügen, als Beihilfe zu ihrer Karriere oder auch ganz einfach als Unverfrorenheit betrachteten.

Im Augenblick bemühte sich Herr Steiner ganz intensiv um die Gunst seines schönen und talentierten Stars Josefine Gallmeyer. Doch die hatte ein Nachhilfe in bezug auf Karriere nicht nötig und ließ ihn ständig abblitzen. Das trug keineswegs dazu bei, die Laune des ständig gestreßten Herrn Steiner zu verbessern. An manchen Abenden pflegte er sich dann in seinen Zigarrenrauch derart einzunebeln, daß er selbst kaum zu erkennen war.

An einem solchen Nachmittag schloß Jetty mit ihm Bekanntschaft. Unter heftigem Husten, des von ihm verbreiteten Zigarrenrauches wegen, versicherte sie ihm, daß sie zwar noch halbwegs bei Stimme sei, aber keineswegs ein Comeback anstrebe. „Es geht nicht um mich, Herr Steiner, sondern um meinen Mann."

„Um den Jean? Was macht er, wie geht's ihm? Will er etwa bei der kommenden Weltausstellung aufspielen? Oder kann ich sonst was für ihn tun?"

„Ich hätt' gern, daß er etwas für Sie tut, Herr Steiner", erwiderte Jetty diplomatisch. „Was hielten Sie von einer Operette von Johann Strauß?"

Herrn Steiners üble Laune war auf der Stelle wie weggeblasen. „Davon würd' ich eine ganze Menge halten", rief er. „Ja, hat er denn eine? Oder schreibt er vielleicht eine? Und wie heißt sie denn, wann kann ich was daraus hören?"

Zumindest in einem Punkt sah sich Jetty durch diese Äußerungen bereits bestätigt: Operetten von Strauß würde man nicht nur akzeptieren, vielmehr hätten sie Zugkraft, wahrscheinlich sogar enorme.

„Er hat noch nicht, es gibt noch keine", mußte Jetty zugeben.

„Ja, aber – was soll ich dann tun, weshalb kommen Sie dann zu mir, Madame Strauß?" wunderte sich Steiner und fing wieder an, dicke Wolken paffen.

„Sie sollen mir helfen, meinen Mann dazu zu bringen, Operetten zu schreiben", erklärte sie eindringlich. „Ich weiß, daß er das können würde. Ja, vielleicht wären seine Operetten sogar die Krönung seines Lebenswerkes. Doch er selbst traut sich nichts dergleichen zu, er ist nicht risikofreudig, fürchtet einen möglichen Mißerfolg."

„Einen Mißerfolg! Bei Meister Strauß?" sagte Steiner paffend. „Das kann ich mir gar nicht vorstellen. Vielmehr denke ich, die Leute würden sich um die Karten reißen?"

„Das meine ich auch. Aber die Aussicht auf gute Einnahmen allein ist wohl nicht ausreichend, seine Bedenken zu zerstreuen. Nein, ich habe mir eine List ausgedacht, aber dazu brauche ich Ihre Hilfe. Ich glaube, es wäre nicht zu Ihrem Schaden, wenn Sie dabei mitspielen würden, Herr Steiner!"

Der Supermanager runzelte mißtrauisch die Stirn. „Erklären Sie mir das näher, Madame", verlangte er. „Nur keine krummen Sachen, die kann ich mir nicht leisten."

Jetty mußte herzlich lachen, und auch seine Miene verlor ihren mißtrauischen Ausdruck und hellte sich wieder auf. „Verzeihen Sie, Madame", sagte er begütigend. „Sie wollen sicher nur das Beste für Ihren Mann, und das ganz ohne krumme Tour. Also reden Sie schon. Was soll ich tun und wie können wir's anfangen, den Meister Jean herumzukriegen?"

Jetty zog aus ihrer Handtasche ein paar zusammengefaltete Notenblätter und legte sie stolz vor Steiner auf dessen Schreibtisch.

„Mein Mann", berichtete sie, „hat ganze Schubladen voll mit musikalischen Ideen und auf Vorrat fertigkomponierten Nummern. Ich glaube, er weiß selbst gar nicht, was er da alles in den Tiefen seiner Laden dahinschlummern läßt. Ich habe mir die Mühe gemacht, heimlich bei ihm zu kramen, und diese Noten hier ausgewählt. Er hat keine Ahnung davon, und sie gehen ihm auch nicht ab. Ihre Entstehung liegt so weit zurück, daß er sich vielleicht gar nicht mehr daran erinnern kann, daß und wann er sie komponiert hat."

Steiner lauschte gespannt. Aber wußte noch nicht, worauf diese Einleitung hinauswollte.

Jetty fuhr fort. „Meine Idee ist folgende: Sie haben sicher einen Stückeschreiber bei der Hand, der zu den einzelnen Musiknummern Texte und verbindende Szenen schreiben kann? Und sicher auch können Sie diese Szenen einstudieren lassen. Wir laden dann meinen Jean ein, er möge die Versuche eines neuen, noch ganz unbekannten Komponisten auf seine Tauglichkeit hin fachmännisch-kritisch beurteilen, und führen ihm einfach die Szene vor, ohne daß er weiß, daß die Musik von ihm selbst ist ..."

Beinahe hätte Herr Steiner vor Begeisterung seine Zigarre verschluckt. „Das wird ja ein Heidenspaß!" rief er und schlug mit der Hand auf die Notenblätter. „Madame Strauß, Sie können auf mich zählen! Auf das Gesicht von Ihrem Jean bin ich heute schon gespannt, wenn er erfährt, daß die Musik von ihm und er selbst der ‚neue, noch unbekannte Komponist' ist!"

Nun dauerte es freilich ein Weilchen, bis die geplante Szene bühnenreif war. Dann aber erging wie besprochen ein höfliches Hilfeersuchen an Meister Jean.

Der kannte natürlich Maximilian Steiner. In der „Branche“ kannte ein jeder jeden. Musiker, Sänger, Manager und Direktoren, Verleger, Reklameleute und Manager liefen einander zwangsläufig immer wieder über den Weg. Sie arbeiteten miteinander, stritten gegeneinander, vertrugen sich, planten, hatten gemeinsame Erfolge und Mißerfolge. Sie konkurrenzierten sich gegenseitig und liefen mitunter auch zum Kadi, doch gegen Außenstehende hielten sie zusammen wie Schwefel und Pech.

„Das kannst du dem Steiner wohl nicht gut abschlagen“, meinte Jetty vorsichtig, während ihr Gatte stirnrunzelnd das Schreiben des Direktors las. „Aber da du so wenig Bühnenerfahrung hast, wird es wohl das beste sein, du nimmst mich mit!“

„Das ist g'scheit, Jetty“, fand Jean. „Schließlich bist du selbst lang genug da oben auf den Bretteln g'standen. Ich versteh' net genug davon.“

Eines Vormittags war es dann soweit. Von Jetty und Herrn Steiner zu beiden Seiten flankiert, saß Jean vorn im Parkett des abgedunkelten Zuschauerraumes im Theater an der Wien. Als Orchester mußte ein Klavier genügen. Auf der Bühne präsentierten zwei Nachwuchssänger, die aber recht gut bei Stimme waren, eine zärtliche Szene in Wort und Gesang.

Die „Aufführung“ dauerte immerhin fast eine Viertelstunde, während welcher Meister Jean immer nervöser und unruhiger zu werden schien, was Jetty und Steiner, die ihn mit verstohlenen Blicken beobachteten, in zunehmendem Maß amüsierte.

Als „es“ dann vorüber war und aus dem Flügel unter den Fingern des Pianisten ein rauschendes Finale hervorperlte, fragte Steiner gespannt: „Ehrlich, Meister Strauß, was halten Sie davon? Glauben Sie, daß man damit was anfangen könnt'?“

„Hm“, brummte Jean, „schwer zu sagen. Ich find's nicht schlecht, aber es kommt mir ein bißl bekannt vor. Die Sach' hat Schwung, ganz gewiß, aber die Musik ist womöglich g'stohlen, irgenwo muß ich sie schon gehört haben!“

Da lachten die beiden auch schon los.

„Sie ist von *dir*, Jean!“ rief Jetty.

„Stimmt“, nickte Steiner, vor Lachen prustend, „von Ihnen ist sie. Wir haben sie tatsächlich g'stohlen, aber nicht so, wie Sie meinen, und jetzt g'hört sie wieder Ihnen, mitsamt dem Text, den kriegen S' auf den Schreck hinauf mit dazu. – Aber jetzt im Ernst: Wär' das so eine miese Operette? Denken Sie genau darüber nach. Wir könnten miteinander einen Vertrag machen – und so viel Geld, wie Sie aus meinem Theater herausholen können, haben Sie auf einem Haufen noch net beisammen g'sehen.“

Strauß sah sich überrumpelt. Der Vertrag kam bald danach zustande, und Jean machte sich unter viel Aufwand an Rotwein und Schweißperlen und in Erwartung gewaltiger Tantiemen an die Arbeit.

So entstanden „Die lustigen Weiber von Wien“. Doch leider war es zu diesem Zeitpunkt längst zum entscheidenden Krach zwischen der Gallmeyer, die für die Hauptrolle vorgesehen war, und dem seine Leidenschaft nicht zügeln könnenden Herrn Steiner, der inzwischen mit Marie Geistinger das Theater leitete, gekommen. Die Gallmeyer war jetzt am Carl-Theater, und die geplante Uraufführung fiel ins Wasser.

Erst die nächste Operette erblickte so richtig das Rampenlicht. Jean hatte sich dabei so sehr ins Zeug gelegt, daß „Indigo“ vier Stunden dauerte!

Als Jean in seinem Fiaker am Tag vor der Premiere an einem der Riesenplakate vorbeifuhr, mit welchen das Theater an der Wien die halbe Stadt geschmückt hatte, und darauf in übergroßen Lettern seinen Namen gedruckt sah, wurde ihm schlecht.

Am Morgen nach der Uraufführung brachte ihm Jetty alle Zeitungen, die sie hatte auftreiben können, mit zum Frühstückstisch. Die Rezensionen waren bereits angezeichnet, so daß Jean nicht lange nach ihnen zu suchen brauchte.

„Na, was sagst du, Jean?“ fragte Jetty. „Alle haben geschrieben, der Hanslick, der Speidel ... Da, lies nur, was sie von deinem Erstling halten!"

Jean, der die halbe Nacht nach der Premiere kein Auge zugetan hatte, aber dann doch vor Erschöpfung eingeschlafen war, griff hastig zu, zögerte, las aber dann doch halblaut, damit auch Jetty an dem Presseerguß teilhaben konnte.

„Ganz wie ehedem im Tanzsaal schwang sich der Meister mit kühnem Schwung an das Dirigentenpult. Ein zuckender, flammender Blick über das Orchester, und dann das Zeichen zum Beginn. Und als bei der Glanznummer des Abends, dem Walzer „Ja, so singt man in der Stadt, wo ich geboren", das ganze Haus in einen jauchzenden Schrei ausbrach, die Insassen der Logen und Sperrsitze in tanzende Bewegung gerieten, da glaubte man, jetzt müsse Strauß dem nächsten Geiger das Instrument entreißen, dieselbe ansetzen und wie einst beim ‚Sperl' zum Tanz aufspielen."

Jean nickte beifällig.

„Hast du's übrigens bemerkt, Jetty", sagte er, „den Hofopern-Direktor Herbeck haben s' zu uns ins Orchester g'setzt. Mit einem Stockerl hat er vorlieb nehmen müssen, im ganzen Theater war kein einziger Sitzplatz mehr frei!"

Ganz Wien hatte diese Strauß-Operette mit Spannung erwartet. Nun folgten natürlich die Für und Wider, setzten die Fachsimpeleien vor allem in Theaterkreisen ein. „Indigo und die vierzig Räuber" war noch kein Meisterwerk, das hatte auch niemand erwartet.

Nach der fünfundzwanzigsten Aufführung – das Theater war noch immer auf mehrere Wochen hinaus ausverkauft – kam Jetty beim Frühstück wieder mit einer Zeitung an. Diesmal aber legte sie Jean mit vielsagendem Lächeln die „Leipziger Musikalische Zeitung" auf den Tisch, in welcher Jacques Offenbachs neue Operette „Die Prinzessin von Trapezunt" verrissen wurde. Die Kritik aber hatte einen Nachsatz, auf welchen Jetty besonders hinwies:

„Wien dürfte bald imstande sein, sich mit Operetten selbst zu versorgen. Unlängst hat Johann Strauß, der berühmte Walzerfabrikant, eine wahre Walzeroper zustande gebracht, welche das erste Viertelhundert Vorstellungen bereits hinter sich gebracht hat."

„Na, Jean, hab' ich recht gehabt?" fragte Jetty triumphierend.

6. Monsterspektakel in den USA

1873 – das Jahr der Weltausstellung in Wien. Am 1. Mai eröffnete sie der Kaiser persönlich. Der kleine Kronprinz Rudolf, die schöne Kaiserin Sisi begrüßten die hohen Herrschaften, die von weither angereist kamen, um die Wunder zu sehen, die in Wien für die Ausstellung entstanden waren: die prächtige Rotunde, die Pavillons und kleinen Paläste für die Herrscher jener Länder, die in der Ausstellung vertreten waren. In diesen oft prunkvoll eingerichteten Räumen konnten sie ruhen, Gäste empfangen, Empfänge für Fürstlichkeiten, Industrielle und Wirtschaftstreibende, aber auch für die Journalisten geben, welche das Weltausstellungsgelände permanent belagerten.

Der erste Mai war der Tag des Frühlingsfestes. Doch an diesem Tag herrschte ausgesprochen schlechtes Wetter. Der Kaiser und die Kaiserin fuhren vor, kurz darauf erschienen der deutsche Kronprinz Friedrich Wilhelm mit seiner Gattin Victoria, einer Tochter der englischen Königin, dann folgte der Wagen des Prinzen von Wales. Sie alle rollten durch ein dichtes Spalier von Schaulustigen, die sich trotz des schlechten Wetters vor dem Haupteingang zum Messegelände drängten.

Es war halb zwölf Uhr mittags. Endlos schien die Reihe der Hofwagen, welche durch das Portal fuhren, dessen schwarzgelber Flaggenschmuck im Winde flatterte.

„Da schau, der Erzherzog Rainer!"

„Kind, mach die Augen auf! Das ist der Bruder vom Kaiser, der Erzherzog Ludwig Viktor!"

„Ist das der König von Dänemark?"

„Der hier müßt', nach dem Bild in der Zeitung, der Bruder vom belgischen König sein!"

Die Wiener kannten die Angehörigen des Kaiserhauses so gut, als gehörten sie selbst mit zur Familie. Aber in der ungeheuren, noch immer Zulauf findenden Menschenmenge entdeckte man auch allerlei Exoten. Leute in Burnussen, in malerischen Trachten, mit Ponchos. – Es sollte übrigens sogar ein echtes Indianer-Zeltdorf auf dem Gelände der Ausstellung geben!

In der riesigen Rotunden-Halle hatten sich bereits der Obersthofmeister Fürst Hohenlohe, der Oberst-Zeremonienmeister Fürst Abensberg-Traun und der Obersthofmarschall Graf Larisch-Mönnich in Galauniform aufgestellt. Nur der Generaldirektor der Ausstellung, Freiherr von Schwarz-Seeborn, war im Frack und hielt ziemlich aufgeregt eine mächtige Papierrolle in den behandschuhten Händen.

Unter der hohen Kuppel der Halle sollte nun der Festakt der Eröffnung stattfinden. Die Menge der Gäste füllte bereits erwartungsvoll den riesigen Raum.

Punkt zwölf - „Nach Seiner Majestät kann man die Uhr richten", flüsterte jemand - erschienen die Majestäten mit dem Kronprinzen Rudolf, der in der Uniform eines Artillerie-Obersten und in Begleitung seines Erziehers, des Grafen Latour, eintrat. Erzherzog Ludwig Viktor, der Protektor der Weltausstellung, und Erzherzog Rainer in seiner Eigenschaft als Präsident der Jury, sprachen Begrüßungsworte, und Generaldirektor Schwarz-Seeborn hatte wie herbeigezaubert ein riesiges Blumenbukett zur Hand und überreichte es der schönen Kaiserin.

Und dann erklang die Kaiserhymne:

Gott erhalte, Gott beschütze
Unsern Kaiser, unser Land!
Mächtig durch des Glaubens Stütze
Führ' er uns mit weiser Hand.
Laßt uns seiner Väter Krone
Schirmen wider jeden Feind!
Innig bleibt mit Habsburgs Throne
Österreichs Geschick vereint!

Die eigentliche Eröffnung fiel überraschend kurz aus. Erzherzog Ludwig Viktor überreichte seinem kaiserlichen Bruder einen Bildband über die Ausstellung und ein Exemplar des Ausstellungskatalogs. Ministerpräsident Fürst Auersperg dankte dem Kaiser für dessen tatkräftige Förderung bei der Planung und Vorbereitung der Monsterschau, und schließlich ergriff auch noch Bürgermeister Cajetan Felder das Wort. Nach einem dreifachen Hoch auf den Kaiser erklärte dieser die Ausstellung für eröffnet. Unter den Klängen eines vom Männergesang-Verein einstudierten Festgesanges machte man sich dann an den Rundgang.

Noch sang der Chor aus vollen Kehlen: „Arbeit ist der Staaten Grund, gleiches Streben macht euch gleich, einen Völker-Friedensbund feiert heute Österreich!", noch krachten draußen auf dem Pratergelände die Ehrensalven der Batterie, welche aller Welt die Eröffnung der Ausstellung verkünden sollten, vor allem aber die Vögel aus dem Geäst der alten Praterbäume aufscheuchten. Noch also war alles von Schauplatz zu Schauplatz unterwegs, man bewunderte den originellen Kölnischwasser-Springbrunnen von Farina, bestaunte im holländischen Pavillon eine kunstvolle Pyramide aus Likörflaschen und das orientalische Zimmer im Ägyptischen Pavillon. Doch da fragte bereits Ihre königliche Hoheit Kronprinzessin Victoria ihren Wilhelm:

„Und wo spielt die Kapelle Strauß?"

Der dem Paar zugeteilte Hof-Ehrenkavalier - genaugenommen war er nichts anderes als ein Ausstellungs-Cicerone - beeilte sich zu versichern, man werde in wenigen Minuten zum Musikpavillon gelangen.

Von dort klangen den Besuchern bereits schneidige Märsche entgegen. Man erreichte den Pavillon, vor welchem der Kronprinz Wilhelm verdutzt stehenblieb. Dann aber brach er in helles Lachen aus.

„Das soll der berühmte Strauß sein? - Victoria, das ist ja unser guter Langenbach aus Elberfeld!" rief er aus.

Den „guten Langenbach aus Elberfeld" hatte die Ausstellungsleitung tatsächlich als Notlösung engagiert. Denn der

Walzer- und nunmehrige Operettenkönig Johann Strauß hatte schon seit zwei Jahren das Amt des Hofballmusikdirektors zurückgelegt.

Doch der Vorfall hatte für die Ausstellungsleitung ein Nachspiel. Flugs mußte Eduard Strauß in Erscheinung treten. Im Schloß Hetzendorf, wo der preußische Kronprinz für die Zeit seines Aufenthaltes logierte, wurde ein Sonderkonzert mit dem feschen Edi arrangiert, und in der Folge war das Strauß-Orchester auch immer wieder auf dem Weltausstellungsgelände zu hören.

Doch das vermochte die Katastrophenstimmung nicht zu bessern, die schon eine Woche nach der Eröffnung der Ausstellung, am „Schwarzen Freitag", dem 9. Mai 1873, mit dem Börsenkrach über Wien hereinbrach. Berichte über Konkurse, die Selbstmorde ruinierter Spekulanten beherrschten das Tagesgespräch. Die Wiener Ausstellung schloß jedenfalls im November mit einem erheblichen Defizit, hinterließ aber den Wienern ein eindrucksvolles Zeugnis: die Rotunde als ein Wahrzeichen der Stadt für viele Jahre.

Alles in allem war aber die Weltausstellung ein Riesenspektakel gewesen. Jean hatte im Jahr zuvor drüben in Amerika eines von anderer Art erlebt und war noch dazu einer von dessen Mittelpunkten gewesen.

Die Stadt Boston lockte ihn über den großen Teich mit einem Angebot von sage und schreibe einhunderttausend Dollar.

Während der Überfahrt auf dem Ozeandampfer „Donau" wurden Jeans Begleiter der Reihe nach seekrank, zuerst Jetty, dann auch noch der mit auf die Reise genommene Neufundländer, der nunmehrige vierbeinige Gefährte von Jean. Schließlich war Jean zu seiner eigenen Verwunderung einer der wenigen Passagiere, die sich das Essen im Speisesaal ungeniert munden ließen.

„Daß ich seefest bin, hätt' ich mir auch nicht träumen lassen", gestand er Jetty, die in einem fort die Farbe wechselte.

Boston empfing Jean mit haushohen Plakaten, die den Walzerkönig gekrönt auf einer riesigen Weltkugel zeigten. Die Reklame lief schon auf Hochtouren. Die riesige Holzhalle, in der er dirigieren sollte, faßte nach offiziellen Angaben 50 000 Menschen.

Jean notierte, nachdem alles ausgestanden war, in sein Tagebuch: „Auf der Musikertribüne standen zwanzigtausend Sänger, die ich dirigieren sollte. Zur Bewältigung dieser Riesenmassen waren mir einhundert Subdirigenten beigestellt, doch konnte ich nur die mir nächststehenden erkennen, und trotz vorangegangener Proben war an eine Kunstleistung nicht zu denken. Und ich in meiner Lage angesichts einer Zuschauermenge von hunderttausend Amerikanern! – Es kracht, als ein zarter Wink, daß ich anfangen müsse, ein Kanonenschuß! Die ‚Blaue Donau' steht auf dem Programm! Ich gebe das Zeichen, meine hundert Subdirigenten folgen, so gut sie können, dann ging ein Heidenspektakel los, das ich mein Lebtag nicht mehr vergessen werde. Da wir so ziemlich zu gleicher Zeit angefangen hatten, war meine ganze Aufmerksamkeit darauf gerichtet, daß wir auch zur gleichen Zeit aufhören würden. Irgendwie brachte ich das auch zustande, und die Menge brüllte Beifall; ich aber atmete auf, als ich wieder festen Boden unter den Füßen fühlte ..."

In der Folge absolvierte man noch zwei Monsterbälle und zahlreiche Konzerte in Boston und New York und kehrte dann mit einem völlig kahlgeschorenen Neufundländer nach Europa zurück. Der arme Hund hatte in Amerika nämlich Haare lassen müssen. Jetty hatte sie als „echte Strauß-Künstlerlocken" den enthusiastischen Amerikanerinnen geopfert ...

Im Jahr nach der Weltausstellung hatte dann am 5. April „Die Fledermaus" Premiere. Jean schrieb sie in dreiundvierzig Tagen und Nächten, und in dem „Glücklich ist, wer vergißt" erblickten manche Wiener einen weinseligen Trostgesang im Hinblick auf die Nachwirkungen der Weltausstellungs-Pleite. Die Geistinger sang die Rosalinde. Die Operette brachte es im

Theater an der Wien trotz ungeheuren Erfolges auf nur 49 Vorstellungen insgesamt; der Spielplan, der längst feststand, verhinderte, den Erfolg voll auszuschöpfen. Schon in Berlin erlebte sie einhundert Aufführungen und ging von da um die Welt.

Unmittelbar darauf machte sich Strauß an die nächste Arbeit.

„‚Cagliostro in Wien' - das klingt gut", fand Jetty. „Aber du mußt allmählich auch auf die Besetzung deiner Stücke ein bißchen Einfluß nehmen. Wie oft hängen Erfolg und Mißerfolg von den richtigen Mitwirkenden ab!"

„Man hat mir da vor einiger Zeit ein Naturtalent vorgestellt", berichtete Jean. „Stell dir vor, der Mann war von Beruf Schlosser ..."

„Ein Schlosser, der zum Theater geht?"

„Der Mann kommt übrigens aus Graz. Was mich an ihm fasziniert hat, ist sein Gesicht. Er sieht aus, als würde er lachen und weinen zur gleichen Zeit. Er hat mir ein Couplet vorgesungen. Offenbar hat der Mensch wirklich Talent."

„Und wie heißt der Wunderknabe?"

„Girardi, Alexander Girardi. - Na, ich hab' ihn dem Steiner empfohlen. Vielleicht wird aus ihm etwas."

Und wieder einmal kam das alte Strauß-Trauma zur Sprache.

„Mutter hat sich nie davon abbringen lassen, daß wir von altem spanischem Adel abstammen. Von einem Marquis Rober."

Da hatte Jetty eine Idee. „Wie wäre es, wenn dich mein Stiefvater adoptiert?"

Jettys Stiefvater war Josef Ritter von Scherer. Kein Graf, kein Baron, aber immerhin ein „von".

Doch die Hofkanzlei machte dem Plan einen Strich durch die Rechnung.

„Seine Majestät", ließ die Hofburg verlauten, „hat Herrn Johann Strauß in Anbetracht seiner Verdienste bereits den Franz-Josephs-Orden verliehen. Damit erscheint dem unterfertigten Hof-Amte abgegolten, was seine bisherigen Verdienste anbelangt. In der Kürze der inzwischen verstrichenen Zeit ist nichts neues bekannt geworden, was darüber hinaus die Übertragung des Adelstitels des Herrn Ritter von Scherer rechtfertigen würde."

Jean lief vor Zorn rot an. „Diese Hof-Bürokraten", schimpfte er.

„Jetzt will ich's aber genau wissen", erklärte Jetty, „was es mit eurer adeligen Abstammung auf sich hat!"

Und sie begann in den hinterlassenen Papieren von Mutter Strauß zu graben und zu forschen, schrieb Briefe hierhin und dorthin. Bekam befriedigende und unbefriedigende Antworten von Pfarrämtern, Behörden, Auskunfteien.

Schließlich hatte sie beisammen, was sie zu wissen brauchte. Das Ergebnis war niederschmetternd, zumindest für Jean. Edi hingegen machte es nichts aus.

„Dem Herrgott sei's gedankt, daß das Josef nicht mehr erfahren mußte, er hat doch sogar ein Versdrama auf den ‚Ritter Rober' verfaßt und so fest an diese romantische Geschichte geglaubt."

„Mein Großvater war ein Spanier", pflegte die Strauß-Mutter ihren Söhnen zu erzählen. „Und auch in euch, Josef, Edi und Schani, fließt Spanierblut. Schaut euch nur in den Spiegel, eure Augen, eure Haare, schaut euch an! Ja, wir waren einmal große Leute. Mein Großvater war ein Grande und Marchese. Er wohnte in einem prächtigen Schloß, besaß Diener und ringsum viel Land. Doch da war ein Fürst im Lande, der war mächtiger als er und Großvater nicht gut gesinnt. Und eines Tages hetzte er den Thronfolger gegen ihn auf. In einer schlimmen Nacht kam es zum Duell. Großvater blieb Sieger, stieß seinen Degen dem Infanten mitten durchs Herz. Doch was nützte ihm sein Sieg! Er hatte Spaniens Thronfolger getötet! Und nun würde der König *ihn* töten lassen … Erst jetzt durchschaute er das ganze hinterlistige Komplott. Bei Nacht und Nebel, nur mit dem Nötigsten versehen, verließ

Großvater mit seinen Kindern - er hatte zwei Söhne und drei Töchter - und seiner Gattin das Schloß. Die Verfolger waren ihm dicht auf den Fersen. Mit knapper Not gelangten sie noch rechtzeitig über Frankreichs Grenze. Aber immer noch nicht glaubten sie sich endgültig in Sicherheit. Die Flucht durch Frankreich und Deutschland verschlang ihre letzten Mittel. Endlich fand die Familie Zuflucht auf dem Besitztum des Herzogs Albert von Teschen. Doch zwischen den regierenden Familien Österreichs und Spaniens herrschten verwandtschaftliche Bindungen, und der Herzog riet meinem Großvater und seiner Familie, um seines Lebens sicher zu sein, Rang und Namen abzulegen. So nahm er den bürgerlichen Namen Rober an. Auch die Söhne bewahrten das Geheimnis, so daß selbst die kleinen Schwestern niemals über ihre wahre Herkunft erfuhren. Großvater und Großmutter starben, vom Kummer gebeugt. Die Töchter verehelichten sich, die älteste mit dem Dichter Eckhart, die jüngere mit dem tapferen Schneider Wolfram, der bei der Belagerung Wiens durch Napoleon Heldentaten vollbracht hat. Die dritte heiratete den Gastwirt Josef Streim, meinen Vater."

So die Erzählung der Strauß-Mutter.

Nun aber wußte Jetty es besser: „Die Familie Rober stammt in Wirklichkeit seit Generationen aus Luxemburg. Die Rober waren keine Granden, sondern Wein- und Obsthändler. Einer von ihnen, der 1740 in Luxemburg geborene Martin Rober, wanderte als fahrender Friseur bis nach Wien und heiratete, achtundzwanzig Jahre alt, die Gastwirtstochter Anna Maria Hartl. Er ließ sich als Pächter einer Weinwirtschaft im Prater nieder. Nach dem Tod seiner Frau wurde er ‚Zuckerbäckereiträger' beim Herzog Albert von Sachsen-Teschen. Das war der sagenumwobene Großvater! Vielleicht, daß er ein Fabulierer war, der sich seinen Nachkommen gegenüber als verkappter Marchese ausgegeben hat!"

„Ein ausgewanderter Friseur, Weinausschenker und Brezeltrager also", sinnierte Jean.

„Jeder wird eben nicht mit einer Krone geboren“, fand Jetty. „Jean, du bist doch ohnedies ein König in deinem Reich! Dein Adel ist dir vom Herrgott verliehen - was brauchst du dann noch einen vom Kaiser?“

„Hast recht“, brummte er. „Reden wir von etwas anderem!“

7. Der Erpresser

Der Schlosser Alexander Girardi aus Graz machte Furore und entwickelte sich mit der Zeit nicht nur zu einem Liebling der Wiener, sondern auch zu einem bevorzugten Komiker in den Strauß-Operetten. Oft war er es, der ein an sich schwaches Stück durch seine Darstellung und seinen volkstümlichen Witz rettete. Dabei hatte er, wie Jean schon ganz zu Beginn ihrer Bekanntschaft erkannt hatte, auch die Gabe, nicht nur urkomisch, sondern auch in hohem Maße tragisch-menschlich zu wirken und vom Autor stiefmütterlich bedachten Schablonenrollen einen gewissen Tiefgang zu verleihen.

Mit den Extempores-Einlagen spontaner, eigener Erfindung – war Herr Girardi nicht kleinlich. Er paßte seine diesbezüglichen Scherze der jeweiligen aktuellen Situation an. Bald kam es so weit, daß die Wiener nicht nur Strauß-Kaffeetassen besaßen, sondern auch Girardi-Hüte trugen.

Mit Elefanten und Kamelen auf der Bühne, einem Mohren-Ballett und Girardi als Komiker wurde „Cagliostro in Wien“ ein Riesenerfolg – wenn auch nur in Wien. Diesem Werk erging es konträr zu so vielen anderen Schöpfungen von Jean, die anderswo zu glanzvollen Erfolgen wurden, in Wien aber nur mäßige Aufführungszahlen erlebten.

Das Theater an der Wien und das Carl-Theater traten zur Freude des Publikums zueinander in heftige Konkurrenz. Jedes der beiden Häuser wollte sich die zugkräftigen Operetten sichern. Und in dem Maße, in dem nach der Weltausstellungs-Pleite der Stern von Maximilian Steiner verblaßte, ging ein neuer am Wiener Theaterhimmel auf. Der Mann hieß Franz Jauner, und seine üppigen Inszenierungen waren ganz auf den Show-Effekt abgestimmt und machten Furore.

Eines Tages, als Jean von der Probe heimkam, fand er einen ihm unbekannten jüngeren Mann in heftigem Diskurs mit Jetty begriffen. Die beiden standen in der Vorhalle. Jetty war bleich und erregt, und es sah fast so aus, als wolle sie am liebsten in den Boden versinken, als Jean völlig ahnungslos eintrat.

Jean grüßte und erwartete, daß ihm der Besucher vorgestellt werde. Der Fremde blickte ihn mit herausforderndem Lächeln an. Schon schien es, als wolle er den Mund aufmachen und seinen Namen nennen, doch Jetty verabschiedete ihn hastig und mit kurzen Worten.

Der Mann warf einen letzten fragenden Blick auf Jean und Jetty, dann drehte er sich ohne ein weiteres Wort um und ging.

„Wer war dieser unsympathische Mensch?" fragte Jean mißtrauisch. „Und was wollte er?"

Jetty schien verwirrt nach einer Erklärung zu suchen. „Er ... äh ... wollte etwas verkaufen", fiel ihr schließlich ein.

„Etwas verkaufen? Was?"

„Eine Patentbügelmaschine ..."

„Aber wir haben doch eine."

„Das habe ich ihm auch gesagt."

„Merkwürdig. Ein Vertreter also. Aber solche Leute haben doch meist ein Musterexemplar bei sich."

„Oh ... er hatte nur ein Prospekt, das er mir gezeigt hat."

„Und keine Bestellformulare?" Jeans Mißtrauen schien eher zu wachsen als zu schwinden. „Solche Vertreter haben doch meist einen ganzen Aktenkoffer bei sich."

„Dieser aber nicht. Wie war's auf der Probe?" wechselte sie rasch das Thema.

Schließlich maß auch Jean diesem Vertreterbesuch keine weitere Bedeutung bei, obwohl Jetty noch Stunden danach eine merkwürdige Unruhe zeigte.

In der darauffolgenden Nacht fand sie lang keinen Schlaf, lief unruhig, Tabletten einnehmend, in den Räumen umher.

„Jetty, was ist los mit dir?" fragte Jean besorgt.

„Nichts weiter, Jean, bloß eine kleine Übelkeit, wie es bei Frauen in meinem Alter eben vorkommt", versuchte sie eine Erklärung zu geben, ging zu Bett und hoffte endlich den ersehnten Schlaf zu finden.

Sie sah den Vollmond durch die Gardinen scheinen und seinen Silberstrahl über die Muster des Teppichs wandern. Die Uhren im Hause schlugen Stunde um Stunde. Dann wurde draußen der Himmel grau, die Geräusche der erwachenden Stadt drangen ins Haus.

Jetty hatte keine Minute geschlafen. Sie fühlte sich wie zerschlagen. Sorgfältig schminkte sie sich im Badezimmer, um die Spuren der durchwachten Nacht nicht allzu auffällig erkennen zu lassen.

Jeans prüfendem Blick entgingen sie dennoch nicht. „Fehlt dir nichts, Jetty?“ fragte er teilnehmend.

„Migräne, Jean, du mußt entschuldigen.“

„Migräne? Solltest du nicht besser zum Arzt?“

„Ach nein, Jean. Mach dir meinetwegen keine Gedanken. Das geht sicher bald vorbei. Es ist nichts, wirklich nicht! Laß dich nicht durch dumme Gedanken bei deiner Arbeit stören.“

Jean fuhr wieder zur Probe. Und dachte dabei gleichzeitig an seine Arbeit am „Prinz Methusalem“, seiner nächsten Operette, die im Carl-Theater erscheinen sollte, also bei Steiners Konkurrenz. Es würde für diesen eine böse Überraschung werden. Steiner hatte nicht die geringste Ahnung. Aber Jean hatte schließlich mit ihm keinen Exklusivvertrag.

Jean wollte am Abend weiterschreiben. Er komponierte gerne des Nachts. Die Gedanken an seine Arbeit verdrängten im Laufe des Tages das Bild des merkwürdigen jungen Mannes aus seinem Gedächtnis.

Jetty aber traf diesen Mann noch am selben Vormittag im Café Griensteidl und schob ihm ein Kuvert zu. „Mehr habe ich nicht erübrigen können“, erklärte sie. „Und bitte, komm nicht wieder.“

„Das wird mir nicht leichtfallen“, meinte Jettys Gegenüber und schlürfte bedächtig seinen Kaffee. „Allein das Bewußtsein, daß du jetzt die Frau eines so berühmten Mannes bist ... und ich dagegen ein armer Teufel, der sich mühselig durchschlagen muß. Du kannst mir unmöglich deine Hilfe versagen. Und dein

Mann wäre ja schließlich - nun, was für ein Verhältnis hätte er wohl zu mir?"

„Keines", erwiderte Jetty heftig. „Zwischen euch beiden besteht überhaupt kein Verhältnis. Gar keines! Und ich möchte auch, daß er nichts von deiner Existenz erfährt."

„Dann wirst du mich wohl noch eine kleine Weile unterstützen müssen", meinte er ironisch.

„Ich hab' dir doch schon gesagt, daß ich nichts mehr erübrigen kann."

„Aber, aber", wehrte er mit einem impertinenten Lächeln ab. „Dein Mann schwimmt doch förmlich im Geld. Was kann es ihm da schließlich ausmachen ..."

Jetty erhob sich brüsk. „Laß meinen Mann aus dem Spiel", zischte sie. „Ich hab' dir schon gesagt, ich will auf keinen Fall, daß er je erfährt, daß es dich gibt und wer du bist."

„Wie zärtlich und liebevoll - ihm gegenüber", sagte er und verzog das Gesicht. „Solltest du aber nicht auch ein wenig an mich denken? Wäre das nicht auch deine Pflicht - Mama ...?"

Jetty öffnete weit die Augen bei diesem Wort. Der ihr hier gegenübersaß, war tatsächlich ihr Sohn, das Ergebnis einer längst vergessenen Jugendsünde, und, wie sich jetzt zeigte, ein heruntergekommenes Subjekt, das sich nicht scheute, die Mutter zu erpressen. Denn wie anders hätte man sein Vorgehen auch nennen können?

Dieser Mensch war nicht etwa als Bittsteller gekommen oder als jemand, der an ein natürliches mütterliches Empfinden appelliert und dabei auf das eigene, gewiß nicht rosige Schicksal verweist. Nein: er kam und drohte mit einem Skandal. Er drohte mit Enthüllungen über Jettys Vorleben. Er habe bereits mehrere höchst interessierte Redaktionen an der Hand. Für Zeitungen wäre die Vorgeschichte der Frau Strauß ein wahres Fressen!

„Nimm dieses Wort nie mehr in den Mund", zischte Jetty, aufs höchste empört.

Dann wandte sie sich heftig um und verließ das Kaffeehaus

mit stürmischen Schritten. Einige Gäste blickten verwundert von ihren Zeitungen auf, einer hatte sie sogar erkannt. Doch nicht sie hatte diesen Treffpunkt vorgeschlagen.

Der unvermutet aus dem Dunkel von Jettys Vergangenheit aufgetauchte Sohn hingegen öffnete den ihm zugesteckten Briefumschlag, blätterte die Banknoten durch, die er enthielt, und steckte ihn dann mit unbewegter Miene ein. Dann zog er den Kaffee, den Jetty bestellt, aber nicht angerührt hatte, zu sich heran und trank auch ihn aus.

In einem Sturm von Empfindungen kehrte Jetty heim. Dies war bereits die zweite Begegnung mit ihrem Kind gewesen, das nach so vielen Jahren erschienen war wie ein Gespenst aus dunkler Vergangenheit.

Ein Brief war eines Tages ins Haus geflattert – nicht durch die Post, sondern persönlich abgegeben und an sie adressiert. Darin lag ein Schreiben, dessen Verfasser sie um eine persönliche Begegnung an drittem Ort ersuchte. Er sei ein ihr nahestehender Mensch, brächte alle Papiere mit, die das amtlich bezeugen könnten, habe sie mit Mühe ausfindig gemacht und sei eigens nach Wien gekommen, sie endlich kennenzulernen.

Die Unterschrift trug ihren eigenen Mädchennamen: Chalupetzky. Jetty erschrak. Ein Gefühl sagte ihr, der Brief bedeute nichts Gutes. Sie war sofort auf der richtigen Fährte, kramte in ihren Erinnerungen und gelangte dabei zu einer Episode, die sich in Sachsen ereignet hatte und nicht ohne Folgen geblieben war. Der Vater hatte sich damals aus dem Staub gemacht. Das arme kleine Wurm war nebst einer Summe Geldes bei fremden Zieheltern geblieben.

Dieser Herr Chalupetzky mußte jetzt schon über dreißig Jahre alt sein. Wie sah er aus? Wie hatte er ihren Aufenthalt erfahren? – Nun, wahrscheinlich hatte er aus Zeitungen Einzelheiten über seine Mutter erfahren und sich den Rest durch Nachforschungen ergänzt.

Er sei, schrieb er, eigens nach Wien gekommen, um sie kennenzulernen. Was Jetty hierbei empfand, war ein Gefühl der

Auflehnung. Dieser Chalupetzky, der hier in ihr geordnetes Dasein einbrach, war ihr völlig fremd, die Erinnerungen, die sie im Zusammenhang mit ihrem damaligen Erlebnis hatte, waren alles andere als angenehm. Doch er war - ob sie beide es nun wollten oder nicht - ihr Sohn, die Frucht ihres Leibes, und das bewog doch schließlich eine Änderung ihres Empfindens. Etwas wie Verantwortungsgefühl für diesen armen Teufel - so schätzte sie ihn ein -, gepaart mit Neugier regte sich nun in ihr.

Der verabredete Treffpunkt war das Café Griensteidl unmittelbar neben der Hofburg in der Wiener Innenstadt. Sie wäre lieber woanders hingegangen, es war ihr nicht angenehm, dort gesehen und mit einem fremden Mann erkannt zu werden, von dem ja niemand wissen konnte, daß er ihr Sohn war. Aber Chalupetzky war in Wien fremd und hatte das offensichtlich nicht bedacht - glaubte sie zumindest.

Doch schon bei der ersten Begegnung erkannte sie, daß mütterliche Gefühle hier nicht am Platz waren. Der Mensch war ein eiskalter Erpresser, der aus seiner Herkunft und der vermuteten Wohlhabenheit seiner Mutter Kapital schlagen wollte. Er war darauf aus, sie zu kompromittieren und in die Enge zu treiben. Nur so hoffte er zu seinem Ziel zu gelangen.

Auf dem Heimweg von diesem Treffen mit einem eigenen, bisher ihr unbekannt gewesenen Sohn, von dessen Heranwachsen sie nichts wußte, weil sie ihn nur als kleinen Säugling gekannt und ihn seither nicht mehr gesehen hatte, empfand sie Furcht, aber auch tiefe Reue und Scham. Es mochte sein, sagte sie sich, daß dieser Mensch sich sogar im Recht glaubte. Vielleicht war er auch von einem Gefühl der Rache getrieben, der Rache gegenüber einer Mutter, die sich nie um ihn gekümmert und ihn nie einen Funken Liebe hatte spüren lassen.

Was er jetzt wollte, war ein sorgen- und arbeitsfreies Leben auf ihre Kosten. Vielleicht sah er das als gerechte Entschädigung an für ihr bisheriges Verhalten. Gewisse Äußerungen, die er machte, ließen darauf schließen. Ja, er verstieg sich sogar zu der Andeutung, daß er eigentlich hoffe, von seinem nunmehrigen Stiefvater adoptiert zu werden, und daß es sein gutes Recht wäre, Mitglied der Familie zu sein.

Diese Ansicht äußerte er mit einer gewissen Verlegenheit an jenem Tag, als Jean und er einander unverhofft begegneten. Jean, der unverhohlene Antipathie gegen ihn erkennen ließ, sein legitimer Stiefvater? Daran war nicht zu denken! Bei ihrem heutigen zweiten Treffen im Café Griensteidl hatte sie ihm das klargemacht. Und ihm alles an Geld gegeben, was sie selbst entbehren konnte.

Er hatte es ungeniert genommen und offenbar als eine Art „Anzahlung“ betrachtet. Das war Jetty nun klar. So schnell würde sie ihn nicht wieder loswerden. Was sollte sie tun! Flüchtig kam ihr der Gedanke an den Baron Todesco. Hatte er ihr nicht angeboten, ihr in einer Notsituation Hilfe zu leisten? Und war dies nicht eine Notsituation?

Sie fuhr am Palais Todesco vorbei und war versucht, den Fiaker halten zu lassen und auszusteigen. Doch ehe sie zu einem Entschluß kam, hatte der Fiaker bereits die Karlsbrücke über den Wienfluß erreicht.

Er hieß Alis mit Vornamen und hatte eine Frau namens Rosa. Das wußte sie nun von ihm. Und er war ohne Beschäftigung. Und suchte auch keine.

Die Polizei, die Gerichte einschalten? Absurder Gedanke. Jean die Wahrheit gestehen? Jean mußte früher oder später dahinterkommen, daß sie Geld abzweigte, wenn sie Alis weiterhin unterstützte – oder besser gesagt, seinen Forderungen nachgab. Sie konnte unmöglich ihn und seine Frau mit ernähren und für ihren Lebensunterhalt aufkommen, wie sich Alis dies dachte.

Zu Hause angekommen, ging sie, gegen eine Übelkeit ankämpfend, in ihr Zimmer und schloß sich dort ein. Sie setzte sich an ihren kleinen Damenschreibtisch. Während sie ein Blatt Papier ergriff und die Schreibfeder in die Tinte tauchte, wanderte ein weher Blick durch den eleganten, traulichen Raum.

Alis Chalupetzky würde dies alles zerstören.

Jetty holte tief Atem und schrieb:
„Mein letzter Wille
ist einzig und allein der, bei klarem Bewußtsein niedergeschriebene, daß mein teurer Mann Johann mein Alleinerbe sei. Mein Schmuck gehört den Kindern meiner Tochter Louise von Dreyhausen, mein Mann wird ihr alles das einhändigen, was ich ihm bezeichne. Ein Andenken von einem von Johann zu wählenden Schmuckgegenstand soll an die Frau meines Sohnes Alis, Rosa Chalupetzky, abgegeben werden. Meine Garderobe und Leibwäsche soll an die Schwestern Johanns verteilt werden. Meine Schawls bekommen Louise von Dreyhausen, die indischen soll ihre größere Tochter Anna bekommen. Im übrigen soll mein Mann nach seinem Ermessen an wahre Feunde verteilen.

Jetty Strauß".

Ihr Atem ging heftig, ihr Herz rebellierte, als sie das Testament in ein Kuvert tat und in ihrer Schreibtischlade verschloß.

Zwei Wochen lang hörte sie nichts von Alis. Dann erschien er wieder in der Hietzinger Villa. Jean wollte eben mit seinen Hunden das Haus verlassen. Alis lief ihm direkt in die Arme.

„Sie schon wieder?" stutzte Jean und fixierte ihn. „Was wollen Sie hier?"

„Ich möchte meine Mutter besuchen", antwortete der ungebetene Besucher nach kurzem Überlegen.

„Ihre Mutter?" fragte Jean verwundert. „Wer ist das? Unsere Köchin etwa?"

„Meine Mutter ist Ihre Frau, Herr Strauß", antwortete Chalupetzky geradeheraus.

Da kam auch schon Jetty herbeigeeilt. Sie hatte die Begegnung der beiden Männer aus einem Fenster beobachtet und kam nun herbei, um zu erklären und zu vermitteln.

Doch Jean fuhr sie an: „Schaff mir diesen Menschen aus dem Haus! Ich will ihn nicht sehen!"

Und ohne ein weiteres Wort ging er davon.

Ein Sohn! Außer den Kindern von Todesco hatte sie noch einen! Davon wollte er nichts wissen, nichts hören und nichts sehen. Mit diesem Problem sollte sie allein fertig werden, ihn ging diese Angelegenheit nichts an.

8. Flucht und Betäubung

Das Ehepaar erwähnte den Vorfall mit keinem Wort. Mit zitternden Lippen saß Jetty beim Mittagstisch Jean gegenüber, suchte vergeblich seinen Blick und brachte keinen Bissen hinunter. Jean wich einer Aussprache aus und fuhr ins Theater, obwohl er dort an diesem Nachmittag gar nichts zu tun hatte.

Er fuhr zum „Sperl", wo er lange nicht mehr gewesen war, und suchte in einem der Salons Zerstreuung beim Billardspiel. Den Gedanken an Jetty und den ihm unbekannten Mann, der sich als ihren Sohn bezeichnet hatte, suchte er zu verdrängen.

Doch Jettys trauriger, um Erbarmen flehender Blick verfolgte ihn überallhin. So fuhr er denn schließlich heim. Im Vorraum begegnete er dem Dienstmädchen.

„Ist meine Frau oben?"

„Die gnä' Frau ist auf ihrem Zimmer, gnä' Herr."

Er hatte plötzlich das Bedürfnis, sie in seine Arme zu nehmen. Er mußte sie doch wohl trösten und erfahren, was hier gespielt wurde. Er war schließlich ihr Mann, es war sein Recht und seine Pflicht. Mit diesem Gedanken trat er klopfenden Herzens bei Jetty ein. Doch hier war sie nicht.

Er fand sie auf dem Boden des gemeinsamen Schlafzimmers liegend. Sie regte sich nicht.

„Jetty", rief er entsetzt und beugte sich über sie. „Jetty, was ist mit dir, Jetty?!"

Er berührte sie. Sie regte sich nicht mehr, ihr Körper war im Erkalten begriffen. Er begriff, daß sie nicht mehr lebte, und wurde von Panik ergriffen.

Ohne gegenüber dem Personal auch nur ein Wort zu verlieren, stürmte er aus dem Haus, lief wie von Furien gehetzt zum nächsten Droschkenstandplatz.

Edi war glücklicherweise daheim und öffnete ihm verwundert. „Jean", rief er, „wie schaust denn du aus? Was ist denn los?!"

„Jetty", stieß Jean hervor, „Jetty ist tot!"

„Wie ... was? Wieso?“ fragte Edi verwundert. Endlich besann er sich, ließ Jean eintreten und verlangte Informationen.

„Ich hab’ sie liegen sehen, in unserem Schlafzimmer, da liegt sie und rührt sich nicht mehr. Edi, du mußt mir helfen. Ich will weg, fort, ich kann’s nicht ertragen – sie ist tot!“

„Ja, aber wieso ist sie denn gestorben?“

„Ich weiß es nicht, Edi. Schick einen Arzt hin, laß sie untersuchen, mach, was du für richtig hältst. – Edi, ich brauch’ Geld. Ich bin fortgelaufen und will weg aus Wien –“

„Jean, du hast ihr doch net etwas angetan?“ fragte Edi entsetzt.

„Angetan? – Wieso? – Aber nein, ich hab’ ihr nix angetan. Ich hab’ sie gefunden, wie ich nach Haus’ ’kommen bin.“

Jetzt endlich schilderte er Edi genau, was geschehen war.

„Gib mir Geld, kriegst es wieder. Ich bleib’ keine Minute länger in Wien.“

„Aber wo willst denn hin?“

„Was weiß ich? – Nach Italien ... Nur weit weg. Ich kauf’ mir unterwegs alles. Und komm’ zurück, wenn hier alles vorüber ist. Ich könnt’ die Jetty jetzt nicht mehr seh’n!“

Wieder einmal floh Jean vor dem Tod. Edi war das Verhalten seines Bruders, so abnorm es auch sein mochte, nichts Neues. Schweigsam klopfte er ihm tröstend auf die Schulter, ging hernach in sein Arbeitszimmer und entnahm der Geldschatulle einen ansehnlichen Betrag.

„Da, nimm“, sagte er kopfschüttelnd. „Ich hoff’, das reicht. Und schreib mir, damit ich weiß, wohin ich dir Nachricht zukommen lassen kann.“

Jean nickte dankbar und drückte seinem Bruder stumm und wie geistesabwesend die Hand.

Von der Praterstraße fuhr er direkt zum Südbahnhof. Und Edi hatte wieder einmal für alles Sorge zu tragen.

Die Eröffnung von Jettys Testament erfolgte zehn Tage darauf, am 18. April 1878. Der Schätzwert ihres nachgelassenen Schmucks belief sich auf fast einundzwanzigtausend Gulden.

Jettys Vater und auch schon ihr Großvater waren Goldschmiede und Juweliere gewesen. Ein Teil der in ihrem Besitz befindlichen Juwelen stammte aus deren nachgelassenen Beständen. Andere Schmuckstücke waren Geschenke aus der Zeit ihrer künstlerischen Laufbahn und aus den Jahren, die sie mit Baron Todesco verbracht hatte.

Jetty Strauß war an Herzversagen gestorben. Die durch das unvermutete Auftauchen ihres Sohnes verursachte Erregung war zuviel gewesen für sie. Das geschwächte Herz der alternden Frau hatte dem nicht standgehalten.

Jean kehrte erst nach Jettys Beerdigung nach Wien zurück, betrat aber seine Hietzinger Villa nicht mehr. Er zog vorerst in die Praterstraße und beschleunigte den Bau seines Stadtpalais in der Igelgasse.

Auch stürzte er sich Hals über Kopf in seine Arbeit, suchte aber auch auf jede andere Art Ablenkung. Jetzt erschien ihm Jetty, der er so viel zu verdanken hatte, unaufrichtig. Sie hatte ihm die Existenz dieses Sohnes namens Chalupetzky verschwiegen – nun wollte er sie aus seinem Dasein streichen und vergessen.

Als ob das so einfach möglich gewesen wäre! Ob er wollte oder nicht, immer wieder wurde er an sie erinnert, nach ihr gefragt, tauchte Jetty wie ein Schatten überall auf, wie ein Geist, der ihn verfolgte. Ja, er hatte wahrhaftig abergläubische Furcht, nachts ihrem Gespenst zu begegnen.

Er mied ihr Grab, verbat sich jede Äußerung über sie, war wie von einer Hysterie erfaßt, suchte sich krampfhaft zu betäuben.

Wohl wäre es schicklich gewesen, eine Trauerzeit einzuhalten. Doch Jean dachte nicht daran. Bei einer Teegesellschaft, die es sich zur Ehre anrechnete, den berühmten Mann in ihrer Mitte zu haben, wurde er auf eine Blondine aufmerksam, deren Blauaugen zu ergründen suchten, was er dachte und was in ihm vorging. Der Hausherr antwortete bereitwillig auf seine interessierte Frage, daß dies Mademoiselle Dittrich sei, eine Sängerin aus Breslau, die vorhabe, in Wien am Theater Karriere zu machen. Ob er sie nicht mit einer seiner Piècen am Flügel begleiten wolle?

Oh, er wollte durchaus, und sie ließ sich nicht lange bitten. Ihre Stimme kam ihm an jenem Abend wohl schöner vor, als sie es tatsächlich war. Zumindest ihrem Gesang fehlte die Reife, ihr selbst hingegen nicht.

Sie war achtundzwanzig Jahre alt, eine voll erblühte junge Frau, für den zweiundfünfzigjährigen Jean eine geballte Ladung Sex. Sie kleidete und benahm sich damenhaft, hatte aber etwas Vulgäres an sich. Aber dies im Verein mit der Fülle ihres schweren, dunkelblonden Haares wurde für ihn zu einer unbeschreiblichen Verlockung, die fast schon vergessene Genüsse verhieß.

Angelika war das personifizierte Leben. Und Leben, das war das Gegenteil von Tod, dem er in der Person Jettys begegnet war. Jean wollte ihn aus seinen Gedanken vertreiben, aus seinem Dasein fortjagen.

Angelika Dittrich begriff schon bei dieser ersten Begegnung ihre Wirkung auf den berühmten Mann. Ja, sie war tatsächlich nach Wien gekommen, um hier Karriere zu machen. Wer hätte ihr besser dazu verhelfen können als Johann Strauß?

Alles hatte seinen Preis, und sie war bereit zu bezahlen. Durchaus war sie nicht abgeneigt, des Witwers Trost zu sein. Sah Jean in ihr eine verjüngte Neuauflage Jettys? Oder sehnte er an ihrer Seite eine neue Jugend, einen neuen Anfang herbei?

Zweiundfünfzig Jahre zählte er, das halbe Jahrhundert war überschritten, doch auch daran wollte er nicht erinnert werden. An der Seite Jettys, die ja älter gewesen war als er, war ihm zuletzt der Fluß der Zeit immer deutlicher bewußt geworden. Jetty welkte dahin. An Angelikas Seite hatte er das Gefühl, der Zeit ein Schnippchen zu schlagen. Durch Angelika drehte er den Zeiger der Uhr zurück.

„Jean, wie soll das nur gutgehen?" Eduard riet ihm dringend ab, einen unüberlegten Schritt zu tun.

Doch Jean verschloß sich der Stimme der Vernunft. „Und ob

das gutgeht!“ widersetzte er sich. „Ich bin doch schließlich noch lang kein Greis!“

Das Fräulein Dittrich hatte damit nicht gerechnet. „Das kommt alles so plötzlich, Jean“, sagte sie, fügte aber geistesgegenwärtig hinzu: „Wenn du mich wirklich haben willst, dann sag' ich nicht nein und werd' deine Frau!“

Jeans Heiratsantrag war schon nach wenigen Wochen der Bekanntschaft erfolgt. Alle Welt schüttelte über den eiligen Werber den Kopf, der seine zweite Frau am 28. Mai 1878 zum Altar der Karlskirche führte.

Es war eine prächtige Hochzeit. Nur wenige Monate danach bezog das Paar das inzwischen fertiggestellte Palais in der Igelgasse. Es war ein prächtiges Haus, Strauß hatte an nichts gespart, und es stand in zentraler Lage. Hier wollte er arbeiten, Freunde und Gäste empfangen. Und die Gespenster der Vergangenheit sollte Angelika ihm vertreiben.

„Duidu-duidu!“ klang es aus seinem geliebten Harmonium, der Walzer der Seligen aus seiner „Fledermaus“, die nun endlich, nachdem sie sich als ein Welterfolg erwiesen hatte, auch in Wien heimisch wurde.

„Duidu-duidu“, sang auch Angelika.

„Du singst ein bisserl falsch, mein Engel. Möcht'st nicht Gesangstunden nehmen?“

„Gesangstunden – ich?! Aber Jean, ich bin eine ausgebildete Sängerin!“

Eben dies fing Jean allmächlich an zu bezweifeln. Für die Bühne langte Angelikas Können nicht. Dennoch lag sie ihm in den Ohren, sie doch mit Direktor Steiner bekannt zu machen, oder mit dem Herrn Direktor vom Carl-Theater.

„Aber Kind, du hast es doch als meine Frau gar nicht nötig, dir auf dem Theater dein Brot zu verdienen“, erklärte er ihr.

„Aber gerade das will ich“, sagte sie enttäuscht. „Wozu hab' ich dich denn geheiratet? Doch nicht, um wie ein gefangener Vogel durch dein Haus zu flattern und dir die Pantoffeln ans

Bett zu stellen. Ich will zum Theater, Jean! Ich hab' dich darüber nie im unklaren gelassen!"

„Und ich hab' gedacht, daß dir das nicht so wichtig wär'", gestand er ein. „Dann bin ich dir also nur ein Mittel zum Zweck gewesen?"

„Nenn es, wie du willst", rief sie böse.

Für Jeans Eigenliebe war das ein harter Schlag. Mit einem Male kam er sich wieder alt vor, alt und verbraucht. Wie hatte er doch geglaubt, dieser jungen Frau genügen zu können! Sie verspottete ihn unverblümt nach mancher Nacht. Und erklärte rundheraus, sich das, was sie als ihr Recht ansah, anderswo finden zu wollen.

„Lily", versuchte er es im guten, „das kannst du mir doch nicht antun. Lily!"

„Was hab' ich mir nicht alles von einer Ehe mit dir versprochen?" versetzte sie gehässig. „Reisen, Luxus, Ovationen auf der Bühne! Und was ist daraus geworden? Du sitzt hier hinter deinem Harmonium, verläßt das Haus nicht mehr und schreibst Noten! Und ich soll hier meine schönsten Jahre vergeuden? Was denkst du dir eigentlich?"

„Lily –!"

Er war konsterniert, entsetzt. Noch bei keiner Frau hatte er solche Auftritte, solche Vorwürfe erlebt. Er hatte diese unbedeutende Breslauerin, die nichts hatte und nichts darstellte, in sein Haus und sein Dasein integriert. Statt daß sie ihm Dank hierfür wußte, erlebte er nun von ihrer Seite Vorwürfe und Szenen, und der Tratsch trug ihm noch Ärgeres zu.

Lily ging fremd. Sie ging und betrank sich mit fremden Männern, kam oft erst am Morgen nach Hause und lärmte vor dem Haustor mit fremden Kavalieren, scheuchte die vornehm-stille Igelgasse aus dem Schlaf, so daß sich die Fenster öffneten und gehässige Stimmen energisch nach Ruhe riefen.

Sogar die Polizei war schon eingeschritten.

Aber Lily hatte Jeans Vorwürfe erst gar nicht abgewartet, sondern war zur Gegenoffensive angetreten.

„Jaja, die Weiber", meinte anderntags der Xandl Girardi im Theater. Und dann trat er hinaus aus der Kulisse ins Rampenlicht und sang sein „Nur für Natur", den großen Wiener Schlager dieser Saison aus Jeans „Spitzentuch der Königin".

Diese Glanznummer war seiner ureigensten Intuition zu verdanken. Xandl besaß etwas, das Jean leider abging: den natürlichen Instinkt für den Bühneneffekt.

„Da ist ein Leerlauf", stellte er schon während der Proben fest. „Da muß was hinein, genau bei dem Auftritt müßt' ich was singen", drängte er Jean, und der suchte und fand in seinen unergründlichen Laden eine bereits fertig komponierte Melodie, einen längst geschriebenen, aber noch nicht aufgeführten Walzer, zu dem nur noch ein Text unterlegt werden mußte – drei Tage vor der Premiere! Und dann wurde genau dieser Walzer die Nummer, die den Erfolg der ganzen Operette ausmachen sollte!

Eines Tages kam Jean heim und fand einen Zettel vor, eine flüchtig hingeworfene Nachricht von Lily: sie sei ausgezogen.

Wohin sie gezogen war, stellte sich bald heraus. Sie wohnte ab nun in der Dienstwohnung von Herrn Direktor Franz Steiner im Theater an der Wien - Steiner hatte dieses nach dem Tode seines Vaters übernommen – und war solcherart dessen Bühne absolut nähergerückt. Doch Steiner fand sie auf der Bühne deplaziert, sie paßte weit besser auf sein Sofa.

Lily mochte vielleicht der Meinung sein, daß der Weg zur Bühne über diese führe, und war wieder einmal zu jedem Opfer bereit. Doch auch diesmal stand ihr eine Enttäuschung ins Haus.

Jean jedenfalls war außer sich. Vor der ganzen Stadt setzte im Lily Hörner auf und verspottete ihn öffentlich als den „alten Strauß", bei dem sie es nicht mehr habe aushalten können! Und sie betrog ihn ganz ungeniert ausgerechnet mit Steiner, mit dem Jean vertraglich zur Zusammenarbeit gezwungen war!

„Hätt' ich doch auf dich gehört, Edi", klagte er sich gegenüber seinem Bruder an. „Was bin ich doch für ein Esel gewesen!"

„Du mußt dich von ihr scheiden lassen“, riet Edi. „Und kühlen Kopf behalten. Du brauchst jetzt einen guten Rechtsanwalt. Die ist eine, die imstand’ ist, dir noch das letzte Hemd über den Kopf zu ziehen, wenn du keinen guten Anwalt hast!“

Aber es kam noch ärger, noch skandalöser. Nicht nur Herr Steiner war Lilys Reizen erlegen. Nein, auch noch Jettys Stiefvater, der Herr von Scherer, zeigte sich nach deren Tod so vereinsamt, daß er dringend weiblichen Trostes bedurfte. Immer öfter kreuzte er in Steiners Dienstwohnung auf, ohne daß der Direktor dagegen etwas zu unternehmen können schien. Eines Tages brachte Herr von Scherer gar seine Sachen mit, um sich einzuquartieren ...

Fünf düstere Jahre währte Jeans selbstverschuldete Leidenszeit. Fünf Jahre, während welcher man offen über Lilys skandalöses Verhalten in den Kaffeehäusern und Salons von Wien spöttelte, lachte und disputierte.

„Mit der ist er aber reingefallen, der Strauß!“

Jean konnte die halb belustigten, halb mitleidigen Blicke der Leute nicht mehr ertragen, die er allenthalben auf sich gerichtet zu fühlen glaubte.

„Laß dich endlich scheiden von ihr, Jean“, drängte Edi wieder und wieder.

Am 9. Dezember 1882 trennte das Landgericht Wien diese unglückselige Ehe.

9. Die nächste Frau Strauß

Fast genau ein Jahr zuvor, am 8. Dezember 1881, hatte sich während einer Repertoirevorstellung des „Spitzentuchs der Königin“ ins Theater an der Wien von der Loge des Bühnenportiers her eine Nachricht verbreitet, die eine wahre Horrorkunde war: Jauners Ringtheater stand bei ausverkauftem Haus in Flammen! Hunderte von Menschen seien in dem Theater eingeschlossen, hieß es, die Feuerwehr kämpfe vergeblich um deren Leben.

Der Brand war vor Beginn einer Aufführung von Offenbachs Oper „Hoffmanns Erzählungen“ ausgebrochen. Schuld an der Katastrophe war die Nachlässigkeit eines Bühnenarbeiters beim Entzünden einer Gaslicht-Soffitte. Nun wüteten die Flammen in dem eben erst renovierten Haus am Ring, behinderte die Menge der Schaulustigen die Arbeit der Feuerwehr, und wurde dieser Abend zur größten Katastrophe in Wiens Theatergeschichte.

Er hatte auch Folgen für alle anderen Wiener Bühnen. Man mißtraute der neu eingeführten Gasbeleuchtung. Die fast vierhundert Toten des Ringtheaters waren eine Mahnung zur Vorsicht, da blieb man lieber daheim und verzichtete auf so ein riskantes Vergnügen. Die Theaterkassiere blieben auf ihren Karten sitzen. Vorstellungen mußten mangels Publikums abgesagt werden.

Aber nicht nur das. Der folgende Ringtheaterprozeß, der von der Wiener Öffentlichkeit mit Spannung verfolgt wurde, förderte gravierende Sicherheitsmängel an den Wiener Bühnen zutage. Die Behörden reagierten hierauf mit strengen Vorschriften für Theaterbetriebe und Tanzsäle und begannen, deren Einhaltung auch rigoros zu überprüfen. Ein „eiserner Vorhang“ als Schutzwall zwischen Bühne und Zuschauerraum wurde vorgeschrieben, ebenso nach außen aufgehende Türen ins Freie – im Ringtheater hatten die panikartig Flüchtenden sich vergeblich gegen die nur nach innen zu öffnenden Türen geworfen, und die hielten dem Druck der verzweifelten Menge stand und verursachten dadurch ein schreckliches Massensterben.

Viele Theater mußten infolgedessen geschlossen werden, damit man die nunmehrigen Auflagen erfüllen konnte.

Am ärgsten betroffen hiervon war das Carl-Theater in der Praterstraße, das Siccardsburg und Van der Nüll im Jahre 1847 in sechsmonatiger Bauzeit errichtet hatten. Zuvor war ein aus Holz errichteter Theaterbau an jener Stelle gestanden. Nun mußte das 1130 Zuschauer fassende Haus vom Architekten Viktor von Weymann neu gestaltet und den nunmehrigen Erfordernissen angepaßt werden. Darüber jammerte besonders Millöcker, der gerade jetzt im Carl-Theater mit seiner Operette „Der Bettelstudent" einen Serienerfolg hatte.

Aber auch Jean bekam dieses „schwarze Theaterjahr" an seinen Abrechnungen zu spüren. Das „Theater an der Wien" ging schlecht, man mochte spielen, was immer man wollte. Den Wienern saß die Angst in den Knochen, zu sehr in Erinnerung waren ihnen noch die schrecklichen Berichte über den Ringtheaterbrand, zu viele Wiener Familien waren durch den Verlust eines Angehörigen unmittelbar betroffen. Die rauchgeschwärzte Brandruine am Schottenring ragte wie ein Mahnmal gegen den Himmel, und draußen auf dem Zentralfriedhof legte manch einer frische Blumen auf das Massengrab der in den Flammen Umgekommenen.

Die finanzielle Situation dieser schwierigen Zeit wurde durch die Kosten des Scheidungsverfahrens, des Baus des Palais in der Igelgasse und durch den Ankauf einer Villa in Bad Ischl nicht gerade übersichtlicher.

„Die Villa, Jean, hat die g'rad jetzt sein müssen?" rügte denn auch der praktisch denkende Edi seinen Bruder.

„Alle Welt zieht's doch nach Ischl, wenn der Kaiser dort den Sommer zubringt. Die ganze Gesellschaft ist dort – da muß man doch dabeisein, das erfordert ja geradezu das Geschäft", redete sich Jean heraus.

„Na, wenn die g'nä Frau Schratt sich in Ischl niederlaßt, ist mir das verständlich", spöttelte Edi. „Aber du, Jean? Tarock spielen mit dem Brahms und dem Richter kannst genausogut auch am Semmering."

Um genau über seine Vermögensverhältnisse im Bild zu sein, hatte er ein Treffen mit seinem Bankier Albert Strauß verabredet, der noch im alten Hirschenhaus in der Taborstrasse 17 logierte und schon die Strauß-Mutter in Finanzfragen beraten hatte.

Vor einigen Jahren hatte dessen Sohn Anton Strauß – man spöttelte immer gutmütig über die Namensähnlichkeit – die hübsche Wienerin Adele Deutsch geheiratet. Sie hatten eine Tochter, die zu Johann „Onkel Jean" sagte. Jean war bei der Eheschließung Trauzeuge gewesen.

Anton Strauß starb nach nur dreijähriger Ehe. Die junge Witwe Adele war inzwischen zu einer wahren Schönheit herangereift. Jean freute sich darauf, nicht nur mit ihrem Vater seine geschäftlichen Angelegenheiten klären, sondern bei dieser Gelegenheit auch ihr begegnen zu können.

Nach dem Scheitern seiner Ehe mit Lily war Jean, was weibliche Gesellschaft anlangte, vorsichtig geworden. Nun war er nicht mehr auf erotische Reize aus, sondern auf innere, seelische Werte. Adele Strauß hatte beides zu bieten. Sie war eine vorbildliche Mutter ihrer umhätschelten kleinen Tochter und eine liebenswerte Schwiegertochter des Bankiers.

„So auf einmal, lieber Freund, kommen wir nicht ins reine", meinte Albert Strauß bei Durchsicht von Jeans Konten. „Das geht nicht in einem Aufwaschen. Ihre Vermögenslage ist auf den ersten Blick zwar ein wenig kompliziert, aber keinesfalls besorgniserregend. Ich schreibe mir gerne alles heraus und besuche Sie in der Igelgasse."

„Ich wohne im Augenblick im Hotel Viktoria", erklärte Jean, „bis die letzten Sachen von meiner geschiedenen Frau aus dem Haus sind. Ich möchte ihr selbst auch nicht mehr begegnen."

„Das kann ich verstehen“, meinte der Bankier lächelnd. „Sie hat Ihnen auch allzu übel mitgespielt, lieber Freund.“

„Nun“, schlug Jean vor, „dann vereinbaren wir eben einen neuen Termin, zu dem ich Sie wieder aufsuche. Wann darf ich kommen? Ich möcht’ sie nicht inkommodieren.“

„Nun, sagen wir Freitag nachmittag? Da ist die Bank geschlossen, und wir können in Ruhe Klarheit gewinnen.“

Jean versprach, am Freitag wiederzukommen. Er hatte zum Abschied ein teilnahmsvolles, ermutigendes Lächeln von Adele geerntet, das ihm sein gequältes Herz erwärmte.

Am kommenden Freitag war sie nicht zugegen, und er stellte fest, daß er sie vermißte. Inzwischen war jedoch glücklicherweise die Igelgasse für ihn wieder bezugsbereit. Kurz entschlossen lud er Strauß samt Anhang dorthin ein.

Albert Strauß kam mit Schwiegertochter und der kleinen Enkelin. Man sprach über die schlechten Zeiten im Theatergeschäft, über Jeans im Oktober nächsten Jahres bevorstehendes vierzigjähriges Berufsjubiläum, bei welchem ihm allerhand Ehrungen ins Haus standen, über den Erfolg von Millöckers „Bettelstudent“ und den Mißerfolg von Jeans „Nacht in Venedig“ in Berlin.

„Der Lagunenwalzer ist schuld“, erklärte Jean das Berliner Debakel. „Es ist wieder einmal so wie seinerzeit beim ‚Donauwalzer‘ in Wien. Im Text heißt’s: ‚Bei Nacht sind die Katzen stets grau, da singen sie alle miau!‘ – Und da haben die Leut’ schon zu lachen angefangen, aber nicht, weil der Text komisch, sondern weil er so blödsinnig war.“

„Dann muß man das Libretto eben umschreiben.“

Das klang ganz als ein ernstgemeinter Rat aus Adeles Mund. Und es war so ziemlich das erste, was ihr an diesem Nachmittag über die Lippen kam.

Jean warf ihr einen anerkennenden Blick zu. „Das wird auch geschehen“, versicherte er. „Aber was den ‚Bettelstudent‘ angeht, so könnt’ ich mich vor Wut in die Waden beißen. Man muß sich vorstellen: ‚Ich hab’ den fertigen Text schon im Haus gehabt und hab' nein g'sagt. Ich komponier' nämlich nicht gern nach einem fix und fertigen Text. Bei mir muß sich der Text nach der Musik richten und nicht umgekehrt."

„Vielleicht hapert's bei der ‚Nacht in Venedig' gerade daran, daß sie nach dieser Methode entstanden ist", meinte Adele.

An diesem Nachmittag entspann sich ein Gespräch zwischen den beiden, bei welchem der Bankier bald nur noch stiller Zuhörer wurde. Er sowohl als auch Jean wunderten sich über Adeles vernüftige Ansichten, die darauf schließen ließen, daß sie sich mit dem Thema „Musiktheater" intensiver auseinandersetzte als die meisten Wiener, die eben nur so zu ihrem Vergnügen zu einer Operette gingen.

Jean fing an, ihren Verstand ebenso wie ihre Schönheit zu bewundern. Und er fragte sich, weshalb er eigentlich eine Frau wie Lily geheiratet hatte, während es doch in seinem Bekanntenkreis ein so bezauberndes Wesen gab.

Der Abschied von seinen Besuchern fiel ihm schwer.

„Sie müssen wiederkommen", bat er.

Strauß erwiderte, eine Gelegenheit werde sich sicherlich ergeben, und empfahl sich. Wieder war es der warme Blick Adeles, der Jean, dem nun einsam Gewordenen, unsäglich wohltat. Er begleitete sie bis an die Haustür und winkte Adeles Tochter und dann auch dieser selbst freundlich nach, während sie bis zum Droschkenstandplatz an der Ecke der Wiedner Hauptstraße gingen.

Der Bankier hatte sich nicht umgewandt. Er glaubte zu ahnen, was in Jean vorging, und wollte seine Schwiegertochter warnen. Er tat es dann auch daheim in den eigenen vier Wänden. Er schickte das kleine Mädchen spielen und war dann mit seiner Schwiegertochter unter vier Augen allein.

„Adele", begann er, „ich glaube, ich habe richtig beobachtet: Unser Freund Jean hat ein Auge auf dich."

„Aber nein, nicht doch, Papa."

„O doch! Und ich bin auch nicht blind in bezug auf dich. Auch du machst ihm schöne Augen."

„Das verstehst du falsch. Er tut mir leid, er ist einsam jetzt und vom Schicksal schwer geprüft. Erst der Tod seiner Frau Jetty, und jetzt auch noch die Ehekatastrophe mit dieser Dittrich."

„Da möchtest du ihn wohl gerne trösten, wie?" meinte der Bankier mit gutmütiger Ironie. „Aber was soll daraus werden, mein Kind? Jean ist nun bald an die Sechzig, es fehlt nicht mehr viel bis dahin. Du weißt doch nur zu gut, daß ihn ebendiese Dittrich als ‚alten Strauß' verspottet hat."

„Sie ist eine ganz andere Natur als ich. Sie lebt dem Fleisch und erntet vom Fleisch. Ich aber möchte vom Geist ernten", variierte sie ein Bibelwort.

Der Bankier fand darin aber gleich einen Anlaß, um auf einen Unterschied hinzuweisen, der ihm genügend gravierend schien.

„Er ist zwar dem Gesetz nach geschieden, doch die Kirche würde eine neuerliche Heirat nicht anerkennen."

„Wer denkt an Heirat", wich Adele errötend aus.

Inzwischen hatte Jean tatsächlich die „Nacht in Venedig" für die Wiener Erstaufführung textlich überarbeiten lassen. Statt der miauenden Katzen sang man nun zum Lagunenwalzer „Ach, wie so lieblich zu schau'n sind all die herrlichen Frau'n!", und darüber lachte niemand, das fand man angemessen und recht. Und nach dem Aufführungsstart begannen die Kassen des Theaters an der Wien für Jean wieder zu klingeln.

Am 15. Oktober beging Jean sein vierzigjähriges Berufsjubiläum. Der Gemeinderat verlieh ihm das Bürgerrecht. Es gab Festlichkeiten über Festlichkeiten, und was für Jean dabei das schlimmste war: er mußte reden – oder sollte es wenigstens – und dazu hatte er ebensowenig Talent wie zum Tanzen.

Gar traurig erging es ihm bei dem zu seinen Ehren im Rathaus abgehaltenen Festbankett. Jean hatte diesem großen Abend schon eine ganze Weile hindurch mit Bangen entgegengesehen, ahnte das Unabwendbare, auf die zu erwartenden vielen Toaste mit einer Rede antworten zu müssen. In seiner Herzensnot wandte er sich an den Textdichter Ignaz Schnitzer, ihm doch ein paar Zeilen aufzusetzen. Die wollte er für alle Fälle auswendig lernen.

„Aber nicht zu viel, net zu lang, ich merk' mir's ohnehin nicht“, bat Jean den Dichter inständig. „Mir wird schon angst und bang, wenn ich dran denk', daß ich überhaupt den Mund auftun muß!“

Schnitzer setzte sich hin, schrieb eine kurze Rede. Jean las sie durch, strich einen Satz, dann noch einen und noch einen. Schließlich blieb nur noch ein Fragment von dem Kunstwerk erhalten. Dieses aber lautete kurz und bündig:

Ich bin kein Redner. Nur ein Wort aus der Tiefe meines Herzens: Dank!

„So, das kann ich mir merken“, meinte Jean erleichtert, drückte dem guten Schnitzer die Hände und machte sich daran, diese gewaltige Rede auswendig zu lernen.

Dann aber kam besagter Abend heran. Jean hatte ein Übriges getan und, für alle Fälle, den Text auch noch auf ein Blatt Papier mit möglichst großen Blockbuchstaben geschrieben und in seine linke Brusttasche gesteckt. Nun fühlte er sich für alle Fälle gerüstet und sah seinem großen Auftritt mit nun nicht mehr so gemischten Gefühlen entgegen.

Der Saal war gesteckt voll, das Fest nahm seinen Verlauf, und wie erwartet folgte ein Toast auf den anderen. Nun aber war die Reihe an Jean. Der große Moment war gekommen!

Tapfer erhob er sich von seinem Ehrenplatz und begann: „Ich bin kein ... äh ... ich bin kein ... kein Redner ... oje, ich bin kein Redner!“

Ihm trat der Angstschweiß auf die Stirn. Da erinnerte er sich seines Merkzettels und griff hastig in die rechte Brusttasche. Dort fand er ihn natürlich nicht, er wühlte und bohrte und fing noch einmal an: „Himmel noch einmal, ihr wißt doch ohnehin alle, daß ich kein Redner bin! Danke!“

Und völlig erschöpft ließ er sich unter heftigem Applaus auf seinen Stuhl fallen und seufzte hörbar erleichtert auf. Griff in die linke Rocktasche nach einem Schweißtüchlein und hatte plötzlich den vermaledeiten Zettel in Händen …

„Deli“ – so nannte er Adele nun – lachte herzlich bei dieser aufrichtigen Schilderung seines veritablen Mißgeschicks.

„Deli“, sagte er zärtlich, und seine Blicke umfingen ihre schlanke Gestalt. „Deli, möchten Sie mit mir fahren, zu einer Vorstellung von meiner Operette ‚Der lustige Krieg‘ nach Budapest? Ich soll dirigieren.“

Deli verschlug es zunächst den Atem, dann sagte sie ja.

„Und Ihr Herr Schwiegervater? Was wird der dazu sagen?“ stellte Jean vorsichtig eine zweite Frage.

„Aber Jean“, sagte Adele, „ich bin eine selbständige, erwachsene Frau!“

Und sie erwies sich tatsächlich als absolute Herrin ihrer Entschlüsse, und tat in Budapest etwas, wofür ihr die ganze Welt dankbar sein müßte.

„Hier lebt doch der Lieblingsdichter unserer Kaiserin“, sagte sie zu Jean, „der Dichter Maurus Jokai. Machen wir ihm doch einen Besuch! Vielleicht hat der Mann einen passenden Stoff für dich!“

„Jokai! Der schreibt schwere Romane und Stücke“, überlegte Jean. „Aber ich will ohnedies schon lang' von der leichten Operette weg, Deli. So wie ich den Weg zum symphonischen Walzer gesucht hab, möcht' ich auch auf der Bühne mehr. Eine Walzer-Oper, das wär' mein Traum. Vielleicht hat der Jokai so was auf Lager.“

Der Dichter zeigte sich geehrt und erfreut über den Wiener Besuch, und nach zwei Stunden nahm Jean ein kleines Bändchen mit, die Novelle „Saffi“.

Sie enthielt den Stoff für den „Zigeunerbaron“.

Dann standen sie oben bei der Burg und blickten hinab auf die Stadt und den Donaustrom.

„Deli“, sagte Jean leise, „was meinst – woll'n wir heiraten?“

Sie sah zu ihm auf. „Noch eine dritte Ehe – mit mir? Traust du dich denn, Jean?“

„Ich trau' mich", versicherte er, nahm sie in seine Arme und küßte sie.

Danach war Deli ganz außer Atem. Aber sie fand noch die Kraft, zu stammeln: „Dann trau' ich mich auch!"

10. Schwieriges Glück

Bankier Strauß hatte mit vollem Recht darauf hingewiesen, daß das junge Paar auf Schwierigkeiten stoßen werde, um sein Ziel, eine legale Verbindung, zu erreichen.

Da war zunächst einmal Adeles kleine Tochter Alice. Jean hatte sich geweigert, die Kinder von Jetty aus ihrer Verbindung mit Baron Todesco in sein Haus aufzunehmen. Sie blieben bei diesem in der Obhut von Erziehern, nie hatte Jean auch nur eines von ihnen zu Gesicht bekommen wollen.

Bisher hatte Jean in allen Fällen einen dicken Strich gezogen zwischen dem, was war, und dem, was seine nunmehrige Gegenwart betraf. Was war, wollte er überhaupt nicht wahrhaben, das durfte quasi niemals gewesen sein. Sobald Frauen in eine enge Bindung zu ihm traten, hatte dies für sie sozusagen die „Stunde Null“ zu sein.

Deli hingegen war auf ihre Weise trotz ihrer jungen Jahre relativ emanzipiert und selbstbewußt. Sie hatte nicht die Absicht, sich von ihrer kleinen Tochter zu trennen. Wollte Jean sie haben, dann nur mitsamt diesem Kind. Anderenfalls mußte er auf ein Glück mit ihr verzichten.

Es dauerte eine Weile, bis Jean ihren unverrückbaren Standpunkt begriff. Und noch eine Weile, bis er ihn akzeptierte. Er tat dies zu Edis größter Verwunderung.

„Schau an, schau an“, sagte der Bruder und schüttelte den Kopf. „Mein Herr Bruder macht Fortschritte. Jean, es wird auch langsam Zeit, daß du erwachsen wirst!“

Dieser Punkt war also geklärt. Er war bereit, die Kleine im Falle einer Heirat „mitzunehmen“. Doch die Heirat selbst? Da türmten sich geradezu die Hindernisse.

Es mußten Wege gefunden werden, diese Schwierigkeiten zu überwinden. Wäre Jeans Entschluß nicht ein so fester gewesen, dann hätte er nicht mit einer solchen Beharrlichkeit, die nicht nur Edi und selbst Adele, sondern alle seine Freunde erstaunte, sein Ziel verfolgt.

Dabei war gerade diese Zeit für ihn eine schaffensreiche. Nachdem Jean sich dazu entschlossen hatte, „Saffi“ zu komponieren – ihm schwebte keine Operette, sondern eine Walzer-Oper vor –, schrieb er an Jokai nach Budapest.

Jokai antwortete ihm. Er war bereit, Jean den Stoff zum Zwecke einer Bühnenfassung zu überlassen. Doch er kannte die Schwächen von Strauß' Librettisten und stellte die Bedingung, den Textdichter selbst bestimmen zu dürfen.

„Du mußt darauf eingehen, Jean“, versuchte Deli ihn zu überzeugen. „Nicht nur, weil Jokai nicht irgendeiner ist; er ist in seinem Fach, der Literatur, zumindest in Ungarn, nicht weniger prominent als du, und so wie du möchte er sich keinen Mißerfolg leisten. Nein, er meint es darüber hinaus gut mir dir. Was Textbücher anbelangt, so hast du nun einmal keine glückliche Hand. Ich glaube, er hat das bessere Gespür.“

„Na schön“, meinte Jean. „Dann werde ich ihm eben einige Leute vorschlagen.“

Jokai traf seine Auswahl unter etlichen ihm vorgelegten Arbeiten, deren Autoren er fast durch die Bank persönlich gar nicht kannte. Er beurteilte ausschließlich ihre literarischen Fähigkeiten und war somit hinsichtlich persönlicher Sentiments gänzlich unvoreingenommen.

Überraschenderweise fiel seine Wahl auf Jeans Freund Ignaz Schnitzer. Jenen Mann, den er gebeten hatte, ihm seine Rathaus-Rede aufzusetzen, die zuerst so schrecklich zusammengestrichen und dann überhaupt völlig ins Wasser gefallen war.

„Das muß gefeiert werden“, rief Jean enthusiasmiert. „Der Schnitzer ist mir recht, mit dem versteh' ich mich gut. Das wird eine feine Arbeit werden!“

Und er schickte dem Autor sogleich ein Billett, in welchem er diesen zu einem „Igelgassen-Menu“ bat, bei welchem in aller Gemütlichkeit alle Bedingungen der Zusammenarbeit abgesprochen werden sollten.

Deli fungierte bei diesem Anlaß schon als Hausfrau. Jean und sein Freund Ignaz verständigten sich prächtig, und Jokai bekam eine auch für ihn höchst erfreuliche Nachricht nach Budapest, nebst herzlichen Grüßen von allen dreien. „Saffi" sollte für die Bühne neu geschaffen werden – wenn auch unter einem anderen Titel. Ignaz schlug vor: „Der Zigeunerbaron".

In einer wahren Hochstimmung gingen die beiden Männer an ihre gemeinsame Arbeit.

„Du wirst sehen, Deli, das wird mein Höhepunkt, mein bestes Werk", versicherte Jean. „Und das hab' ich dir zu verdanken! Schließlich warst du es, die mich auf die Idee gebracht hat, mit Jokai zu reden. Ich weiß gar nicht, wie ich dir danken soll!"

Oh, er wußte es schon: er wollte Adele heiraten. Aber wie! Die katholische Kirche hatte in der Monarchie den Status einer Staatsreligion, also hätte er sich der Bigamie schuldig gemacht, es sei denn, er hätte Lily vorher umgebracht. Dazu wäre er an manchen Tagen ihrer verflossenen Ehe allerdings durchaus willens gewesen.

Die sanfte und doch so zielsichere und selbstbewußte Deli hingegen hatte ihn sogar so weit gebracht, ihre kleine Tochter zu akzeptieren. Sie stammte aus einem ganz anderen Milieu als Jetty, hatte aber doch einiges an sich, was ihn unbewußt an diese erinnerte. Dies machte ihn so rasch mit ihrem Wesen vertraut, war der Gewöhnung förderlich, verschaffte ihm das Gefühl häuslicher Geborgenheit, wie er sie als Kind bei seiner Mutter gekannt hatte.

„Ich will und werde dich heiraten", erklärte er Deli.

„Jawohl, mein Schatz, aber wie?"

Das war nun wirklich eine Frage. Zu deren Erörterung wurde sogar das Kaiserhaus bemüht. Und zwar nachdem Jeans Rechtsbeistand kopfschüttelnd gemeint hatte: „Lieber Strauß, ich glaub', es wird Ihnen nichts anderes übrigbleiben, als auszuwandern!"

Jean glaubte nicht recht gehört zu haben. „Auswandern – ich? Wo ich doch g'rad in Wien Ehrenbürger geworden bin? Die Leut' würden mich doch glatt für verrückt halten!"

„Nun, es müßt' ja nicht g'rad Honolulu sein. Aber Sie

bräuchten eine neue Staatsbürgerschaft. Und zwar die eines Landes, in welchem jene Religion Staatsreligion ist, zu der Sie und Frau Strauß konvertieren müßten."

„Konvertieren soll ich?"

„Jawohl. Sie müßten die Religion wechseln. Nur dann ist eine neue kirchliche Trauung möglich und erlaubt und würde auch hierzulande im Zusammenhang mit Ihrer geänderten Staatsbürgerschaft anerkannt und rechtlich toleriert werden. Anderenfalls wären Sie Bigamist ..."

„... und könnt' womöglich den ‚Zigeunerbaron' im Gefängnis komponieren, und der Schnitzer müßt' mir jeden Tag den Text in die Zelle bringen?" fiel Jean dem Anwalt ins Wort.

„Ja, wenn der Wärter so ein lustiger Gesell' wär wie Ihr Frosch in der ‚Fledermaus'", scherzte der Anwalt. „Aber damit würde wohl kaum zu rechnen sein. Also, überlegen Sie sich das. Ich kann Ihnen leider keinen anderen Weg aus der komplizierten Sachlage aufzeigen. Es sei denn, Sie folgen dem Beispiel Ihres Vater und beschränken sich auf eine freie Lebensgemeinschaft."

„Erinnern S' mich nicht an die Trampusch", brummte Jean. „Ich glaub', die hat gar nie begriffen, was sie unserer Familie damals angetan hat."

„Nun, die Schwierigkeiten liegen nicht für Frau Adele Strauß vor, sondern prinzipiell nur für Sie. Frau Strauß ist Witwe und kann sich ohne weiteres jederzeit wieder verheiraten. Sie aber sind bloß geschieden. Eine kirchliche Trauung ist nur so möglich, wie ich Ihnen sagte. Sie könnten etwa in England heiraten, nach anglikanischem Recht. Oder in einem der deutschen Staaten. Dann müßten Sie beide evangelisch werden."

„Und ich dachte", seufzte Deli, als Jean ihr hierüber berichtete, „alles wäre so einfach und ich bräuchte nicht einmal meinen Namen zu ändern."

Die Sache mit dem Übertritt zu einem anderen Glauben war letztlich eine Gewissensfrage. Jean rang sich dazu durch, daß evangelische Christen eben gleichfalls Christen seien und Martin Luther schließlich ein katholischer Ordensmann gewesen war. Auch Adele erklärte sich schließlich bereit, sich um Jeans willen evangelisch taufen zu lassen. Also fiel die Wahl auf Deutschland.

Aber Deutschland – das waren damals eine Reihe von Ländern. Da hieß es, eine möglichst günstige Wahl zu treffen.

„Und schließlich", brummte Jean, „will ich ja nicht wirklich auswandern, Nein, ich möchte hier in der Igelgasse bleiben und meinen ‚Zigeunerbaron' in aller Ruhe weiterkomponieren! Er kommt ja so gut und erfreulich – dank Ignaz – voran!"

Ja, er arbeitete wirklich mit großer Freude und Hingabe an diesem neuen Werk, welches zur Krone seines Schaffens werden sollte: „Der Zigeunerbaron – Oper von Johann Strauß", sah er schon auf den Plakaten angekündigt. Mit dem „Zigeunerbaron" wollte er sich endgültig vom Genre der Tanzmusik lösen und zeigen, womit er mit seinem Dreivierteltakt tatsächlich fähig sei.

Er wollte an der Hofoper aufgeführt werden und an den Opernhäusern der ganzen Welt. Wollte in einer Reihe genannt sein mit einem Wagner, einem Verdi, einem Meyerbeer. Jedoch auch als einer, der anders war und neuer, moderner. Einer, der sich dem Dreivierteltakt verschrieben hatte als einer besonderen musikalischen Ausdrucksform.

Deli ermutigte ihn in seinem Streben.

„Ich glaub' an dich, du wirst es schaffen", versicherte sie ihm und gab ihm neuen Mut, wenn er mitunter doch ein wenig an sich zu zweifeln begann. Er kämpfte und kämpfte um die letzte Stufe auf der Leiter nach oben, jene letzte Stufe, die von der Operette weg ins Reich der Oper führt. Schon jetzt befiel ihn Schwindel, wenn er abwärts blickte. Und diese letzte Stufe – sie war doch schon zum Greifen nah. Aber würde er nicht bei dem Versuch, sie zu erklimmen, abstürzen? War er überhaupt vom Schicksal erkoren, Opernkomponist zu werden? Reichte sein Talent? War nicht „Die Fledermaus" schon fast eine Komische Oper?

Manchmal, wenn er zu später Stunde bei einem Glas Rotwein an seinem Harmonium saß, kamen ihm Zweifel. Dann aber erwachte sein Ehrgeiz aufs neue. Nie zuvor hatte er an sich höhere Anforderungen gestellt. Gelegentlich kam Johannes Brahms zu einem nachmittäglichen Plausch und einer Kartenpartie ins Haus. Ihm spielte er manchmal vor aus seinem neuen Werk, und Brahms war begeistert. Das war ein Mann, auf dessen Urteil man etwas geben konnte.

Aber Brahms war auch geschockt, als er von Jeans übrigen Plänen erfuhr.

„Du wirst ganz Wien vor den Kopf stoßen. Was heißt, Wien! Die ganze Monarchie!“

„Ach was, in der Monarchie hat man andere Sorgen.“

„Aber Jean – du bist eine österreichische Institution!“ widersprach Brahms. „Du bist nicht irgendeiner!“

„Und meine Deli ist auch nicht irgendeine. Sie hat ein Anrecht auf eine legale Ehe mit mir“, widersprach Jean.

Er konnte unversehens gereizt und heftig werden, wenn man an dieses Thema rührte und dabei sein Vorhaben in Frage stellte.

Edi konzertierte manchmal zu besonderen Anlässen bei Gesellschaften des Kronprinzen und dessen Freundes, des Erzherzogs Johann Salvator. Der Kronprinz zeigte sich privaten Gesprächen gegenüber zurückhaltend und wahrte Reserve. Erzherzog Johann hingegen hatte nichts gegen einen Plausch mit Edi einzuwenden, wenn dieser ihn in einer Konzertpause oder danach ansprach. Und er war ein recht freisinniger, modern denkender Mann.

Der hörte sich stirnrunzelnd aus Edis Mund die Probleme von dessen Bruder Johann an.

„Eine verzwickte G'schicht, lieber Strauß“, gab er zu bedenken. „Aber er soll doch einmal zu mir kommen, der Herr Bruder – inzwischen denk' ich ein bißl nach und hör' mich in der Verwandtschaft um. Dann werden wir sehen, was sich machen läßt.“

Diese verheißungsvolle Botschaft brachte Edi mit einem Handkuß für die künftige Frau Schwägerin in die Igelgasse.

„Hört, hört", meinte Jean. „Das hört sich gut an ... Seine Kaiserliche Hoheit will meinetwegen mit der Verwandtschaft reden ..."

„Na ja, die sind doch alle miteinander und untereinander kreuz- und querweise verwandt, die Herren Kaiser, Könige, Herzöge, Fürsten und so weiter. Da wird sich schon ein Platzerl für dich finden."

„Und wenn ich gleich zum Kaiser geh'?"

„Der Weg bleibt dir immer noch offen, Jean. Aber vorerst würd' ich erst einmal abwarten, was der Johann ausrichten kann. Der Kaiser würd' sich, korrekt, wie er gottlob nun einmal ist, möglicherweis' daran stoßen, daß du sozusagen quasi auswandern willst, ohne auszuwandern ...

Er schaute dabei so pfiffig drein, daß Jean herzlich lachen mußte.

„Du triffst den Nagel auf den Kopf", pflichtete Jean ihm bei. „Ich will wirklich um Delis willen das Unmögliche möglich machen. Ich will auswandern und zugleich dableiben. Ich möcht' kein Bigamist sein und dabei zum Traualtar gehen und den lieben Herrgott um seinen Segen bitten. Und eine Tochter krieg' ich auch noch als Draufgab' auf meine vorgerückten Tage. Also muß ich Ausländer werden und dabei gleichzeitig Wiener Ehrenbürger sein – wenn das keine Mischkulanz ist? Die reinste Operett'n!"

Tatsächlich fand Erzherzog Johann Salvator für Jean ein „Platzerl". Das ausfindig zu machen, war nicht einmal so schwer, wer wäre nicht bereit gewesen, einen Johann Strauß bei sich aufzunehmen?

Nun konnte man die erforderlichen rechtlichen Schritte setzen. Man tat es ohne besonderes Aufsehen. Diskretion war erwünscht, doch einiges davon sickerte dennoch durch. Wie anders wäre denn auch der Expreßauftrag an den berühmten Professor Eisenmenger zu deuten gewesen, für das Rathaus ein Ölbild von Jean zu malen? Der Magistrat der Stadt Wien machte dafür sage und schreibe sechshundert Gulden flüssig.

„Malen Sie uns ein schönes Porträt von Meister Strauß, lieber Professor. Aber es muß schnell gehen! Unter uns g'sagt, ob Sie's glauben oder nicht – er will auswandern!"

Und als sich eines Tages Schnitzer wieder in der Igelgasse zur Arbeit einstellte, empfing Jean ihn mit den Worten: „Heut wird's nix, Ignaz, ich muß sitzen gehen!"

„Was?!" rief dieser entsetzt. „Eing'sperrt wirst – ja, um Himmels willen, was hast' denn ang'stellt?"

„Aber nein, ich muß dem Professor Eisenmenger in seinem Atelier für ein Ölgemälde sitzen. Wenn's fertig ist, werd' ich im Rathaus aufg'hängt!"

Worauf sich Ignaz bekreuzigte.

Jean hatte bei den Behörden zunächst seine Ausbürgerung einreichen müssen. Und wurde aufgrund dessen mit Dekret der Statthalterei Niederösterreich – die auch für Wien zuständig war – staatenlos.

Der Papierkrieg um Formulare, Ansuchen, Stempelmarken, Eingaben, Dokumente, Behördenvorsprachen nahm seinen weiteren dramatischen Verlauf und wurde auch nicht durch den Tod von Jettys Stiefvater, Herrn von Scherer, unterbrochen. Der starb nach seinem Abenteuer mit Lily, das entschieden über seine körperlichen und finanziellen Kräfte ging, gänzlich verarmt in seiner Wohnung am Matzleinsdorfer Platz. Und Jean hatte auch noch für die Begräbniskosten aufzukommen. Er ging natürlich – wie immer – nicht zur Beerdigung.

Unterdessen hatte Erzherzog Johann Salvator – der spätere Johann Orth, der nach dem Tod des Kronprinzen Rudolf mit seinem Segler auf rätselhafte Weise auf dem Meere verschwand – seinen Freund und Vetter Prinz Ferdinand von Sachsen-Coburg in die „Operation" eingeschaltet. Dessen Onkel war der regierende Herzog von Sachsen-Coburg-Gotha. Die verwandtschaftlichen Bindungen der regierenden Häuser kamen solcherart Jean zugute, der am 24. Juni 1886 die Staatsbürgerschaft des Herzogtums zugesprochen erhielt, ohne einen Fuß aus Österreich gesetzt zu haben.

„Es ist soweit, Edi!“ berichtete Jean hocherfreut seinem Bruder.

Doch dieser mußte eilends nach Schönbrunn, um dort ein Hofkonzert zu dirigieren.

„Aber jetzt“, meinte Deli, „werden wir beide wohl doch – wenn auch nur für eine Weile – nach Sachsen müssen!“

11. Kaiserwalzer

„Herr Nachbar, haben S' das in der Zeitung gelesen - der Johann Strauß soll am 28. Jänner in Gotha seinen Staatsbürgerschaftseid geleistet haben ...?!"

„Unmöglich, die in der Redaktion müssen sich irren, ich hab' ihn doch neulich erst g'sehen, wie er beim Naschmarkt seinen Hund äußerln g'führt hat."

„Aber da steht's schwarz auf weiß: ‚Wie wir von unserem auswärtigen Korrespondenten erfahren, hat Johann Strauß am 28. Jänner 1887 in Gotha -'"

„Also, das versteh' ich net. Er kann sich doch net von einem spiritistischen Geisterbeschwörer einen Astralleib ausg'liehen haben!"

Die zwei Wiener Bürger am Kaffeehaustisch waren sich uneinig über diese Pressemeldung. Aber die Meldung stimmte. Deli und ihr Jean waren nach Gotha gereist. In der Igelgasse führte inzwischen je nach Bedarf der gute Ignaz die Hunde spazieren.

Er hatte großen Anteil am Erfolg des „Zigeunerbarons" gehabt, zielbewußt am Libretto gearbeitet, um die Schwächen der übrigen Strauß-Libretti zu vermeiden.

Jean hatte seine eigene Arbeitsmethode. Er komponierte zuerst, wie er es von der Tanzmusik her gewohnt war, einfach Nummer für Nummer drauflos und überließ es nachher seinen Textern, die geeigneten Worte zu seiner Musik zu finden. Hier lag des Pudels Kern, und das hatte sich von Grund auf ändern müssen.

Jean wurde mit seiner Deli im schönen Coburg im herzoglichen Schloß wohlwollend empfangen und als frischgebackener prominenter Sachse gebührend herumgereicht. Nun traten die beiden auch zum evangelischen Bekenntnis über. Schon am 30. Juli hing im Aushangkästchen der Hofkirche ihr Aufgebot.

Dann wurde die Zivilehe geschlossen, und die festliche Trauung ging in der Hofkirche am 15. August vor sich. Nun hatten

Deli und Jean ihr Ziel erreicht. Ihre Ehe war offiziell und vor Gott geschlossen worden.

Glückstrahlend sahen sie einander in die Augen, als sie die Ringe wechselten. Es war ein Versprechen, wie auch der Brautkuß eines war. Und dieses Versprechen wollten sie halten, solange ihnen Gott die Gnade gewähren wollte, als Herr und Frau Strauß mitsammen zu leben.

„Ohne jede Namensänderung meinerseits", lächelte Deli. „Es war wirklich ganz einfach!"

„Einfach?" schmunzelte Jean. „Nun, das will ich nicht gerade behaupten. Es war der ärgste Papierkrieg meines Lebens."

„Aber du bist Sieger geblieben, Jean!"

„So ist es. Und nun führe ich meine Beute heim!"

In Gotha nahm niemand an, daß er für immer dableiben wolle. Der rechtlichen Formalitäten war Genüge getan, und Jean und Deli zog es nun wieder heim nach Wien in die Igelgasse, wo Deli von nun an samt ihrem Töchterchen ihr rechtmäßiges Zuhause gefunden hatte.

„Servus, alter Sachse! Willkommen in Wien, hoffentlich g'fallt's dir bei uns."

„Hörst nicht gleich auf Edi! Eine Frechheit, einen alten Wiener so willkommen zu heißen!"

„Und hier, ein Blumenstrauß für die junge Frau Schwägerin: Ist ja nach der neuesten sächsischen Mode angezogen, wird ja in Wien damit Furore machen!"

„Wennst nicht gleich still bist, Edi –!"

Man begrüßte einander mit überschwenglicher Herzlichkeit, als ob es eine jahrelange Trennung gegeben hätte, und Deli fiel auch Herrn Albert Strauß in die Arme, ihrem Schwiegervater aus erster Ehe, der sich um sie ehrliche Sorgen gemacht hatte.

„Papa Albert, alles ist gut gegangen!" küßte sie ihn.

„Ich hab' es fast nicht glauben können", sagte er und schüttelte auch Jean die Hände.

„Man darf eben nicht klein beigeben", meinte Jean, „und

nicht die Flinte zu früh ins Korn werfen. Wie heißt doch das g'scheite Sprichwort?"

„Beharrlichkeit führt zum Ziel", sagten die beiden Brüder wie aus einem Mund.

„Besonders dann, wenn es sich so sehr lohnt", fuhr Jean fort und küßte Deli.

„Na, und ich krieg' kein Bussl", ereiferte sich Ignaz vorlaut.

„Was, du willst auch eins, du grauslicher Uhu?" lachte Jean. „Sei zufrieden mit einem anständigen Igelgassen-Menü."

„Gulasch und Sekt! Au fein!" rief der Textdichter hocherfreut.

„Auf das hab' ich mich schon so lang g'freut", gestand Jean. „An die sächsische Staatsbürgerschaft könnt' ich mich ja g'wöhnen, aber an die sächsische Küche net."

„Ist das Dienstmadl im Haus?" fragte Deli. „Ach was, ich lauf' gleich selbst in die Küche, und dann wird sie ganz groß gefeiert, unsere Heimkehr nach Wien!"

Sie legte rasch ihre Reisekleidung ab. Jean sorgte dafür, daß die Koffer verstaut wurden, und kleidete sich dann ebenfalls um.

„Mein Hausrock", begrüßte er das gute Stück erfreut und entnahm es seinem Kleiderschrank, als ob es sich um eine Reliquie handle. „Wie schön ist's doch, wieder daheim zu sein! Ich begreif' gar nicht, wie ich das früher ausg'halten hab: da ein Konzert, dort ein Konzert! In Deutschland, Frankreich, England, Rußland. Und gar in Amerika!"

Edi war leise hinter ihn getreten. „Und die vielen Mäderln, gelt? Die Olga in Pawlosk zum Beispiel ... Und Tanzen hast noch immer net g'lernt. Vielleicht könnt's dir die Deli beibringen?"

„Ach Edi! Das Tanzen war doch immer nur für die anderen da, net für uns. Wir haben doch keine Zeit g'habt dazu. Immer von einem Konzert zum anderen, oft sogar am gleichen Tag, b'sonders im Fasching. Heut' wär' das nichts mehr für mich."

„Aber schön war's schon."

„Edi, heut' liegt das alles weit zurück, ist mir ganz fern. Heut' klingt in mir eine ganz andere Art von Musik."

„Wirst aber doch noch einen richtigen Walzer schreiben müssen. Sozusagen als neuen Einstand, weil du wieder da bist."

„Einen neuen Tanzwalzer?" fragte Jean zweifelnd.

„Tanzwalzer, Konzertwalzer - nenn es, wie du willst. Aber tanzen muß man schon danach können. Net irgendwer - sondern seine Majestät, unser Kaiser! Mit seiner schönen Kaiserin Sisi! Für die zwei mußt du den Walzer schreiben: einen Kaiserwalzer! Da mußt dich ins Zeug legen, Bruderherz! Aber du wirst es schon schaffen."

„Einen Kaiserwalzer? Wieso, und wer sagt denn so was?"

„Ihre Majestät persönlich. Hat sich's bis Coburg noch net herumgsprochen, daß uns ein besonderes Jubiläum in Wien ins Haus steht? Das vierzigjährige Regierungsjubiläum wird in Wien g'feiert werden. Mit einem ganz großen Festzug, einer Huldigung und einem Ball ... So ein Ball soll überhaupt noch net dag'wesen sein!"

„Das muß ich, weil ich g'rad mit meinen eigenen Problemen so beschäftigt war, verschlafen haben", sagte Jean konsterniert. „Ich bin ja auch wirklich mit meinen Gedanken wie eing'mauert gewesen. Hab' nix mehr g'hört und g'sehen, nix wie Formulare, Formulare, Stempel und Formulare ..."

„Na, jetzt ist es ja vorbei, Jean, und es wird Zeit, daß du langsam wieder aufwachst. Machst unserer lieben Kaiserin den Gefallen und schreibst ihr deinen schönsten Walzer, den schönsten, den sie jemals hat tanzen dürfen, ja?"

„Da kann man ja wohl net gut nein sagen", brummte Jean.

„Es wird dir schon was einfallen, wie ich dich kenn", war Edi überzeugt und klopfte Jean auf die Schulter. „Ich glaub' gar, deine Angetraute ist schon fleißig ... Wenn mich nicht alles täuscht, riecht's fein nach Gulasch!"

Und in Erwartung kommenden Genusses gingen die beiden Herren nach unten.

Der Kaiserwalzer!

Der Mond verblaßte allmählich am Himmel, die Nacht neigte sich dem Ende zu. Jean saß in der Igelgasse an seinem Harmonium, ein leeres Notenblatt vor sich. Die ersehnte Melodie war ihm nicht eingefallen.

Jean dachte an alles mögliche. An seinen „Zigeunerbaron". Und daran, daß er jetzt nach dessen Fertigstellung wohl eine weitere Oper schreiben werde. Nur noch Opern wollte er komponieren, vielleicht auch Ballettmusiken. Oder gar eine Sinfonie. Eine Sinfonie im Dreivierteltakt!

Mit einem Mal sah er den festlichen, kerzenschimmernden Zeremoniensaal in der Hofburg vor sich. Die unzähligen schimmernden Kerzen, die Kandelaber vor den prächtigen flämischen Gobelins. Die glänzenden Uniformen der Garden, die Tänzerinnen und ihre Kavaliere, die schweren Kronleuchter. Seine Hand glitt wie von selbst nach den Tasten seines Harmoniums, und seine Finger entlockten dem Instrument einen zärtlichen, schwingenden Ton wie aus einer anderen Welt.

Er schaute in sein Inneres und sah die schöne Kaiserin in ihrem kostbaren Ballgewand, wie sie im Arm ihres Gatten über das Parkett schwebte, den Kopf und die Fülle des diademgeschmückten Haares in den Nacken geneigt. Sie lächelte, gab sich ganz dem Walzer hin, *seinem* Walzer, der Flut seiner Klänge, einer wahrhaft berauschenden Flut.

Kaiserwalzer! Was bedurfte es da noch eines Adelsbriefes? Was bedurfte es versponnener Träume um einen spanischen Granden, der sich als fahrender Friseur und Mehlspeisenträger entpuppt hatte? Die da tanzten, tanzten zu seiner Musik, einer Musik, zu der die ganze Welt sich im Walzerschritt wiegte und Freude und Frohsinn dabei fand.

Dann ging alles wie von selbst. Seine Finger flogen förmlich über das Papier, zeichneten Note um Note in die fünf Linien, und diese Zeichen wurden zu brausenden, jubelnden Klängen.

Noch immer tanzten Kaiser und Kaiserin, waren schließlich

das letzte Paar auf dem Parkett. Ringsum standen die Ballgäste in ehrfürchtigem Staunen. Der Kaiser war ein Pflichtmensch; er hielt durch, den ganzen langen, erschöpfenden Walzer, den Jean ihm und seiner Sisi komponiert hatte.

Die Coda verklang leise, zärtlich, um dann noch einmal zu einem letzten leidenschaftlichen Furioso anzuschwellen. Jean senkte den Taktstock und verbeugte sich. Vor dem Kaiserpaar, das ihm huldvoll und glücklich zunickte. Und vor Adele.

Sie würde fortan die Gefährtin seines Lebens sein.

Inhalt